Alexandra David-Néel

Liebeszauber und schwarze Magie

Alexandra
David-Néel

Liebeszauber und schwarze Magie

Abenteuer in Tibet

Aus dem Französischen von Fritz Werle

SPHINX

Die Originalausgabe erschien bei Librairie Plon unter dem Titel
Magie d'amour et magie noire.

Bibliografische Information der Deutschen Bibliothek

Die Deutsche Bibliothek verzeichnet diese Publikation in
der Deutschen Nationalbibliografie; detaillierte bibliografische Daten
sind im Internet unter htttp://dnb.ddb.de abrufbar.

Umschlaggestaltung: any.way, Barbara Hanke & Cardula Schmidt,
unter Verwendung eines Motivs von CORBIS und BILDERBERG
Produktion: Inga Tomalla
Satz: EDV-Fotosatz Huber/Verlagsservice G. Pfeifer, Germering
Druck und Bindung: GGP Media GmbH, Pößneck
Printed in Germany 2007

ISBN: 978-3-7205-9004-4

Inhalt

Vorwort

Nur nach langem Zögern – über mehrere Jahre hin – habe ich mich zur Veröffentlichung des vorliegenden Buches entschlossen. Der Grund lag in der besonders grässlichen Natur der Geschehnisse, die im fünften und mehr noch im sechsten Kapitel beschrieben werden. Bei meinem neuerlichen Aufenthalt in Asien war es mir vergönnt, auf dem hl. Gebirge zu den Fünf Gipfeln, nahe der mongolischen Grenze, tibetischen Lamas zu begegnen, die dorthin gewallfahrt waren. Zwei von ihnen stammten aus dem Land der Gyarongpas. Gelegentlich kam die Sprache auch auf Zauberei und die Böns, deren es im Gyarong noch eine ganz beträchtliche Zahl gibt. Ich selbst bin in einem ihrer Klöster Zeuge eines einzigartigen Phänomens[1] gewesen. – Diese Lamas bestätigten mir, dass, obwohl sie viele durchaus ehrenwerte Weiß-Böns kannten, sie auch von gewissen Schwarz-Böns hätten sprechen hören, die sich widerlichen und grauenhaften magischen Praktiken hingäben. Zu meinem großen Erstaunen erwähnten sie den hohlen Tisch mit schwerem Deckel, unter dem man lebend eingesperrte Menschen verhungern und verwesen lässt, um so den Stoff zu einem Unsterblichkeitselixier zu erhalten. An einem solchen Ort behauptete der Held der in meinem Buch veröffentlichten Autobiografie dies gesehen zu haben. Er hatte sicher nicht als Einziger dieses schauderhafte Schauspiel gesehen, und jedenfalls zwangen mich die Angaben der Pilger-Lamas zu der Erkenntnis, dass hierüber Gerüchte im Umlauf waren, die aus Furcht vor den Bönzauberern allerdings nur hinter vorgehaltener Hand weitergegeben wurden. Diese unerwartete Bestätigung der Mitteilungen, die ich über diese Sache erhalten hatte, zerstreute meine Zweifel hinsichtlich des Interesses, das ihre Veröffentlichung vom Gesichtspunkt der Ethologie her bot.

Die Umstände, unter denen ich das Material zu dem vorliegenden Buch gesammelt habe, werden in der Einleitung eingehend beschrieben. Der Leser wird auch ohne besondere Hinweise einsehen, dass mir der Erzähler dieser Autobiografie nur wesentliche Angaben hierzu gemacht hat. Der besondere Geisteszustand, der ihn veranlasste, die Umstände seines vergangenen Lebens zu erzählen, verbot jede Abschweifung. Mein Gastgeber, der von der so unversehens in ihm aufgefrischten Erinnerung an das von ihm erlebte Drama erregt war, dachte natürlich nicht daran, mir die Orte des Geschehens zu schildern noch die Sitten oder Glaubensvorstellungen zu erklären, die den von ihm berichteten Geschehnissen zugrunde liegen. Er wusste ja, dass ich ein Großteil der Gebiete, in denen er gelebt hatte, gut kannte; und überdies hielt er mich für eine echte Tibeterin. Kurz gesagt, diese Erzählung wäre in der Form, wie ich sie gehört habe, in vielerlei Hinsicht für Fremde unverständlich gewesen, denen Tibet und seine Bewohner gänzlich unbekannt sind. Es schien mir deshalb geraten, diesem Buch die Form eines Romans zu geben, um durch Beschreibung der Landschaften oder Erklärung im Land gängiger Vorstellungen seinen Helden die körperliche Gestalt und die geistige Atmosphäre geben zu können, in denen sie sich bewegten und deren Einfluss sie unterlagen. Indessen muss ich den Leser bitten, sich während der ganzen Lektüre vor Augen zu halten, dass dieser Roman wirkliche Erlebnisse wiedergibt.

Riwotse Nga, August 1937 Alexandra David-Néel

Einleitung

Mein Gastgeber, der Bauern-Hirte, Exhäuptling einer Räuberbande – Eine nächtliche Entführung – Mitteilungen beim Lagerfeuer

An der Grenze des Landes Daishin hatte ich mich einige Tage in der Sommerresidenz eines sehr reichen Häuptlings, wie es eine ganze Anzahl in dieser Gegend gibt, aufgehalten. Der Häuptling, halb Bauer, halb Hirte, hieß Garab.

Freundlich von ihm aufgenommen, beeilte ich mich nicht, mich wieder auf den Weg zu machen, sondern genoss einmal das äußere Behagen, das reichliche Essen und die von der Nähe der Viehhirten, dem Reiz des Ortes und der Unterhaltung meines Gastwirts gesicherte ruhige Sorglosigkeit.

Noch eine andere Überlegung hatte zu meinem Verweilen beigetragen. Da der Bauer erkannt hatte, dass mein Reisebegleiter, der Lama Yongden[2], zur Sekte der Khagyud-Karmapas[3] gehörte, war er darauf verfallen, ihn um die Abhaltung eines Ritus zur Vertreibung böser Geister zu bitten. Solch eine Bitte ist in Tibet häufig, und ich war keineswegs überrascht; jedenfalls sollte ich einige Tage später über den Beweggrund zu dieser Bitte völlig aufgeklärt werden.

Garab, der Eigentümer der Felder und Herden, war hochgewachsen und von dunklerer Hautfarbe, als sie bei Tibetern üblich ist. Seine wenigen und bestimmten Gesten zeigten den selbstbewussten Herrn. Ein seltsames Licht glühte aus der Tiefe seiner glänzenden schwarzen Augen, was im Gegensatz zu seiner hochmütigen und gleichgültigen Ruhe seiner äußeren Haltung stand. Manchmal sah ich ihn mitten im Gehen anhalten und lange mit in die Ferne gerichtetem Blick unbeweglich stehen bleiben, oder er saß stundenlang abseits, in etwas versunken, was ich für fromme Meditation gehalten hätte, wäre mein Gastgeber ein religiöser Mann gewesen, was aber nicht zutraf.

Von seinem so wenig mongolischen Aussehen betroffen, hatte ich gewagt, ihn nach seinem Geburtsland zu fragen. Meine Neugier schien ihm missfallen zu haben, doch antwortete er: »Ich bin aus Ngari, weit von hier.«

Ngari ist eine große Provinz Tibets an den südlichen Ausläufern des Himalaya. Gebirgspässe verbinden Ngari mit Indien; Rassenmischungen haben im Grenzland dort Typen hervorgebracht, die manchmal von denen in den anderen Teilen Tibets sehr verschieden sind. Irgendetwas Seltsames im Aussehen Garabs konnte also damit erklärt werden; warum aber hatte er sich so fern seinem Land niedergelassen? Das hätte ich gerne gewusst. Da ich aber das Missvergnügen, das ihm meine erste Frage verursacht hatte, bemerkte, wagte ich ihm keine weiteren zu stellen.

Eines Abends, da mein Adoptivsohn, der Lama Yongden, und ich mit ihm noch lange nach Sonnenuntergang beim Tee vor dem Zelt des Bandenführers saßen, drang das dumpfe Geräusch eines galoppierenden Pferdes von den weiten Weideflächen her zu uns. Unser Gastgeber spitzte die Ohren.

»Ein Reiter … und das Tier ist schwer beladen«, sagte er, mit dem feinentwickelten Gehör eines *dokpa* (Hirten) erkennend, ob es sich um ein einzelnes, einer Herde entlaufenes Pferd handelte, oder ob irgendwer es ritt.

Einige Augenblicke später sprang vor uns ein Mann von einem erschöpften, dampfenden Pferd und half einem jungen Mädchen herunter, das auf dem Rücksitz gesessen war.

»Ihr müsst mir zwei kräftige und schnelle Pferde geben«, rief er hastig unserem Gastgeber zu. »Ich werde Euch das meine lassen; es ist jung und ein wertvolles Tier. Nach einigen Ruhetagen wird es wieder tadellos in Form sein. Ich habe Geld und werde zahlen, was Ihr dafür verlangt.«

»Lasst uns morgen darüber reden«, antwortete Garab. »Es wird Nacht; schlaft hier. Ich werde euer Tier versorgen.«

»Danke«, antwortete der Reisende, »aber wir müssen unverzüglich weiter!«

Und da ihn der Bandenführer schweigend betrachtete, fuhr er fort: »Man hetzt uns. Wir müssen morgen früh weit von hier ein Lager erreicht haben, in dem ich Freunde habe.«

Dann nach kurzem Zögern:

»Ich entführe sie ... sie ist einverstanden ...«

Garab schwieg immer noch. Sein Gesicht blieb unbewegt; aber das auf dem Grunde seiner Augen schlafende Licht hatte sich belebt, sprühte.

»Du folgst ihm aus freien Stücken?«, fragte er das Mädchen. »Wenn du hierbleiben willst, sag es ohne Furcht. Du stehst unter meinem Schutz.«

»Ich will mit ihm gehen«, antwortete sie und wandte sich lebhaft ihrem Begleiter zu.

In diesem Halbdunkel boten der Mann und die Frau, wie sie so aneinandergeschmiegt dastanden, die Gesichter von Müdigkeit und Angst verzerrt, einen tragischen Anblick.

»Setzt euch nieder«, sagte der Gastwirt, »trinkt Tee und esst etwas, während die Pferde geholt werden.« Er rief Leute, sprach leise mit ihnen, worauf sie nach einem anderen Teil des Lagers liefen. Kurz danach kamen sie mit zwei Pferden zurück, eines war bereits gesattelt. Auf das andere kam der Sattel des Reisenden, über den zwei große Packtaschen geschnallt waren, die an den Seiten des Tieres[4] hingen.

»Hier«, sagte der Führer einfach. »Es sind prächtige Tiere, Ihr könnt während der ganzen Nacht tüchtig zureiten.«

»Wie viel hab ich zu zahlen?«, fragte der Flüchtige.

»Nichts«, antwortete Garab. »Ihr lasst mir ein wertvolles Pferd; ich sah es sofort. Es ist also nur ein Tausch für das eine der Tiere ... und das andere – schenke ich ihr ...« Er wies auf das Mädchen.

»Zu gütig …«, begann der Mann.

»Reitet zu«, gebot der großherzige Spender, in einem Ton, der jeden Dank verbot.

In weniger als einer Minute war das Paar im Sattel.

»Man hat Mundvorrat in eure Packtaschen gegeben«, rief der Führer den Aufbrechenden nach. Ein Fersenschlag[5] gegen den Leib ihrer Pferde, und die Liebenden preschten dem Horizont zu, an dem die Sterne die Erde berührten.

Von Neuem sank Schweigen über die Ebene. Unser Gastwirt ließ sich bei dem draußen unterhaltenen Feuer nieder und blieb lange in seine Gedanken versunken. Sein von lebhaften Flammen erhelltes Gesicht trug einen so seltsamen Ausdruck, wie ich ihn nie bei ihm gesehen hatte. Plötzlich rief er einen Diener und befahl ihm Lebenswasser zu bringen. Zug um Zug trank er mehrere Schalen; dann verfiel er wieder in seine Träumereien.

So rasch auch unsere Prüfung der Pferde gewesen sein mochte, die er den Flüchtigen gab, so vermochte ich doch ihren bedeutenden Kaufwert zu erkennen. Was hatte ihren Besitzer veranlasst, eines von ihnen Unbekannten zum Geschenk zu machen? Ich musste es wissen.

»Ihr habt Euch gegen diese Verliebten ungewöhnlich großherzig gezeigt«, sagte ich.

»Ich habe so etwas selbst erlebt«, murmelte sinnend der Hausherr.

Was hatte dieser kalte und zurückhaltende Mann erlebt? Einen Liebesroman … ein Drama? Wer mochte sein plötzliches Mitgefühl mit dem von Gefahr bedrohten Paar erklären?

In jener Nacht schliefen wir nicht. Nahe beim Feldfeuer, stumm und aufmerksam, hörten wir eine seltsame Geschichte, die unseren Gastwirt seine erlittene Verwandlung wieder erleben ließ und ihn veranlasste, sie sich selbst ganz laut zu erzählen, ohne sich dabei seiner Zuhörer wahrscheinlich ganz bewusst zu sein.

Erster Teil

Saat des Kommens

Erstes Kapitel

Der Angriff auf die Karawane – Der im Traum erschaffene Geliebte verkörpert sich

Von fernen Gebirgsketten eingerahmt lag die ungeheure Hochebene einsam und verlassen unter einem gleichmäßig blauen und strahlenden Himmel. Kein Vogel belebte die Luft, kein Laut verriet die Anwesenheit menschlicher Wesen oder wilder Tiere. Die Stille war absolut. Hier auf dem Scheitel der Welt war der letzte Zufluchtsort der Grazien und Feen vor dem städtebauenden Menschen, dem Feind der Natur.

Indessen schützte an jenem Tag mehr als unsichtbare Wesen, die diese hochgelegenen Stätten besuchen konnten, eine enge, in die felsige Umfassung der Hochebene geschnittene Schlucht etwa fünfzig Reiter mit harten Gesichtern, in dicken Schaffellmänteln und spitzen ursprünglich weißen, durch den Schmutz braun gewordenen Filzhüten. Vor ihnen, am Eingang der Schlucht, hielt ihr junger Führer Wache, sein Pferd eng an den jähen Abhang des Berges gedrängt und unter den spärlichen weitverteilten Gebüschgruppen auf dieser braunen Erde selbst aus der Nähe nur schwer auszumachen.

Die Zeit verging. Menschen und Pferde, zweifellos an solch langes Warten gewöhnt, bewegten sich kaum; und der Anführer, die Augen starr auf einen Punkt am gegenüberliegenden Rand der Hochebene gerichtet, wahrte die Unbeweglichkeit einer Statue.

Plötzlich runzelte er im Bemühen, besser zu sehen, die Stirne. Weit in der Ferne, in der von ihm beobachteten Richtung erschien am Fuß des Berges ein kaum wahrnehmbarer dunkler Fleck. Allmählich wurde er größer, zeigte Bewegung und ließ eine Gruppe von Wesen, Menschen oder Tieren, auf dem Marsch erahnen. Ohne sein Pferd im Geringsten zu bewegen oder sich umzuwenden, erhob der Anführer die Hand. Ein Raunen lief durch seine Gefährten. Dann von Neuem Stille.

Der dunkle Punkt vergrößerte sich mehr und mehr, entfernte sich allmählich von den Bergen und bewegte sich in den leeren Raum hinein. Wenige Minuten später konnte man Reiter und Packtiere einer großen Karawane unterscheiden, die sich einem der Ausgänge der Hochebene zubewegte.

Als sie in die Nähe der Stelle gekommen war, von wo aus man sie bespähte, erhob der Anführer rasch sein Gewehr über seinen Kopf und stieß mit gellendem Schrei im Galopp auf die Reisenden herab. Die wilden Schreie seiner Männer antworteten ihm, während alle, ihm nachstürmend, aus der Schlucht hervorbrachen.

Ehe die Karawanenleute noch Zeit gehabt hatten, sich zurechtzufinden, hatten sie die Räuber unter Gewehrsalven umzingelt. Von den Schüssen verwirrt brachen die Saumtiere aus und stoben nach allen Richtungen davon, hier und da warfen sie die Ballen und Packen, die sie trugen, ab, strauchelten in den zerrissenen Geschirrstricken und stießen ein furchtsames Gewieher aus.

Das übliche Vorgehen der Räuber an den großen Karawanenstraßen Tibets besteht darin, unter den Karawanentieren diese Panik hervorzurufen, nur um die von ihnen Angegriffenen zu verwirren und ihrer Verteidigung zuvorzukommen. Nach ihrer Abrechnung mit den Karawanenleuten wissen die Räuber immer die beruhigten Tiere und das über den Boden zerstreute Gepäck wiederzufinden. Wird die Karawane jedoch von gut bewaffneten und in solchen Abenteuern erfahrenen Kaufleuten geführt, müssen die Angreifer mit heftigem Widerstand rechnen. Gewehrsalve antwortet dann Gewehrsalve, die in beiden Lagern Verwundete, manchmal Tote zur Folge haben.

Diesmal waren die Reisenden nur fromme Pilger auf dem Wege nach Lhasa, die dem Dalai-Lama ihre Opfergaben darbringen und seinen Segen erbitten wollten. Von ihren Kundschaftern hinreichend unterrichtet wussten die Räuber, dass der Wert dieser Opfergaben beträchtlich war: wertvolle Pferde und Maultiere, schwere Silberbarren und köstliche chinesische Seidenstoffe. Was sie nicht wussten, war, dass die, denen ihr Schutz anvertraut war, sie nicht verteidigen konnten.

Sie fanden ihre Vermutungen bestätigt. Beim Erscheinen der Räuber wussten die unglücklichen Pilger, dass all ihr Gut sicher verloren war. Ihr mechanischer Widerstand war kurz, und sie erwarteten, die Männer mit gesenktem Kopf, die Frauen weinend, die Befehle der Gauner.

Wie immer in einem solchen Fall, ging es auch hier nur um die Regelung geringfügiger Einzelheiten. Die Reisenden hatten nichts für ihr Leben zu fürchten. Alle Tibeter scheuen den Mord und schrecken vor dem Letzten zurück. Die großen Wegelagerer, die ich an anderer Stelle[6] »Raub-Ritter« genannt habe, bilden keine Ausnahme. Diese »Helden« sind übrigens fast immer bescheiden und belästigen nur solche Opfer, die sich nicht widerspruchslos ihr Fell abziehen lassen.

Das Gepäck der Reisenden, ihre Pferde und Maultiere, Kostbarkeiten und Silber, das sie an sich hatten, behielten die Räuber. Sie ließen ihnen aber eine zum Leben ausreichende Menge Lebensmittel, damit sie sich bis zum nächsten bewohnten Platz ernähren konnten. Auch einige ihrer minderwertigen Saumtiere überließen die Räuber den Reisenden, um die Lebensmittel zu tragen.

Nach einer Stunde war alles vorbei. Die unglückliche Gruppe der Pilger machte sich wieder auf den Weg, zu Fuß auf dem gleichen Weg zurück, den sie über die Hochebene gekommen waren. Die armen Leute dachten nur noch an ihre Heimkehr. Nur widerstandsfähige und kräftige Menschen hätten die Reise ohne Lebensmittel und ohne Geld fortsetzen können; die Mehrzahl dieser Unglücklichen aber war schwächlich und weder an Ermüdung noch an Beraubung gewöhnt. Übrigens war ja ihre Wallfahrt gegenstandslos geworden: ihre Geschenke für Lhasa waren ihnen geraubt worden, und vor den Dalai-Lama tritt man nicht mit leeren Händen.

Während sie sich davonmachten, sammelten die Räuber eilends die auseinandergelaufenen Tiere und die zerstreuten Lasten, luden sie auf die Maultiere und banden die Zügel der erbeuteten, unruhigen Pferde an ihre eigenen Sättel. Die Verteilung der Beute sollte später an sicherem Ort und in gehöriger Entfernung von der Stelle des Überfalls vorgenommen werden.

Die Gauner begannen loszureiten, als sich hinter einem Hügel ein junges Mädchen erhob und mit einigen Schritten auf sie zutrat. Sie konnte nur zur Karawane gehören. Warum war sie nicht mit ihren Gefährten gegangen?

Kaum hatten sich die Männer von ihrer Überraschung erholt, wurden sie wütend und überschütteten sie mit Fragen:

»Was will sie? – Ein Almosen! – Einen Schmuck wiederbekommen, den man ihr abgenommen hat? – Hat sie ihn beim Angriff getragen? – Wer konnte es wissen? – Wer unter ihnen hatte sich wohl die Gesichter derer angesehen, denen man Schmuck und Ohrringe abgenommen hatte! … Eine Lügnerin, unverschämt war sie! … Sie sollte bestraft werden! Sie sollte weglaufen und ihre schon weit entfernten Freunde wieder zu erreichen trachten …«

Sie schrien alle gleichzeitig, sinnlos und ohne Überlegung, was ihnen gerade in den Sinn kam.

Das Mädchen, taub für alle Schmähungen und Drohungen, war wie eine Statue, sie bewegte sich nicht. Sehr groß, sehr schön, ernst, die Augen fest auf den Anführer gerichtet, wartete sie.

Dieser lenkte sein Pferd neben sie.

»Warum bist du nicht mit den anderen weggegangen? Weshalb haben sie dich nicht mitgenommen?«, fragte er.

»Ich habe mich versteckt«, antwortete die Fremde.

»Versteckt! ... Weshalb? ... Wolltest du uns ausspionieren? ... Bist du wahnsinnig? ... Man hat es dir gesagt; umso schlimmer für dich, wenn du die Deinen nicht mehr triffst. Geh!«

Das Mädchen bewegte sich nicht.

»Hörst du? ... Geh!«, wiederholte der Anführer.

»Ich habe dich in meinen Träumen gesehen«, murmelte die Fremde wie in Ekstase.

»Was!«, entfuhr es dem jungen Räuber, während seine Männer, die diese unerwartete Erklärung gehört hatten, in schallendes Gelächter ausbrachen.

Der Anführer blieb ernst. Mit gerunzelter Stirn und fester Stimme fragte er:

»Was willst du?«

»Nimm mich zu dir«, bat leise das Mädchen.

Der Angeflehte sah einen Augenblick auf sie herunter, ohne ihr zu antworten, fiel dann in Trab, um sich an die Spitze seiner Gruppe zu setzen.

»Setzt sie aufs Pferd, und einer von euch führe ihre Zügel«, warf er im Anreiten über die Schulter zurück.

Die Räuber brachen auf. Selig über die eben eroberte reiche Beute und belustigt von dem ihrem Anführer zugefallenen einzigartig großen Glück machten sie saftige Späße, die mit schallendem Gelächter beantwortet wurden. Steif und mit unzugänglichem Gesicht auf ihrem Pferd[7] schien die Unbekannte nichts zu hören.

Die Räuber ritten ohne Aufenthalt bis nach Mitternacht. Dann ließ der Anführer beim Verlassen eines gewundenen Engpasses mitten im Gebirge in einem Waldtal mit plätscherndem Bach haltmachen. Das von Wachen gesicherte Lager wurde sofort hergerichtet. Die erbeuteten Lasten wurden aufgestapelt, die geraubten Tiere gefesselt und das Feuer angezündet. Nachdem sie einige Schalen Buttertee getrunken und zwei oder drei Fladen aus Gerstenmehl gegessen hatten, schliefen die Männer im Freien eingerollt in ihre Fellmäntel, wobei ihnen ihr Sattel als Kopfkissen diente. Die Festtage, an denen man den erfolgreichen Beutezug feiern wollte, sollten später kommen.

Die Liebe verwirrte den jungen Anführer kaum; das stand auch Männern seines Berufs kaum an, auch darin übertrieb er noch die übliche Rauheit seiner Gefährten.

Nach Beendigung seines einfachen Mahls erhob er sich:

»Du wolltest kommen … Gut denn! Komm«, sagte er einfach zu dem jungen Mädchen.

Und ohne auf sie zu warten, wandte er sich zu dem Ort, den er sich für den Rest der Nacht erwählt hatte.

Fügsam folgte sie schweigend.

Auf der Decke sitzend, die ihnen als Lager gedient hatte, sann der Anführer den ihm neuen Eindrücken nach. Diesem kühnen Räuber waren ähnlich einem kräftigen und gesunden Tier sinnliche Probleme fremd. Er lief den Frauen mit der gleichen Einfachheit nach wie die Hengste seiner Herden den Stuten. Aus Furcht, aber ebenso aus Verlangen nach dem schönen Menschen, der er war, fielen ihm Töchter und Frauen der Hirten leicht zu, und die kurzen Begegnungen hinterließen kaum Spuren in seiner Erinnerung.

Worin also unterschied sie sich von anderen? …

Die Betäubung seines Geistes ließ ihn keine Überlegungen hierüber anstellen. Schauder und Unruhe machten ihn wieder lebendig. Ein Stachel in seinem Fleisch ließ ihn aufseufzen. Er blieb überwältigt von der Umwälzung, die der unordentliche Streit seiner wollüstigen und grausamen Eindrücke in ihm hervorgebracht hatte. Ein fantastisches Tier schien ihm aus den tiefsten Tiefen seines Seins aufzutauchen, von ihm Besitz zu ergreifen, indem es seine Feuerglieder in die seinen bohrte, seinen Kopf in seinen eigenen hineinzwängte ... Wurde er wahnsinnig? ...

Er kam wieder halb zu sich und betrachtete seine neben ihm ausgestreckte neue Geliebte. Das rötliche Licht eines letzten Mondviertels gab seinem Gesicht einen unsicheren Ausdruck.

Es geschähe, sagt man in Tibet, dass Dämonentöchter, *Sindongmas,* sich menschlichen Liebhabern zum Spiel hingäben, um sie dann zu martern und zu verschlingen. Er, der aufgeklärte Mann, lachte über solche Märchen. Dennoch ...

»Wie heißt du?«, fragte er plötzlich.

»Detchema (die Glück, Freude bringt)[8]«, antwortete die Fremde.

»Oh! Du hast einen guten Namen!«, rief der Anführer aus. »Wahrlich, du bringst Freude. Mir hast du sie gebracht! Wie vielen hast du sie vor mir geschenkt?«

»Du weißt, dass ich Jungfrau war«, sagte die Liebende ruhig.

Der junge Mann entgegnete nichts. Er war dessen sicher. Der Wunsch, seine Erregung unter dem Schein einer spöttischen Bemerkung zu verbergen, hatte ihm diese Frage eingegeben.

»Ich heiße Garab, vollkommene Freude«, [9] fuhr er fort. »Unsere Namen passen zueinander ... wie unsere Körper. Findest du nicht, Detchema? ...«

Er wandte sich ihr zu und schloss sie heftig in die Arme.

Der folgende Tag verging mit der Sichtung der eroberten Beute, mit der Verteilung des jedem einzelnen Zustehenden und mit der Beratung über die Chancen, die Dinge loszuschlagen, die verkauft werden mussten.

Pferde, Maultiere und Nahrungsmittel bereiteten keinerlei Schwierigkeiten. Die tibetanischen Räuber sind keine heimatlosen Wegelagerer, sondern Hirten oder sesshafte Bauern, die sich gelegentlich zu Streifzügen zusammentun, die sie als edle Übung ansehen, in denen sich die Manneskraft der Tapferen »mit dem mächtigen Herzen« bewährt. Jeder dieser »Helden« besitzt seine Zelte auf den hochgelegenen Alpweiden oder seinen Hof in einem Tal. Die ihnen zufallenden Säcke mit Korn oder Weizen kommen zu den Lebensmittelreserven ihrer Familie, und die erbeuteten Tiere finden ihren Platz in ihren Herden und werden nach einiger Zeit mit den anderen auf irgendeinem entfernten Markt zum Verkauf gebracht.

Diesmal aber enthielt die Beute auch Seidenstoffe, Silber- und Goldbarren und zahlreiche kostbare oder seltsame Gegenstände, mit denen diese Räuber des Bauernstandes nichts anzufangen wussten. Dieser ganze Teil ihrer Beute konnte nur an einem großen, weit entfernten Umschlagplatz mit umfangreichem Handel verkauft oder gegen nützliche Dinge getauscht werden, so dass die dortigen Behörden die Herkunft der Handelsware und des angebotenen Silbers weder kennen noch auch in Versuchung kommen konnten, sie sich unter dem Vorwand eines Gerichtsverfahrens anzueignen.

Es war Mittag geworden, und noch hatte die hierüber geführte Unterhaltung zu keinem alle befriedigenden Ergebnis geführt. Es war Essenszeit.

»Bring mir Tee hinunter«, sagte Garab zu dem Manne, der ihm bei Beutezügen als Abgesandter diente.

Hinunter, das war dort, wo er mit Detchema die Nacht verbracht hatte. Sie war dort geblieben, während er der Beratung der Bande über die Beuteteilung vorsaß.

Getrocknetes Fleisch[10] und geröstetes Gerstenmehl *(tsampa)* wurden aus den Beuteln genommen, die an Garabs Sattel hingen, und mit einem Krug Tee neben ihn gestellt.

»Iss, so viel du kannst[11]«, sagte der Anführer zu der jungen Frau.

Sie lächelte ihm zu. Dies vertrauliche und ermutigende Tun des Essens versetzte sie wieder in jenen Freudentaumel, aus dem sie der Blick des kühnen Räubers in die Wirklichkeit des Alltags gerissen hatte.

»Bist du zufrieden?«, fragte Garab.

Sie nickte zustimmend.

»Geschwätzigkeit kann man dir nicht vorwerfen«, bemerkte lachend der Anführer.

»Hast du überlegt, was du jetzt tun willst? Zu deinen Freunden, den Pilgern wirst du kaum zurückfinden können. Wie willst du in dein Land zurückkommen? Wie lange warst du schon unterwegs, als ich euch überfiel? …«

»Leben deine Eltern noch? …«

»Bedauerst du das Geschehene? Du wirst zu den Deinen zurückkehren wollen.«

»Nein«, antwortete Detchema. »Ich will bei dir bleiben.«

»Ich sehe auch nicht, was du im Augenblick sonst tun könntest außer in den *chang thangs*[12] zu verhungern«, erwiderte der Anführer mit gespielter Gleichgültigkeit.

Seine Neugier passte nicht zur Stummheit seiner Gefährtin.

»Warum wolltest du zu mir kommen?«, fuhr er fort. »Du konntest mich nicht lieben. Du hattest mich niemals gesehen, meine ich.«

»Ich habe dich in meinen Träumen gesehen.«

»Du sagtest es: mich habest du in deinen Träumen gesehen! Welchen Träumen? Hast du mich im Traum gesehen, während du schliefst?«

»Manchmal; aber meist habe ich dich in vollem Wachsein gesehen. Du warst zu Pferd, inmitten von Einöden, aufrecht auf deinem Sattel und beobachtetest in der Ferne für mich unsichtbare Dinge. Der Wunsch, zu dir zu laufen, überkam mich … Plötzlich fühlte ich mich von der Erde erhoben, auf dein Pferd geworfen und im Galopp durch die öden *chang thangs* getragen.

Manchmal geschah es dann, dass mich irgendwer ansprach, die Vision verschwand, und ich fühlte mich seltsam allein und leer, um einen Teil von mir gebracht, der mit dem verschwundenen Reiter weggespült war.«

»Wohin dachtest du, dass ich dich führte, wenn ich dich auf meinem Pferd davontrug?«

»Ich dachte an nichts. Der Ritt hatte kein mir bekanntes Ziel. Nur der Wind war, der mein Gesicht peitschte, das Geräusch der unter den Hufen des Pferdes wegspringenden Kiesel, Berge und Seen, die an uns vorbeiflogen und hinter uns blieben, dein Körper, den ich unter deinem Kleid warm und fest fühlte, und unsere Herzen, die schlugen.«

Garab blieb nachdenklich.

»Ich bin allein«, sagte er, »ohne Familie, ohne Frau. Wenn du willst, kannst du die meine werden ... wenigstens für einige Zeit.

Mein Zelt ist leer. Ich habe Herden, Diener zur Pflege der Tiere. Fünf oder sechs Tage von hier werden wir das Land der Sippe erreichen, bei der ich wohne.«

»Fünf bis sechs Tage ...«, wiederholte Detchema träumerisch. »Und dann, danach? ...«

»Nachher, ich hab dir doch gesagt, wirst du in meinem Zelt bleiben. An nichts wird es dir dort fehlen. Zu essen haben wir im Überfluss, und du brauchst nicht zu arbeiten.«

»Bei mir zu Hause isst man auch gut, und ich brauchte nie zu arbeiten«, erklärte die junge Frau stolz.

»Wirklich! Deine Eltern sind demnach reich? Wer ist dein Vater?«

»Er ist tot.«

»Und deine Mutter?«

»Sie lebt mit seinem Bruder. Sie besitzt Ländereien, die sie verpachtet, und hat im Handel Silber angelegt.«

»Und was tut dein Onkel?«

»Er ist Kaufmann.«

»Wo denn?«

»In Dirgi.«

Garab hatte den Eindruck, Detchema lüge.

»Die Pilger, mit denen du reistest, kamen nicht aus Dirgi«, bemerkte er. »Sie waren Mongolen.«

»Ja, Mongolen aus Ta Kourä und Alachan.«

»Wie kamst du denn zu ihnen?«

»Ich war ihnen begegnet.«

»Wo denn? Und wie kamst du auf ihren Reiseweg?«

»Ich reiste mit Kaufleuten.«

»Mit Kaufleuten! ... Deine Mutter und dein Onkel ließen dich mit Kaufleuten reisen?«

»Ich war geflohen.«

»Warum?«

»Ich habe dich gesucht. Diesen Kaufleuten bin ich schon weit von Dirgi entfernt begegnet. Ich habe ihnen gesagt, ich sei mit meiner Schwester, einer Nonne, auf einer Wallfahrt nach Lhasa, sie sei unterwegs gestorben, und ich versuchte nun ganz allein die Reise fortzusetzen, um für den Geist meiner Schwester Verdienste zu erwerben. Sie boten mir an, mich mitzunehmen und ließen mich auf einem ihrer Maultiere reiten. Während des ganzen Weges schaute ich nach allen Richtungen aus in der Hoffnung, dich wie in meinen Träumen, diesmal aber wirklich auftauchen zu sehen.

Nach einigen Marschtagen sagten mir die Männer, ich müsse bis zum Ende der Reise ihrer aller Frau sein, und nachts brachte ich mich nur mit einem kleinen Beutel *tsampa* (geröstetes Gerstenmehl) in Sicherheit.«

»Ich lief, um schneller vom Lager wegzukommen. Zwei Tage lang hielt ich mich in einer Schlucht verborgen. Dann bin ich weitergegangen. Die Kaufleute mussten schon weit sein; ich fürchtete nicht mehr, von ihnen aufgegriffen zu werden; aber ich hatte kein *tsampa* mehr. Ich irrte umher, ohne zu wissen, wohin ich ging, nur mit der Gewissheit, dass ich dir früher oder später begegnen würde. Ich konnte *toumas*[13] ausgraben, und in den Sümpfen, die ich durchquerte, gab es zarte, essbare Algen ... dann sah ich die Karawane kommen. Ich wiederholte den Wallfahrern, was ich schon den Kaufleuten erzählt hatte: dass meine Schwester, die Nonne, auf unserem Weg nach Lhasa gestorben sei. Sie gaben mir zu essen und nahmen mich mit. Dann endlich fand ich dich.«

Was war nun an dieser außergewöhnlichen Geschichte wahr?, musste sich Garab fragen. Vielleicht war sie ganz und gar erlogen.

Er neigte zu dieser Annahme, hütete sich aber, sie seiner Geliebten gegenüber laut werden zu lassen. Wollte sie ihm ihre wahre Person und den Ort, woher sie kam, verbergen, ihn verlangte nicht unbedingt, darüber unterrichtet zu werden. Seine Unkenntnis diesbezüglich schien ihm seine Verantwortung abzunehmen und ärgerliche Streitereien mit der Familie der Flüchtigen zu vermeiden, wenn diese zufällig einflussreich wäre und Detchema bei ihm fände.

Da er schwieg, griff Detchema die Unterhaltung wieder auf. »Was wirst du tun, wenn du nach Hause kommst?«

»Ich werde als *dopka* (Hirte) leben, bis andere Aufgaben mich rufen.«

»Aufgaben? Geht es um Handel oder um *Aufgaben* wie die gestrige?«

Garab lachte.

»Bald dieses, bald jenes. Du hast mich am Werk gesehen, ich habe dir nichts mehr anzuvertrauen. Ich bin Anführer von *djagspas* (Wegelagerern). Du scheinst keine Furcht zu haben.«

»Ich bewundere dich«, flüsterte Detchema begeistert. »Du warst so schön, als du an der Spitze deiner Männer aus der Schlucht hervorbrachst.

Du wirst mich mitnehmen, nicht wahr, wenn du zu deinen ›Aufgaben‹ aufbrichst.«

»Dich mitnehmen! Wo hast du je gesehen, dass sich *djagspas* bei ihren Unternehmungen mit Frauen belasten! Das ist Männersache; der Platz der Frauen ist im Haus. Fünf Tage von hier wirst du das meine sehen. Gefällt es dir, bleibst du, wenn nicht … suchst du dir ein anderes.«

Mit weit ausholender Geste deutete er auf die Unendlichkeit der Hochebene und Täler, die sich jenseits der Berge ausbreiteten und das Lager umgaben.

»Fünf Tage!«, wiederholte Detchema noch einmal.

»Findest du es zu lang? Bist du müde?«

»Ich bin nie müde«, widersprach die junge Frau fast zornig.

»Fünf Tage sind zu kurz. Jetzt, da ich dich gefunden habe, möchte ich dich nie mehr verlassen, mit dir reiten, weit, sehr weit, tage- und monatelang und jede Nacht unter den Sternen lagern wie gestern.«

Detchemas Stimme wurde leise und verlor den leidenschaftlichen Ton, mit dem die junge Liebende ihre Träumereien von schwindelnden Ritten geschildert hatte, hingegeben dem Helden, auf den sie gewartet hatte.

Die betörende Musik ihrer Worte, die Erinnerung an die während der vergangenen Nacht erlebten wollüstigen Gefühle erweckten Garabs Verlangen. Die von seiner Geliebten gezeichneten Bilder gewannen Leben in ihm. Er sah sie neben sich zu Pferd, Tag für Tag in den weiten Einöden, wo nichts sie von ihm trennte, wo nichts ihn von ihr trennte. Er sah diese Lagernächte unter dem Sternenhimmel, da sie ganz ihm gehören würde … Er erinnerte sich an den Geruch ihrer Haut, und seine Finger brannten, wenn er sich der Berührung ihres Leibes erinnerte.

Detchema in sein Zelt führen, »die Glückbereiterin«, die Neugier und die ganze Fragerei der Hirten des Stammes und seiner eigenen Diener ertragen, würde es nicht den Reiz zerstören, dem wunderreichen Abenteuer, dem er seit dem Vorabend lebte, ein frühzeitiges Ende bereiten? Der junge Anführer ahnte dumpf, dass die Detchema in seinem Zelt nicht mehr die zauberhafte Detchema sein würde, die er in seinen Armen gehalten hatte. Sie war den Ihren weggelaufen, hatte sie gesagt. Ob sie vielleicht hatte gezwungen werden sollen, in einem Haus oder Zelt Hausfrau zu werden? Und sie, die Fee oder Dämonentochter, konnte nur in ungezügelter Freiheit leben?

Detchema! Detchema! Freudebringerin, welche Wunder erhoben sich aus deiner Stimme! Tage und Nächte voll Liebe während der ganzen Fahrten hier durch die Berge. Die Kundschafterseele, die in Garab wohnte, brach auf in Begeisterung. Dies Wunder musste Wirklichkeit werden.

»Meine Männer erwarten mich«, sagte er aufstehend. »Wir müssen beraten. Ich werde wieder zu dir kommen, sowie ich frei bin.«

Die am Morgen begonnenen Beratungen über den zu veräußernden Teil der Beute waren zur Essenszeit ergebnislos unterbrochen worden. Garab war ebenso wenig wie einer seiner Gefährten imstande, einen völlig befriedigenden Plan vorzubringen. Aber von den neuen Gefühlen, die ihn beseelten, angeregt, wurde sein Geist jetzt von neuen Plänen überflutet.

Warum, fragte er sich, sollte er sich nicht selbst mit dem Verkauf der erbeuteten Handelswaren beschäftigen? Für eine Reise nach Lhasa würden ihm einige seiner Männer genügen, die er in friedliche Kaufleute verwandelte. So viele Händler brachten dorthin aus den verschiedensten Gegenden Handelswaren aller Art, so dass sie und ihre Unternehmungen unter so zahlreichen Gefährten keinerlei besondere Aufmerksamkeit erregen würden. Die von ihm zum Verkauf gebrachten Dinge würden übrigens in Lhasa auch höhere Erlöse als anderswo erzielen. Die Vernunft wäre so mit seiner Absicht in Einklang; seine Kameraden würden seinen Plan sicher billigen. Und nähme er Detchema auf die Reise mit, könnte er ihnen unschwer verständlich machen, dass die Anwesenheit einer Frau sie umso besser als friedliche und ehrenhafte Leute ausweisen würde. Ja, könnte er, um ihren ehrenhaften Charakter noch zu unterstreichen, nicht erzählen, dass sein frommes Eheweib die Gelegenheit einer Geschäftsreise ihres Mannes zu einer Wallfahrt nach der heiligen Stadt genutzt habe?

Der Plan einer vorgeblichen Wallfahrt beherrschte das Denken des Räubers. Warum sollte sie nicht Wirklichkeit werden?

Eine abergläubische Furcht ergriff Garab. Er war zu glücklich. Während der vergangenen Monate hatten ihm mehrere Raubzüge große Gewinne eingebracht; aber die gestrige Beute übertraf die früheren bei weitem. Schließlich war ihm Detchema zugefallen. Ein anhaltendes Glück war jedoch eine Gefahr für ihn. Freiwillig musste er etwas aus seinem Besitz opfern, da ihm das Schicksal kein Opfer abforderte.[14] Irgendein Unglücksfall würde auf seinen Besitz oder ihn selbst lauern. Sein Beruf barg unzählige Unfallgefahren; eine Kugel könnte ihn tödlich im Kampf treffen. Oder konnte ihm gar Detchema wieder genommen werden?

Reise, Liebesnächte, das böse Schicksal, der Neid der Götter, die Bosheit der Dämonen, notwendige Sühne für begangene Sünden während zehn Jahren Raubwesens – das waren die Gedanken, die das Denken des Anführers verwirrten, während er langsam zum Versammlungsort ging.

Wie alle seinesgleichen glaubte Garab an die Märchen und den vielfältigen Aberglauben, die die Religion des gewöhnlichen Tibeters ausmachen, ohne jeden Zweifel. Für gewöhnlich beschäftigten sie ihn kaum; aber nun bedrängten sie ihn in ungewohnter Weise.

»Kameraden«, begann er, als er inmitten seiner Männer Platz genommen hatte, »ist euch klar, dass wir gestern schwer gesündigt haben? Zweifellos, unser Leben ist hart; aber bis jetzt haben wir nur Kaufleute überfallen, die sich zu bereichern suchten. Uns wie sie beseelte das gleiche Verlangen; wie sie haben wir das Recht auf seine Verwirklichung. Unseren Besitz haben wir nicht wie Feiglinge heimlich geraubt. Es gibt Verwundete unter uns; und der arme *Tobden* ist vergangenes Jahr gefallen.

Wir sind keine Geizkragen; wir haben nie Armen das Almosen verweigert, und wir befriedigen freiwillig die Bedürfnisse der Priester, die in unserem jeweiligen Lager die heiligen Schriften lesen und die religiösen Riten verrichten. Kurz, wir sind nicht ganz weiß, aber ebenso wenig ganz schwarz.

Gestern aber waren es fromme Pilger. Alles, was sie bei sich trugen, war als Opfergabe für den Dalai-Lama bestimmt. Gut, diese Pilger selbst haben wir in nichts belästigt. Der Wille, diese Geschenke darzubringen, kommt dem wirklichen Opfer gleich, die wirklichen Opfer in diesem und den folgenden Leben sind den erworbenen Verdiensten gleich, und infolgedessen ist das ihnen von uns zugefügte Ungemach gering. Genau besehen haben wir ihnen durch die Verkürzung ihrer Pilgerfahrt eine Menge Mühsal erspart, was ihrem Befinden nur zugute kommen kann. Belasten wir deshalb unser Gewissen nicht.

Worauf es allein ankommt, ist die von uns gemachte Beute, all die einem frommen Zweck bestimmten Dinge. Wollen wir sie demnach verkaufen und den Erlös einstecken? – Das hieße die Religion berauben, eine sehr schwere Sünde. Ich gestehe, dass ich davor zurückschrecke; ihre Folgen in dieser und den anderen Welten könnten schrecklich sein.

Überdies meine ich, das Gelingen sei uns allzu lange treu geblieben.«

Solcher Überlegung nachsinnend, vergaß Garab die Verwundeten und den Toten der letzten Streifzüge, und seine nur auf den Vorteil bedachten Gefährten vergaßen sie gleichfalls.

»Dies dauernde Glück ängstigt mich«, fuhr der Anführer fort. »Ich glaube, wir sollten im Verzicht auf einen Teil des

Gewinns ein Opfer bringen, um uns den Besitz des übrigen zu sichern und unsere Seelenruhe zu erhalten.

Und weiter: Hier haben wir eine ungewöhnliche Gelegenheit, durch prächtige Geschenke für den Dalai-Lama unsere vergangenen Sünden zu tilgen und im Voraus auch die zu sühnen, die wir noch begehen könnten. Wann werden wir uns je wieder im Besitz genau gleich passender Dinge finden, um sie ihm zum Geschenk zu machen wie diese, die zu diesem Zweck ausgewählt sind? Warum sollten wir nicht aus ihrem Besitz Gewinn ziehen, indem wir einen Teil davon zurücklegen, der ein ungewöhnlich verdienstvolles Geschenk bilden und uns den Segen des Kostbaren Beschützers (des Dalai-Lama) bringen würde, der uns in unserem gefahrvollen Beruf vor allem Bösen bewahren wird?

So weit meine Meinung. Denkt darüber nach und äußert euch.«

Garab fiel das Sprechen leicht; und da alle Tibeter Beredsamkeit sehr schätzen, wird ein guter Redner seine Zuhörer fast immer überzeugen. Keiner seiner Zuhörer war erstaunt, wie bei so viel gescheiten Betrachtungen gleichzeitig eine vorteilhafte Klugheit für die Dinge dieser Welt und die fromme Sorge um das geistige Heil in dem Redner aufgetaucht waren, während er mit seiner neuen Geliebten schäkerte. Der Anführer sprach aufrichtig, und seine Gefährten teilten rückhaltlos den Glauben, mit dem er seine Vorschläge begründete. Sie wurden deshalb begeistert aufgenommen.

Aus den fünfzig Männern der Bande wurden zwanzig ausgewählt, die den Anführer auf seiner Reise begleiten sollten. Mit ihrem eigenen Opfer würden sie Lampen auf den Altären der Götter entzünden, würden die erforderlichen Kniefälle tun und würden den Segen des Dalai-Lama für ihre zu Hause gebliebenen Kameraden empfangen. Das Verdienst wäre für alle gleich, wie auch die aus den verkauften Waren erzielten Gewinnanteile gleich wären. Alle waren vollkommen zufriedengestellt. Diejenigen, die nach Lhasa reisten, tauschten ihre groben Schaffellüberröcke gegen Tuchkleider aus, die sie den Wallfahrern abgenommen hatten, setzten Hüte mit hufeisenförmigen Ohrenklappen auf, von denen einige mit Goldborten verziert waren, trugen die besten Schuhe aus ihrem Beuteanteil und hatten im Handumdrehen das Aussehen reicher Kaufleute.

Da jeder von ihnen überdies noch gut bewaffnet war, waren sie bereit, heldenmütig *ihr* Gut zu verteidigen, sollten ihnen zufällig Räuber auflauern. Mit dem Wandel ihrer äußeren Erscheinung und des Zwecks ihres Rittes quer durch das Land war plötzlich auch eine Verwandlung ihrer inneren Empfindungen geschehen. Eine raffgierige und scheinheilige Kaufmannsseele wohnte jetzt in jedem von ihnen, und sie sahen auf ihre Hirten-Räuber gebliebenen Kameraden mit einem Abstand herab, als gehörten sie einer anderen, verachtenswerten Kaste an.

»Detchema, wir bleiben nur noch einen Tag hier, um einige Vorbereitungen zu treffen. Übermorgen vor Sonnenaufgang verlassen wir das Lager.«

»Und in fünf Tagen wirst du zu Hause sein.«

»Wer weiß ...«, antwortete Garab ausweichend. »Schau, was ich dir bringe.«

Er breitete ein Frauenkleid aus dunkelblauem Stoff und ein Mieder aus einer lebendig schimmernden roten Seide aus.

»Gefällt es dir?«, fragte er. Und ehe seine Freundin noch antworten konnte, fügte er hinzu: »Es gibt noch besseres.«

Aus dem Sack *(amphag)*, den das sehr weite, von einem Gürtel gehaltene Gewand des Tibeters auf der Brust bildet, zog er eine lange Kette aus Achat und Korallen und eines jener Reliquienkästchen hervor, das die Tibeter wie ein Schmuckstück am Hals hängen haben. Es war aus Gold und mit Türkisen besetzt.

»Bist du zufrieden?«, fragte er wieder.

»Oh! Wunderbar!«, rief Detchema vor Freude überwältigt aus.

»Eine andere Überraschung wartet noch auf dich«, fuhr Garab fröhlich fort, »aber sie wird für übermorgen aufgespart.«

Sie aßen gemeinsam beim schwindenden Tageslicht. Detchema wurde nicht müde, die Schmuckstücke und ihr schönes Kleid zu betrachten und zu streicheln; auch dachte sie an die versprochene Überraschung. Was würde es sein, was ihr der Geliebte schenken würde? – Weitere Schmuckstücke, eine Rolle Chinaseide für ein noch schöneres Kleid als das, das er ihr schon geschenkt hatte, oder gar ein hübsches Maultier, einen Passgänger?

Dann kam die Nacht; der Feenreigen der Sterne erstrahlte am Himmel. Detchema fühlte die warmen Lippen des jungen Anführers auf den ihren; alle Dinge dieser Welt versanken in ihrem Geist. Sie und er waren nur mehr ein brennendes Verlangen.

In der Kühle vor Tagesgrauen stampften Pferde und Maultiere und schüttelten ihre Glöckchen, als wollten sie ihre Bereitschaft zu neuem Marsch anzeigen. Die aufbruchbereiten Männer verabschiedeten sich mit viel Getöse, wobei sie die vielen in Tibet gebräuchlichen Segenswünsche austauschten.

Detchema saß nahe bei Garab im Sattel inmitten dieser fahrenden Kaufleute.

»Vorwärts!«, rief der Anführer und sich zu seiner Geliebten neigend: »Detchema«, sagte er ganz leise, »die versprochene Überraschung: wir reiten nach Lhasa ... Über einen Monat Reise! Bist du glücklich, Geliebte?«

Eine Welle grenzenloser Freude stürzte über die junge Frau herein. Sie fuhr heftig zusammen, und ihre Hand riss am Zügel, dass ihr Maultier emporstieg. Detchema verlor das Gleichgewicht. Garab fasste sie kräftig um den Leib und hielt sie so im Sattel. Schnell beruhigt ging das an sich friedliche Tier sofort wieder in seiner ruhigen Gangart; aber der schöne Abenteurer zog den Arm, mit dem er sie umfasst hielt, nicht von seiner Geliebten zurück, und so lagen sie eine Zeitlang aneinandergelehnt, als sie zu ihrem unbekannten Geschick aufbrachen.

Zweites Kapitel

Die Jugend eines großen Räuberhäuptlings – Der Sohn eines Gottes

Die Abstammung des schönen Reiters, der sich nun mit sieghaftem Lächeln an die Spitze seiner Karawane brachte, war ebenso dunkel wie einmalig romantisch. Seine verstorbene Mutter war Diener-Sklavin[15] bei einem reichen Grundherrn, und über seinen Vater wusste selbst die Frau nichts, die von ihm empfangen hatte. Der reiche Lagspa sah seinen Besitz anwachsen und freute sich seines Glücks; andererseits aber bedrückte ihn sehr die Unfruchtbarkeit seiner Frau Tschösdön. Er hatte schon beträchtliche Summen an Opfern für Götter, an Geschenken für Klöster und an Almosen aufgewendet, als ein Wanderasket ihm riet, mit seiner Frau eine Wallfahrt zum heiligsten Ort der Welt, dem Khang Tise[16], zu machen, wobei er ihm versicherte, dass dies das sicherste Mittel für ihn sei, einen Erben zu erhalten.

Der Wanderasket hatte ein bedeutendes Gesicht, sprach sehr sicher, und Lagspa erwog die Befolgung seines Rats. Jedenfalls, aus der Umgebung von Hor Kanze, wo er wohnte, bis zum heiligen Berg ist der Weg weit, und man muss Tibet von einem Ende zum anderen durchwandern. Aber der Wunsch nach einem Sohn überwog bei den Ehegatten alle Bedenken hinsichtlich Länge und Beschwerlichkeit der Reise. Sie brachen auf, begleitet von drei Dienern und von Nierki, einer jungen Diener-Sklavin zum besonderen Dienst bei Tschösdön.

Voll tiefen Glaubens vervielfachten die Gatten die Andachtsübungen in den Tempeln bei dem Berg. Sie machten auch den auf ihm vorgeschriebenen Rundgang und verweilten in Höhlen, von denen die Legenden wussten, dass Götter sie besucht oder heilige Einsiedler sie bewohnt hatten, in der Hoffnung, dass einer von ihnen in wunderbarer Erscheinung die Erhörung ihrer Gelübde ankündigte.

Obwohl sie kein derartiges Anliegen hatten – denn jeder der drei Männer war Vater und Nierki war noch nicht verheiratet –, unterschied sich die Inbrunst der Diener in nichts von der ihrer Herrschaft. Auch sie verbrannten Räucherstäbchen, versahen Lampen mit Öl, verbrachten Stunden in den heiligen Höhlen und wiederholten tausend- und tausendmal das *Om mani padme hum!*

Nachdem sie die vorgeschriebenen Andachtsübungen gebührend vollbracht hatten, machten sich Lagspa, Tschösdön und ihr Gefolge auf den Rückweg. Sie hatten kaum die Hälfte davon zurückgelegt, als Tschösdön ihrem Gatten mitteilte, dass das erhoffte Wunder ohne den geringsten Zweifel geschehen sei. Sie würde Mutter sein. Es war aber sogar ein zweifaches Wunder geschehen; denn bald darauf fühlte sich Nierki auch schwanger.

Tschösdöns Schwangerschaft hatte ihre ganz natürliche Erklärung, die ihrer Dienerin aber umwitterte ein Geheimnis. Die drei Diener, ehrenhafte und glaubwürdige Männer, verneinten entschieden, dass einer von ihnen damit irgendetwas zu tun habe, und Nierki bestätigte das.

Von ihrer Herrschaft bedrängt, erzählte sie eine ungewöhnliche Geschichte. Eines Abends sei sie beim Aufsagen des *mani*[17] in einer der Höhlen eingeschlafen. Tastende Hände hätten sie aufgeweckt, und neben sich hätte sie den Großen Gott des Khang Tise liegen sehen. Er sei, mit einem Tigerfell um die Lenden, fast nackt gewesen, fahl wie der Mond, eine Kette von dicken *rudrach*-Samen[18] auf der Brust. Vor Schreck und Verehrung wäre sie wie gelähmt gewesen. Selbst wenn sie gewollt hätte, hätte sie weder rufen noch fliehen können; aber wie könne man auch einem Gott widerstehen?

Lagspa war fromm, ja abergläubisch; er hätte gern angenommen, dass ein lichtumflossener Gott seiner Frau oder ihm erschienen wäre, um ihnen huldvoll anzuzeigen, dass durch seine Macht ihre Verbindung fruchtbar sein werde. Aber dass ein Gott selbst sich damit abgeben sollte, ein jungfräuliches Mädchen zu schwängern, schien ihm ein verdächtiges Wunder. Sicher, in verehrungswürdigen Legenden geschähen solche Wunder, die er keineswegs bezweifeln wolle; aber das hatte sich in sehr fernen Zeiten zugetragen, und er glaubte kaum, dass sie sich in unseren Tagen und ausgerechnet bei einer Magd ereignen könnten.

Dennoch, die Kleine war immer klug gewesen und schien von ihrer Erzählung ernstlich überzeugt. Ihre Erzählung musste wahr sein. Aber an Stelle des Großen Gottes vom Kailash, den die Hindus anbeten, sah der zweifelnde und vernunftgläubige Lagspa einen der Anhänger dieses Gottes; einen dieser Yogis, die ihre Nacktheit in Tiger- und Leopardenfelle kleiden, *rudrach*-Ketten tragen und sich das Gesicht mit Asche beschmieren, was sie »weiß wie der Mond« und ihrem Gott, wie er auf Bildern gemalt ist, ganz ähnlich macht.

Die unschuldige Nierki war von einem dieser unzüchtigen scheinheiligen Männer genarrt worden, die Friedhöfe besuchen, das Fleisch der Leichen essen und sich den verworfensten Praktiken hingeben. Sollte er es ihr sagen? Sollte er ihre rein gebliebene Einbildung beschmutzen und den kindlichen Traum, in dem sie sich wiegte, mit Schauder und Gewissensbissen beschweren? Lagspa meinte als guter Mensch, dies wäre schlecht gehandelt. Er gab vor, an die Geschichte der übernatürlichen Vaterschaft zu glauben, und sprach offen darüber mit seinen Dienern und befahl ihnen, nichts über dieses Wunder auszuplaudern, sondern zu Hause zu sagen, Nierki sei verheiratet gewesen, und ihr Mann sei kurz nach der Hochzeit gestorben. Die drei Männer versprachen, sich an seine Anordnungen zu halten, nicht ohne bei sich zu denken, der Vater des kommenden Kindes könne sehr wohl ihr Herr selbst sein, der in seinem Wunsch nach einem Nachkommen seine Anstrengungen vervielfacht habe.

Nierki selbst wurde strengstens verboten, je ihre Liebesnacht mit diesem Gott zu erwähnen. Auch sie sollte immer nur wiederholen, sie sei kurz nach der Hochzeit Witwe geworden. Aber im Hause von Lagspa und in seiner Nachbarschaft teilten hinsichtlich der Vaterschaft des reichen Grundherrn alle die Meinung der drei Diener.

Bald nach ihrer Heimkehr schenkten beide Frauen kurz nacheinander einem Sohn das Leben. Lagspa wählte für das Kind seiner Dienerin den Namen Garab (»vollkommene Freude« oder »völlig glücklich«) als Zeichen guter Vorbedeutung, wobei er dem armen, vaterlosen Kleinen damit Glück zuzuwenden dachte.

Garabs Kindheit verlief ohne das geringste bemerkenswerte Ereignis. Gleichaltrig mit dem Sohn des Herrn wurde er zunächst dessen Spielgefährte und etwas später sein Schulkamerad, als Lagspa einen Geistlichen[19] anstellte, der neben seinen religiösen Pflichten die des Lehrers zu erfüllen hatte.

Viel rascher als sein Mitschüler lernte Garab lesen, schreiben und rechnen. In allem war er der Überlegene: an Schönheit, Körperkraft, Liebenswürdigkeit und Verstand, und Lagspa begann trotz seiner natürlichen Gutmütigkeit und des dem vaterlosen Kind bezeigten Wohlwollens allmählich Verdacht zu schöpfen. Dieser Sklavensohn stellte seinen Erben in den Schatten. Er verbot ihm, weiterzulernen, und schickte ihn zur Feldarbeit; aber zu dieser Zeit hatte Garab schon alles gelernt, was sein Lehrer überhaupt zu lehren hatte: wenig genug.

Schon früh hatte Garab Neigung zu Heftigkeit, unbeugsamer Dickköpfigkeit und Stolz gezeigt, die sich nur schlecht mit seiner Stellung als Sklavensohn vertrugen, zumal er selbst als Sklave, so mild diese Sklaverei auch für ihn sein mochte, einem Herrn gehörte, der nach seinem Gutdünken mit ihm verfahren konnte.[20]

Mehrmals hatte er seine Mutter nach seinem Vater gefragt, und diese hatte ihm gehorsam wiederholt, was man ihr zu sagen befohlen hatte: sie sei Witwe. Indessen machte der Heranwachsende Beobachtungen hinsichtlich des besonderen Wohlwollens, das ihm Lagspa bezeugte, und er überfiel Nierki heftig von Neuem mit Fragen.

»Du bist nicht Witwe, das ist eine Lüge. Mein Vater ist Lagspa, nicht wahr? – Bist du aber seine zweite Frau, und bin ich sein Sohn, warum leben wir dann in der Unterkunft der Dienerschaft anstatt im Haus mit seiner ersten Frau und meinem Bruder?«[21]

Die arme, von der Heftigkeit des Knaben bedrängte Nierki konnte nicht länger schweigen. Sie hatte ihm das wunderbare Abenteuer erzählt, das ihr am Fuß des heiligen Berges widerfahren war. Nein, er war nicht der Sohn des Grundherrn und hatte keinerlei Recht, in seinem Haus zu leben; aber sein Vater überwog an Adel und Reichtum weit den reichen Lagspa. Sein Vater war der Große Gott vom Kailash.

Von dieser ganzen Erzählung, die ihn zum Weinen brachte, hatte sich Garab nur eines gemerkt: er war nicht der Sohn des Herrn. Dass er der Sohn eines Gottes sein sollte, darüber lachte er nur. Seine Mutter, dachte er, musste leicht verrückt sein.

Als Garab achtzehn Jahre alt war, starb seine Mutter. Am Morgen nach dem Begräbnis betrat er das Zimmer des Herrn und fragte ohne Einleitung:

»Bin ich dein Sohn, wie alle behaupten? Es wäre in diesem Fall nur billig, wenn du es mir sagtest, meinst du nicht? – Um mir im Haus Sohnesstelle einzuräumen oder mir zu helfen, dass ich mir anderwärts eine entsprechende Stellung verschaffe. Ich habe keineswegs die Absicht, Diener zu bleiben.«

Der dreiste Ton des Jungen missfiel Lagspa.

»Du bist nicht mein Sohn, und ich schulde dir nichts. Hat dir deine Mutter etwa gesagt, sie sei meine Geliebte gewesen?«, antwortete er kalt.

»Nein. Sie hat mir eine verrückte Geschichte von einem Gott erzählt.«

»Diese Geschichte war für sie wirkliche Tatsache. Du würdest dich gegen ihr Andenken versündigen, wenn du eine schlechte Meinung von ihr hegtest.«

Er berichtete ihm dann im einzelnen alle Ereignisse jener Wallfahrt zum Khang Tise und teilte ihm seine eigenen Schlussfolgerungen über seinen Erzeuger mit.

»Und da du nun über deine Herkunft Bescheid weißt«, schloss er, »erinnere dich, dass ich dich immer gut behandelt habe. Ich werde das auch weiterhin so halten; aber auch du sollst bedenken, dass deine Mutter keine freie Frau war. Sie gehörte meinem Haus, wie ihre Eltern den meinen gehört hatten und du selbst mir gehörst. Schmiede also keine törichten Pläne. Du kannst also weder von hier weggehen noch dir eine Stellung schaffen. Du musst hierbleiben und gutwillig die dir auferlegten Pflichten erfüllen. Du brauchst keinen Hunger zu fürchten, wirst deine dir zukommenden Kleider und ein sicheres Obdach für deine alten Tage haben.«

Als der Herr schwieg, verließ Garab grußlos das Zimmer.

Ich musste ihm das nachdrücklich sagen, dachte Lagspa nach seinem Weggehen. Dieser Junge wird unverschämt. Er muss gebändigt werden; eine leichte öffentliche Prügelstrafe schiene vielleicht angezeigt. Ich werde mir das morgen überlegen.

Aber am nächsten Morgen nach seinem Erwachen fand Lagspa einen kurzen Brief an seiner Zimmertür. »Onkel[22] Lagspa«, hatte Garab geschrieben, »meine Pläne sind von den deinen zu verschieden, als dass ich weiterhin bei dir leben könnte. Arbeit verdient Lohn. Meine Mutter hat dir ihr Leben lang gedient, wie ihre Eltern, wie ich von dir gehört habe, vor ihr den deinen gedient haben. Und ich selbst bin dir mehr als einmal nützlich gewesen. Erlaube also, dass ich mir für meine und für die Arbeit der Meinen den Lohn nehme, da dein Vater und du ihn zu geben versäumtet.«

Garab war in der Nacht auf dem besten Pferd seines Herrn, zwei große Säcke voll Lebensmittel am Sattel, davongeritten.

Bei Sonnenaufgang war der Flüchtige schon weit. Der Tag versprach schön und warm zu werden, eine belebende Luft lag über allem, und Garab fühlte eine bisher ungekannte Freude. Er war frei! Zu Ende die langweiligen Pflichten, zu Ende das Dienen, zu Ende das Leben als Werkzeug eines fremden Willens! Garab atmete die belebende Höhenluft, berauschte sich an ihr mit vollen Lungen und einem kühnen Blick auf das Land, das er durchritt.

Im Augenblick war er noch ohne Ziel und Plan. Seine Flucht, obwohl im Dunkel seines Unterbewussten längst vorbereitet, war gänzlich unüberlegt gewesen, und da er nie darüber nachgedacht hatte, war er über die einzuschlagende Richtung noch unentschlossen.

Während der ganzen Nacht dachte er nur daran, die größtmögliche Entfernung zwischen sich und Lagspas Haus zu bringen. Dies war unbedingt notwendig, aber wohin er sich wenden sollte, konnte er frei entscheiden.

Garab überlegte: Was würde Lagspa denken? Offensichtlich würde er annehmen, der Sohn seiner verstorbenen Magd würde darauf aus sein, sich so bald wie möglich Geld im Wert des gestohlenen Pferdes zu verschaffen. Und um es mit größtmöglichem Nutzen und außerhalb des Zugriffs seines Eigentümers verkaufen zu können, musste er ein größeres chinesisches Handelszentrum zu erreichen suchen. Garab hatte früher öfter in der Gegend untergebrachte chinesische Soldaten aufgesucht und ihre Sprache so weit erlernt, dass er seine Geschäfte, die keinen besonderen Wortschatz verlangten, unter allen Umständen selbst wahrnehmen konnte. Lagspa wusste dies, und Garab folgerte am Ende seiner Überlegungen, dass er ihn auf der großen Straße von Dartsido suchen lassen würde.[23] Er musste also eine andere Richtung einschlagen. So entschied er, sich durch die Wälder in nördlicher Richtung durchzuschlagen.

Garab fehlte es wirklich an Geld; aber der Inhalt der Säcke, die er mit getrocknetem Fleisch, *tsampa,* Butter und Tee vollgestopft hatte, vermochte ihm mehrere Wochen die Nahrung zu sichern. Er konnte sich also Zeit lassen und wollte sie lieber dazu nutzen, sein Pferd weit wegzubringen, als es hastig zu verkaufen.

Tage gingen hin, Garab ritt durch die Berge, müßig, im Genuss aller für ihn neuen Freuden einer völligen Freiheit. Auf den Lichtungen oder abgelegenen Weideplätzen, an denen er lagerte, stand das Gras in dieser Jahreszeit so üppig, dass ein Pferd dort reichliche Weide fand.

Das Pferd, ein stolzes schwarzes Tier, war erst vier Jahre alt; es stammte aus Lagspas Zuchten. Als Nagpo – so hieß das Pferd – noch ein wildes Füllen und Garab ein übermütiger Junge war, hatten beide oft ganz einsam auf den Weiden gescherzt. Obwohl Garab kaum empfindsam war, fühlte er doch ein dumpfes Bedürfnis zu lieben und geliebt zu werden, das von seiner Umgebung nicht befriedigt wurde. Seine Mutter, ein einfaches, furchtsames, beschränktes Geschöpf, liebte ihn gewiss, hatte es ihm aber nie durch Liebkosungen oder liebevolle Worte bewiesen, nach denen das Kind unbewusst verlangte, ohne sie je erfahren zu haben. Lagspa war ein wohlwollender, aber ferner Herr und sein Sohn ein reichlich egoistischer Spielgefährte. Nagpo, der wiehernd und seine Nüstern an seiner Brust reibend zu ihm kam, gab Garab die Empfindung eines lebendigen, wärmeren Gefühls, das in den tiefsten Tiefen seines Seins Saiten berührte, die die anderen kaum zum Schwingen bringen konnten. So war zwischen dem kleinen Knaben und dem jungen Pferd eine Art Freundschaft entstanden, die die Einsamkeit zwischen dem fliehenden Diener und dem von ihm geraubten Tier nur noch enger knüpfen sollte. Nagpo verkaufen! Garab fühlte sich schon gepeinigt, wenn er nur daran dachte. Es konnte geschehen, dass er nachts, wenn er in einem Dickicht, das sie beide verbarg, erwachte, den Kopf seines in der Nähe angebundenen Gefährten mit seinen Armen umfasste und an sich drückte.

Was aber sollte er tun, wenn sein Mundvorrat aufgebraucht wäre? Auf dem Rücken eines wertvollen Pferdes bettelt man nicht.

Und wohin sollten ihn seine Gefühle bringen? Seit er die große Straße verlassen hatte, hatte er nur zwei winzige Weiler gesehen, denen er ausgewichen war, indem er sich im Wald gehalten hatte.

Von Anfang an hatte er jede Erwägung, wieder Diener zu werden, verworfen. Nagpos Verkauf könnte ihm eine ausreichende Summe einbringen, um selbst einen kleinen Handel anzufangen oder sich mit einem bereits bestehenden Handelsunternehmen zu verbinden. Aber sein Entschluss festigte sich mehr und mehr: er würde sich von Nagpo nicht trennen. Aber was dann? …

Mit von solchen Besorgnissen verdüsterter Freude setzte Garab ziellos seinen Weg fort, als er beim Überqueren abgelegener Gebirge in der Ferne eine Gruppe von sechs bewaffneten Reitern ohne Gepäck wahrnahm, die in seiner Richtung ritten. Ein Zweifel war kaum möglich: diese Männer waren Räuber. Die Gegend bot keinerlei Unterschlupf, der ihn vor ihnen hätte verbergen können; übrigens war Garab gesehen worden, die Räuber beschleunigten die Gangart ihrer Pferde. Garab verhielt die des seinen.

Eine plötzliche Erkenntnis durchzuckte ihn: In diesen auf ihn zufliegenden Reitern sah er sein Schicksal, das ihn forderte.

Mit heftig klopfendem Herzen, äußerlich aber ruhig, aufrecht auf seinem Pferd sitzend, ein wenig hochmütig lächelnd, wartete er.

»Steig ab! … Gib dein Pferd und versuche nicht dein Silber zu verstecken«, schrien die auf ihn zureitenden Räuber.

Garabs Lächeln wurde spöttisch.

»Mein Pferd wird euch nützlicher sein, wenn ich es reite«, antwortete er. »Ich habe kein Geld, denke aber in Bälde welches zu haben. Ihr versteht, Kameraden?« Und, indem er alle sechs musterte, fügte er hinzu: »Ich habe euch gesucht.«

Die Räuber waren verdutzt. Wer war dieser einsame Reisende?

»Woher kommst du?«, fragte einer von ihnen.

»Unter ›Helden‹ fragt man nicht«, antwortete Garab gelassen.

»Dies Pferd gehört dir?«

»Wie die euren euch, da ihr sie reitet.«

»Du hast es gestohlen?«

»Gewonnen oder gestohlen, wie ihr wollt.«

Die Flegel platzten vor Lachen.

»Du scheinst ein lustiger fideler Kerl zu sein«, sagte der, der der Anführer zu sein schien. »Und du hast uns gesucht, hast du gesagt?«

»Ich will mein Glück machen, glaubt mir. Dazu suche ich beherzte Kameraden. Ob ihr das seid, weiß ich noch nicht.«

»Du bist groß und stark, aber noch sehr jung. Hast du schon an Überfällen teilgenommen?«

»Ihr werdet es beurteilen können, wenn ihr mich bei der Arbeit seht.«

»Oho! … Du möchtest einer der unseren sein … Ein Unbekannter!«

»Wir können uns bekannt machen und plaudern. Ich habe vorzüglichen Tee. Lasst uns Feuer machen, niedersitzen und trinken. Gute Pläne werden uns dann bestimmt kommen.«

Von solcher Kühnheit und solcher Ruhe waren die Räuber überwältigt. Der Reisende, dachten sie, musste einer anderen Bande angehört haben, die in einer anderen Gegend arbeitete und sich infolge eines Fehlschlags oder aus anderen Gründen aufgelöst hatte. Er war schön und gut, aus bestem Räuberblut.

In dem nun folgenden Gespräch wusste sich Garab zur Geltung zu bringen, indem er sehr geschickt allen Fragen über seine Person und seine Abenteuer listig auswich. Diese Männer waren nur mittelmäßige Straßenräuber; ihre Intelligenz konnte sich mit der Garabs in keinerlei Hinsicht messen. Schließlich forderten sie ihn auf, einer der Ihren zu werden.

Garab nahm an. Er versorgte Nagpo und, indem er darauf wartete, was er »erwerben« oder »borgen« könne, um mit seinem Glück zu beginnen, bot ihm einer der Räuber ein Heim bei sich in einem Gebirgsdorf an.

Die ungewöhnlich schnelle Entscheidung der Räuber hinsichtlich Garabs kam daher, dass sie einen Angriff auf einen Kauffahrerzug im Schilde führten, der nach sechs oder sieben Tagen auf der Straße kommen musste. Die Sache schien recht gefährlich. Die Kaufleute und ihre Diener waren zahlreich und gut bewaffnet; und die Bande, deren sechs Mitglieder Garab aufgegriffen hatten, war insgesamt nur elf Mann stark. Ein zwölfter Kumpan, tapfer und entschlossen, wie der Unbekannte zu sein schien, konnte ihnen nur nützlich sein.

Einige Tage danach begann Garab eine glänzende Laufbahn, die er freiwillig vielleicht nicht gewählt haben würde, die er aber leichten Herzens, fast übermütig, ohne Widerspruch oder Bedauern annahm. Er sollte sich bald für seinen gefahrvollen Beruf begeistern und sich darin auszeichnen.

Drei erfolggekrönte Überfälle, an denen er teilnahm, ließen ihn kleine Gewinne erzielen, und es gelang ihm, sich freundschaftlich von seinen ersten Waffengefährten zu trennen. Obwohl sie seine wahre Persönlichkeit wohl nie vermutet hätten, zog er es doch vor, sich noch weiter von dem Land zu entfernen, in dem er seine Jugend verbracht hatte. Zahlreiche und gut bewaffnete Banden arbeiteten zu dieser Zeit in den Gegenden um die Quellen des Gelben

Flusses. Garab wandte sich dorthin. Es gelang ihm schließlich, das Misstrauen der Hirten-Räuber des Landes zu überwinden und sich unter ihnen niederzulassen.

Drei Jahre lang machte er in den Einöden des nördlichen Tibet, die die reichen Karawanen mongolischer Wallfahrer und chinesischer Kaufleute durchzogen, Überfälle. Sein Mut und seine Gewandtheit sprachen sich herum. Sein Besitz nahm zu; er hatte seine Zelte im Lager und seine Herden auf den Weiden.

Da stießen eines Tages die im Allgemeinen siegreichen Räuber auf einen stärkeren Widerstand als erwartet. Ohne ihr Wissen hatten sich zwei Karawanen zusammengetan, um die gefährliche Gegend gemeinsam zu durchwandern. Unter den Reisenden befanden sich gute Schützen; vier Räuber wurden getötet, andere verwundet, und ihr Anführer fiel tödlich getroffen vom Pferd. Nach ihren schon schweren Verlusten brachte dessen Sturz die Wegelagerer in Verwirrung. Sie zogen sich Hals über Kopf zurück, als Garab im Galopp die Fliehenden wieder zusammenfasste und ihnen den Weg abschnitt. Mit heftigen Gesten wies er auf die Beute, auf die sie schon verzichten wollten, und er weckte so ihre Habgier von Neuem, überschüttete sie mit einer Flut von Schmähungen, verspottete grausam ihre Laschheit, reizte sie und führte sie schließlich wutentbrannt in den Kampf.

Diesmal vermochten die Karawanenleute dem Ansturm dieser dämonischen Horde nicht standzuhalten. Sieg und Beute blieben in den Händen der Wegelagerer.

Nachdem sie am nächsten Morgen Rat gehalten hatten, wählten die Männer Garab einmütig zum Nachfolger ihres im Kampf gefallenen Anführers.

Drittes Kapitel

Räuberwallfahrt nach Lhasa – Beim Allwissenden – Beim Seher – Die Vergangenheit einer Seherin

Lhasa, dort in der Ebene, am Fuß des Potala, der die schroffe Masse seiner von goldenen Dächern gekrönten Palast-Festung zu den Wolken emporreckt!

Kein tibetischer Reisender naht sich der heiligen Stadt ohne ein tiefes Gefühl glühender Verehrung. Die unter der Hut der höchsten Berge der Welt so lange unentweiht gebliebene, geheimnisvolle und scheue Stadt ist für Millionen Asiaten das und noch einiges mehr, was für Glaubensangehörige anderer Religionen Rom, Jerusalem oder Mekka sind. Während das geheiligte Wesen der anderen heiligen Städte sich auf geschichtliche Tatsachen gründet, rührt das von Lhasa von okkulten Ursachen her. Dieses »Land der Götter«[24] umgibt eine besondere Atmosphäre und reicht in eine Welt, die für unsere gewöhnlichen Sinne nicht fassbar ist. Von den nackten Felsbergen um das weite Tal, in dem die große Anzahl der niedrigen weißen Häuser einer im Gebet hingekauerten Menge ähnelt, weht eine besondere Luft und hüllt Wesen und Dinge unmerklich ein, indem sie sie durchdringt, umformt und ihnen für einige Tage oder für Jahrhunderte eine neue Seele oder ein neues Aussehen verleiht. Lhasa ist nicht nur ein Ort, an dem Wunder geschehen: Lhasa *ist* ein Wunder.

Garab und seine Gefährten ritten in Lhasa ein und wurden sogleich zu neuen Menschen, von der ganzen Atmosphäre ringsum gepackt, wie wenn man ein neues Kleid anzieht. Sie waren keineswegs hartherzige, mit dem Raub ihrer Opfer beladene Straßenräuber mehr, sondern geistige, fromm bewegte Kaufleute, die da auf der Suche nach Herberge durch die Straßen der tibetischen Hauptstadt zogen.

Außerhalb der Zeit der großen Feste im ersten Monat des Jahres[25] fehlte es in Lhasa durchaus nicht an leerstehenden Unterkünften, und zeigten sich gut gekleidete Reisende auf guten Reittieren mit Handelswaren, so brauchten sie nicht lange auf Unterkunftsangebote zu warten. Garab und die Seinen waren denn auch bald am Rand der Stadt in einem Haus mit großem Hof und Stallungen untergebracht. Klugerweise wohnten die Männer, die angeblich Diener waren, in einem Nebengebäude. Diese Ritter der großen Karawanenstraßen dachten nicht daran, ortsansässigen Gaunern die geringste Gelegenheit zu geben, die von ihnen »erworbenen« Tiere zu stehlen. Einige andere, die dank ihres guten Aussehens die besseren Rollen der Teilhaber des Kaufmanns, des Buchhalters und Sekretärs spielten, sollten ein gemeinsames Zimmer im Obergeschoss des Hauses haben. Der große Kaufmann Garab und seine Frau bewohnten ein Zimmer für sich.

Am Morgen nach der Ankunft ruhte die ganze Gesellschaft lange aus. Garab ließ aus einem Gasthaus ein kräftiges Frühstück mit etwas aufmunterndem Lebenswasser holen, aber nur so viel, dass es das klare Denken seiner Gefährten nicht verwirren konnte. Man musste ja auf der Hut sein. Ein unkluges, im Rausch geschwätztes Wort könnte die übelsten Folgen haben. Seit er das Kommando übernommen hatte, war es Garab gelungen, einen beträchtlichen Einfluss auf seine Männer auszuüben. Sie gestanden ihm einen überlegenen Verstand zu, und die Erfahrung hatte sie gelehrt, dass Gewinn und Sicherheit von ihrem Gehorsam gegenüber seinen immer begründeten Befehlen abhingen. Garab hatte entschieden, dass in Lhasa alle ohne Übertreibung mäßig zu sein hätten, dass keiner abends durch die

Stadt bummeln dürfe, dass die »Diener« eine wachsame Schutzgarde für die Kaufleute zu bilden hätten, und überdies hätten alle eine nicht übertriebene Frömmigkeit zu zeigen, wie sie ehrenhaften Handelsleuten anstand.

Neuigkeiten verbreiten sich unter dem neugierigen Volk von Lhasa schnell. Die Ankunft eines reichen Kaufmanns war sofort bekannt, Garab und die Seinen waren erst einen Tag in der Stadt, als am folgenden Morgen während ihres Frühstücks sich ein wüstes Geschrei misstönender Stimmen vor ihrem Tor erhob. Das waren die *rogyapas*, die nach alter Sitte die Taxe abholten, die sie allen einigermaßen ansehnlichen Reisenden auferlegten, wenn sie Lhasa betraten.[26]

Diese *rogyapas* bilden eine besondere Kaste, die als unrein gilt. Es ist ihnen verboten, in der Stadt selbst zu wohnen und die Wohnungen von achtbaren Leuten zu betreten. Ihre Hauptbeschäftigungen bestehen im Beseitigen von Tierkadavern, im Wegschaffen der Menschenleichen an den Ort, wo sie zerstückelt den Geiern überlassen werden, und in dieser Leichenzerstückelung selbst.

Die jetzt auf ein erträgliches Maß gebrachte Unverschämtheit der Mitglieder dieser Gruppe würde sonst alle Grenzen überschreiten. Reisende, die ihre Forderungen verweigern wollten, sähen sich von Banden dieser grobschlächtigen Gesellen verfolgt, belästigt, ja selbst angegriffen und übel zugerichtet, wann immer sie sich in den Straßen zeigten, und müssten diesem Pack entweder nachgeben oder die Stadt verlassen.

Garab, der diese Sitte kannte, ließ den Bettlern schleunigst eine hinreichende Geldsumme überbringen, die sie zufriedenstellen konnte, ohne allzu große Freigebigkeit zu verraten, die sie auf ihn hätte aufmerksam machen können. Das Heulkonzert hörte alsbald auf, und die *rogyapas* verzogen sich.

Noch am gleichen Morgen begann der »Sekretär« die für einen Empfang beim Dalai-Lama nötigen Höflichkeitsbesuche zu machen.

Kommt eine große Pilgergruppe nach Lhasa, so ist es üblich, dass der Lama-König sie in feierlicher Audienz empfängt. Auf sehr hohem Thron mit gekreuzten Beinen sitzend, ist er dann von seinem Hof umgeben: den Mitgliedern seines Rats, den auf Hockern sitzenden »Chorröcken«[27], den anderen Würdenträgern, den Beamten seines Hauses, den Wachtruppen und sonstigen Dienern.

Sehr oft schließt sich eine mehr oder minder große Anzahl von Wallfahrern zusammen, um durch Zuschüsse die für eine Audienz erforderliche Summe zusammenzubringen. Keiner wird unentgeltlich zu diesen Empfängen zugelassen. Die Audienz wird dann im Namen dessen nachgesucht, der den größten Betrag dazu beigetragen hat, und er kann sich dann von beliebig vielen Verwandten, Freunden oder sogar Unbekannten begleiten lassen. Es geschieht oft, dass arme Pilger einer solchen Gruppe auflauern, um eine solche Audienz mitzumachen, wozu sie die Erlaubnis erhalten, wenn sie ein kleines Geschenk in die Hand des Führers dieser Frommen gleiten lassen.

Die Opfergabe wird in diesem Fall vom Hauptspender, der an der Spitze der langen Reihe geht, für alle am Fuß des Thrones niedergelegt. Nach ihm folgen seine Begleiter im Gänsemarsch, wobei jeder von ihnen einen kurzen Augenblick mit verschränkten Händen und gesenktem Kopf vor dem Dalai-Lama anhält, während dieser ihm mit einer Art Wedel aus einem Stiel und einem Bündel vielfarbiger Bänder (lamaistischer Weihwedel) die Stirne berührt.

Man behauptet, die segensreiche, vom Dalai-Lama ausgehende Wirkung gehe zuerst von dem Stab, den er in der Hand hält, aus, folge dann an den daran befestigten Bändern und gehe schließlich auf den Einzelnen über, den diese Bänder berühren.

Die Zeremonie bleibt auch bei Pilgern die gleiche, die mit größeren eigenen Geschenken kommen. Jeder von ihnen legt dann seine Opfergabe selbst vor dem Thron nieder, während die Sekretäre und Rechnungsführer das Silber und die einzelnen Gegenstände sofort aufnehmen.

Es gibt noch eine andere, weniger feierliche, aber begehrtere Audienz, die bemerkenswerten Persönlichkeiten und besonders großzügigen Spendern vorbehalten bleibt. Im Tibetischen nennt man eine solche Audienz *zimetchung*, das heißt »Kammer«, weil die Besucher in der persönlichen Wohnung des Dalai-Lama[28] empfangen werden.

Garab bemühte sich mehr aus Klugheit denn aus Hochmut um einen solchen Empfang. Er fürchtete sich und die Seinen in eine Menge zu bringen, unter der Leute sein mochten, die den einen oder anderen von ihnen kannten, oder selbst Leuten zu begegnen, die einer der von ihm überfallenen Karawanen angehört hatten. Die Privataudienz barg solche Gefahren nicht; sie fand in kleinem Kreis statt. Der Dalai-Lama hatte nur zwei oder drei seiner Hofbeamten um sich; und Garab war sicher, dass keiner von ihnen jemals ihn oder einen seiner Männer gesehen hatte. Außerdem wurde der Stolz des Räuberhauptmanns, des Sohnes eines unbekannten Vaters und einer dienenden Sklavin von solch weniger alltäglichem Empfang mehr befriedigt, als dies bei solch einem Herdenvorbeimarsch unter gewöhnlichen Gläubigen der Fall gewesen wäre.

Der von Garab mit dem Titel eines Sekretärs Ausgezeichnete war ein junger Schlaukopf, der ein wenig Unterricht genossen hatte, so dass er notfalls einige Worte lesen und schreiben konnte. Er ging flink zu dem mit der Prüfung der Bittgesuche um Privataudienzen beauftragten Unterkanzler, ohne auf Einzelheiten über die Persönlichkeit seines Herrn einzugehen: ein reicher Kaufmann von der chinesischen Grenze, sagte er und begann sofort mit der Aufzählung der Geschenke, die jener als Zeichen seiner Verehrung und zur Erlangung des Segens des köstlichen Beschützers für sich selbst und seine sowohl in Lhasa anwesende wie für die zu Hause gebliebene Dienerschaft darbringen wollte.

Ebenso wenig wie man mit leeren Händen vor die großen Lamas tritt, kann man sich ihren Kanzlern ohne Geschenke nähern, und um bis zu diesen zu gelangen, ist es ebenso unerlässlich, sich gegenüber ihren Dienern und Angestellten der verschiedenen Ränge freigebig zu zeigen.

Der »Sekretär« kannte diese Sitte sehr genau und huldigte ihr ausgiebig, so dass er bei der Erledigung seiner Aufgabe keinerlei Schwierigkeit begegnete. Die Audienz wurde auf acht Tage später, einem günstigen Datum, dem 15. des Mondmonats, am Tage des Vollmonds, festgesetzt.

In der Zwischenzeit beschäftigten sich Garab und seine Männer mit dem Verkauf ihrer Beute und hielten nur ihre Reittiere und die Maultiere zurück, die für die Beförderung des Gepäcks auf der Rückreise notwendig waren. Die Schurken machten ausgezeichnete Geschäfte und setzten ihr ganzes Beutegut zu Preisen ab, die selbst für echte Kaufleute, die bezahlt hatten, was sie verkauften, vorteilhaft gewesen wären. Der Segen des Dalai-Lama wirkte also schon im Voraus.

An besagtem Tag machten Garab und seine Männer schon seit dem Morgen, was sie für eine außergewöhnliche Reinigung hielten: Sie wuschen sich Gesicht und Hände und zogen die schönsten der von den Wallfahrern erbeuteten Kleider an. Einige hängten einen Ohrring an ihr rechtes Ohr, andere steckten einen dicken Jadering an ihren Zeigefinger. Als schließlich die Stunde gekommen war, waren alle versammelt und sehr von der Gewichtigkeit ihres Tuns durchdrungen, und so zogen sie nach Norbuling, dem gewöhnlichen Aufenthalt des Dalai-Lama[29] außerhalb der Stadt und innerhalb der Gärten. Detchema ritt in einem pfauenblauen Brokatkleid, mit allem Schmuck behangen, den Garab aus seinem Beuteanteil zurückbehalten hatte, mit niedergeschlagenen Augen sittsam und bescheiden neben ihrem »Gatten«.

In Norbuling wartete die in einer Ecke der Gärten aufgestellte Räubergruppe lange, bis sie zum Dalai-Lama geführt wurde. Die fromme Sammlung der Besucher litt darunter, verschwand mehr und mehr, und ein Gefühl der Furcht ergriff sie. Sie waren in der Höhle des Löwen. Der Köstliche Beschützer, der Allwissende[30], konnte sie beim geringsten Verdacht, der ihm wegen ihres Betrugs kommen würde, alle foltern und umbringen lassen. Wie er die Verkörperung des mehr als göttlichen, unendlich gütigen Tchenrezigs ist, ist er gleichzeitig der absolute irdische Herrscher Tibets.

Garab fühlte die Furcht unter seinen Begleitern umgehen. Sollte einer von ihnen, nicht ganz unter seinem Einfluss, die Kaltblütigkeit verlieren, so konnte er sich verraten und sie alle verderben.

»Man lässt uns hier lange warten«, sagte einer der Männer.

Als ob er sich mit ihnen über die Einzelheiten des Vorgangs der Audienz unterhalten wollte, scharte der Anführer seine Leute um sich und erklärte mit leiser, aber fester Stimme:

»Der Allwissende kann weder über uns noch über die Herkunft unserer Geschenke das Geringste vermuten. Er weiß davon überhaupt nichts.«

Weisheit sprach aus Garabs Mund. Offensichtlich waren alle notwendigen Vorkehrungen getroffen worden.

»Wir haben nur an die Verdienste zu denken, die wir erwerben werden«, riet der »Sekretär«.

Eine Woge von Religiosität ging von Neuem über die besorgten Stirnen und heiterte sie wieder auf. Alles war gut, der Allwissende ahnte nichts.

Die Widersinnigkeit dieser Unwissenheit eines »Allwissenden«, mit der sie sich zu täuschen suchten, obwohl sie ihn so sehr verehrten, wurde keinem dieser Räuber klar. Ebenso wie für all ihre Landsleute, hatte dieser Begriff des Allwissenden seine eigentliche Bedeutung verloren und war zu einem einfachen und landläufigen Ehrentitel wie etwa der

der Majestät geworden. Was Garab erklärt hatte, wird von den Tibetern täglich gegenüber dem Machtmissbrauch der Beamtenschaft oder anderer Fehler, die sie erleiden mussten, wiederholt: »Der Allwissende weiß es nicht!«

Und wirklich, der Allwissende wusste es nicht, oder wenn er es wusste, ließ er es aus Mitleid für die zu seinen Füßen niedergekauerten Sünder nicht merken. Ein frommer Tibeter hatte diese Erklärung gefunden. Er nahm die Seidenballen aus China, die Türkisen, die Silberbarren, Gewehre, Sättel, Zaumzeug und die großen Maultiere hin, die man an seinem Sitz vorüberführte.

Ein so großmütiger Spender verdiente mehr als das einfache Berühren mit dem lamaistischen Weihwedel. Der Dalai-Lama richtete das Wort an ihn. Auf seine Fragen antwortete Garab zweideutig mit gesenktem Kopf. Als seinen Handelssitz nannte er Sinkaitze, das die Chinesen Mow Kong, im Land der Gyarongpas[31] nennen, einen zu entfernten Ort, als dass sein Name dem Dalai-Lama oder seiner Umgebung vertraut sein konnte.

Was seine Geschäfte betraf, so beschränkte er sich, wie er sagte, darauf, da und dort verschiedene Dinge zu kaufen, die er wieder besser verkaufte.

Garab erklärte diese Dinge mit einer sanften schüchternen Stimme, die ihm die Unschuld eines reinen Herzens gab.

»Sei gesegnet, mein Sohn«, sagte der Dalai-Lama, »du, dein Weib, deine Diener, die hier sind und jene, die zu Hause bleiben mussten. Erfreut euch eines langen Lebens ohne Krankheiten, und eure Geschäfte mögen zunehmend glücklich sein.«

Der Vorbeimarsch der dreiundzwanzig Teilnehmer begann. Die Bänder des Weihwedels berührten den Kopf eines jeden. Die Audienz war beendet. Der Allwissende hatte nichts vermutet. Er hatte ihnen ein langes Leben und Erfolg in ihren *Geschäften* gewünscht. Welch herrliche Beutezüge und welche Beute in Aussicht!

Der sinnliche Rausch, in dem Garab und Detchema befangen waren, war während ihrer Reise nicht schwächer geworden; dagegen hatte die friedvolle mystische Atmosphäre, in die sie sich in Lhasa eingetaucht fanden, augenblicklich auch auf sie wie auf ihre Begleiter gewirkt. Der Besuch beim Dalai-Lama brachte das Ende dieser Besänftigung. Bei der Rückkehr in die Herberge schienen die beiden Liebenden wie aus einem Traum zu erwachen. Ein Blick genügte, und ihre Leidenschaft flammte brennender denn je empor.

Nie während ihrer Reise nach Lhasa war ihnen die Idee der Rückkehr klar vor Augen gestanden. Sie hatten von den Empfindungen ihrer Körper völlig aufgesogen gelebt, ohne etwas anderes als ihre Umarmungen der vergangenen Nacht und derjenigen zu sehen, die ihnen die nächste Rast bringen würde; aber in der Nacht, die der Audienz in Norbuling folgte, überfiel die beiden nur zu heftig die Vorstellung der auf den übernächsten Tag festgelegten Abreise.

Sie sollten zu Garabs Zelten zurückkehren, in sein ländliches Hirtenheim, wohin beide das wunderbare Abenteuer ihrer Liebe zu tragen fürchteten; und ebendiese Furcht befiel sie nun wieder. Das Leben im Lager würde jäh die dauernde Vertrautheit unterbrechen, die ihnen solche Freude machte. Beaufsichtigung der Herden, Handelsunternehmungen, Raubzüge, an denen eine Frau nicht teilnehmen konnte, würden den jungen Anführer in Anspruch nehmen. Stunden, Tage, Wochen wären sie getrennt; die Trennung würde ihr Werk langsam vollbringen, würde den Rausch zum Erlöschen bringen, dessen brennende Wonnen sie gekostet hatten! Oh!, warum musste ihre Reise enden und damit auch die schönsten Tage ihres Lebens!

Der Morgen fand sie nachdenklich und in trauriger Umarmung. Von dem langen Weg ihrer Rückreise sahen sie nur das hassenswerte Ende.

Während dieses letzten Tages seines Aufenthalts in Lhasa hatte Garab mehrere Geschäfte zu regeln und die Vorbereitungen der Abreise zu überwachen. Er hatte der Wache befohlen, dass man ihm bei Tagesbeginn etwas zu essen bringe, und einer der Männer betrat das Zimmer mit einer großen Kanne voll Buttertee.

»Führer«, sagte der Mann, »wir müssen *tsampa* (Gerstenmehl) und Butter kaufen. Tsöndu glaubte drei Pilgern, die gestern Abend vorübergingen, nachdem ihr euch schon zurückgezogen hattet, eine größere Menge davon geben zu müssen. Sie sammelten Vorräte an Nahrungsmitteln, um zum Khang Tise zu gehen.[32] Dies Almosen wird uns auf unserer Rückreise Glück bringen. Ihr werdet Tsöndu nicht schimpfen, nicht wahr?«

»Es ist gut«, erklärte Garab. »Kauft, um die Säcke neuerlich zu füllen, aus denen er genommen hat. Den Verlust werde ich ganz auf meine Rechnung nehmen, während das Verdienst des Almosens uns allen zugute kommen soll.«

»Ausgezeichnet«, rief der Mann befriedigt. »Ich werde es Tsöndu sagen.« Und er verließ das Zimmer.

»Ist der Khang Tise sehr weit von hier?«, fragte Detchema. »Warst du schon dort?«

»Ich bin noch nicht dort gewesen«, antwortete Garab, »aber nach dem, was mir meine Mutter sagte, habe ich dort mein jetziges Leben erhalten.«

»Wie das?«, fragte Detchema neugierig.

Ihr Geliebter antwortete nicht, er verfiel in Nachdenken. Die seltsame Geschichte, die ihm seine Mutter über seinen göttlichen Vater erzählt, und die prosaischeren, aber wahrscheinlicheren Vermutungen, die ihm sein früherer Herr Lagspa mitgeteilt hatte, kamen ihm wieder ins Gedächtnis. Was immer zu seiner Zeugung geführt haben mochte, am Khang Tise war er empfangen worden, und sofort dachte er an seine Verbundenheit mit dem heiligen Berg. Er wollte den

Ort sehen, wo besondere Umstände, die er niemals erfahren würde, seine Herabkunft auf diese Welt verursacht hatten. Seine Gedanken jagten einander und fügten sich in seinem Geist zusammen. Um den Khang Tise zu sehen, bedürfte es einer sehr langen Reise von mehreren Monaten ... Warum sollte er nicht zum Khang Tise eine Wallfahrt mit Detchema unternehmen? Warum sollte er ihre Freude verkürzen, wenn ein einleuchtender Grund ihm die Möglichkeit gab, sie zu verlängern?

»Ich muss jetzt gehen«, sagte er zu der jungen Frau, »Geschäfte! ... Auf bald, Geliebte!«

Er umarmte sie und ging.

In Tibet unternimmt niemand eine auch nur einigermaßen gewichtige Sache, ohne vorher einen Wahrsager um Rat gefragt zu haben. Garab begab sich auf die Suche nach einem solchen, um von ihm zu hören, ob er seiner Absicht, seine Reisepläne zu ändern, folgen solle oder nicht.

Ein wenig später ging Detchema ihrerseits aus, um einen Wahrsager zu befragen, ob sie ihr Leben in dem Land beschließen würde, in das sie ihr Geliebter führte.

Garab begab sich unmittelbar zum Tempel des Jowo.[33] Er sank vor der Statue des Herrn in die Knie, legte eine weiße Seidenschärpe nieder und bat um Erleuchtung über den Weg, den er einschlagen müsse, damit ihn auf seiner Reise keinerlei Unannehmlichkeit träfe.

Die Tempeldiener waren schon dabei, die auf dem Altar stehenden Opferschalen mit frischem Wasser zu füllen. Garab ging auf einen von ihnen zu und zahlte ihm den entsprechenden Betrag, um vor dem Jowo achthundert kleine Lampen brennen zu lassen, und erklärte ihm, dass er als Kaufmann vor der Rückreise in sein Land wünsche, dass für ihn ein *mo* (Weissagepraxis) angestellt werde, damit er sicher sei, ob der für seine Abreise festgesetzte Tag günstig sei oder nicht. Da der Tempeldiener einen gutgekleideten

Mann von gutem Aussehen vor sich sah, beschloss er bei sich, dass es diesem nicht darauf ankomme, erhöhte Gebühren zu zahlen und riet ihm, sich an einen als »Seher« berühmten Lama zu wenden, der im Kloster der Riten *(gyud)* wohnte.

Da es noch zu früh war, um sich bei diesem anmelden zu lassen, ging Garab zunächst seinen Geschäften nach, die er noch mit den Händlern abschließen musste, um sich dann zu der ihm gelegen scheinenden Zeit im Kloster der Riten einzufinden. Großzügig verteilte er Geschenke unter die Diener, an die er sich wenden musste. Sie stimmten diese wohlwollend und ließen sein Gesuch an ihren Meister gelangen, wobei sie ihm einen günstigen Bescheid wünschten. Garab wurde zu dem Lama geführt.

Der Räuber hatte sich ohne allzu viel Furcht dem Allwissenden von Norbuling genähert und wollte, zu sehr mit seinen Wallfahrtsplänen nach Khang Tise beschäftigt, nur hören, ob sich die Umstände für diese Reise glücklich gestalten würden oder ob es besser wäre, darauf zu verzichten. Die Idee, sein Gang zu dem »Seher« könnte gefährlich sein, war ihm überhaupt nicht gekommen. Aber als er die dunkle Wohnung des Lamas betrat, als er dessen durchdringende Augen und gleichzeitig die Blicke aller heiligen Wundertäter, aller furchtbaren Gottheiten, aller gebändigten Dämonen, deren Bilder die Mauern des Zimmers schmückten, auf sich gerichtet sah, wurde Garab von Furcht ergriffen. War er nicht im Begriff, sich sinnlos auszuliefern? Fliehen war unmöglich; also musste er seinen Mut wiederfinden. Mit aller Willenskraft beherrschte sich der Räuber und brachte seine Frage vor.

Da die Handelsgeschäfte, die ihn nach Lhasa geführt hatten, beendet seien, sagte er, sei er im Begriff, in sein Land heimzukehren, wobei ihm der Wunsch gekommen sei, diese Heimreise aufzuschieben und eine Wallfahrt zum heiligen Berg Khang Tise zu unternehmen. Sollte er diesem

Verlangen nachgeben, oder wäre es besser, davon abzusehen?

Hörte ihn der »Seher«? Garab fühlte nur einen Blick auf sich ruhen, der in die tiefsten Tiefen seines Wesens drang.

Das Schweigen wurde länger und länger, Garab bot ihm Widerstand, um nicht vor Schrecken schreien zu müssen. Schließlich sprach der Lama:

»Ich habe weder nötig, Fragen an dich zu richten, noch die Weissagebücher für dich um Rat zu fragen«, sagte er. »Ich sehe klar deine Vergangenheit um dich wirbeln; sie ist schwer von Ursachen, die zu den Wirkungen führen, deren Spielball du bist. Diese und nicht dein eigener Wunsch ziehen dich nach dem Khang Tise. Gehe hin, *wenn du es zu wollen glaubst.* Wie einen dünnen Faden sehe ich das Band, das dich noch an das Land bindet, aus dem du kommst; ein Hauch kann genügen, es zu zerreißen. Unwetter erhebt sich um dich. Du hast leiden lassen, nun wirst du selbst leiden.«

Die Audienz war beendet, eine Geste des Lama winkte seinen Besucher zu sich.

»Nimm dies Geld wieder«, sagte er.

Es war die Opfergabe, die Garab beim Eintreten gleichzeitig mit einem Seidenschleier einem Diener des »Sehers« übergeben hatte. Der Sitte gemäß hatte dieser es mit dem Schleier auf einen Tisch beim Lager niedergelegt, auf dem sein Meister saß.

In einem solchen Fall kommt die Weigerung, das Dargebrachte anzunehmen, einem Fluch des Lama gleich. Entsetzt fiel Garab nieder, unfähig, ein Wort hervorzubringen.

»Steh auf«, sagte der »Seher«. »Gib dieses Geld den Armen; ich behalte deinen Schleier.«

Seine Stimme war ruhig und mild. Wies er auch das Silber zurück, so behielt er wenigstens den ihm dargebrachten Schleier. Die Gabe war nicht gänzlich verworfen; Garab war also nicht verflucht worden.

Außerhalb des Klosters warf der Räuber die Geldstücke Bettlern zu, die auf der Straße vorübergingen. All seine Freude war zusammengebrochen. Der »Seher« – er zweifelte nicht daran – hatte durchschaut, wer er war; er hatte ihm seinen Fluch erlassen, aber er hatte ihm das Unwetter, das Unheil angekündigt. Welcher Art würde es sein? – Garab hatte keine Ahnung. Das Entsetzen, das ihn beim Gefühl, entdeckt zu sein, gepackt hatte, hatte ihm den Sinn verwirrt. Die vom Orakel vorgebrachten Worte wirbelten in seinem Gedächtnis, ohne dass er einen verständlichen Sinn in ihnen hätte finden können: »Er wäre vom Khang Tise *angezogen*«. »Das Band, das ihn mit dem Land verband, in dem er wohnte, drohte zerrissen zu werden.« Garab wollte nicht, dass es zerriss. Vielleicht konnte er aufgrund der auf dieser Wallfahrt zum Khang Tise erworbenen Verdienste die drohende Gefahr beschwören. Vielleicht wäre sie ein Mittel, das über ihm drohende Unwetter zu besänftigen ... Garab klammerte sich an solche Hoffnungen.

Der junge Räuberhäuptling fühlte sich plötzlich furchtbar müde, moralisch gebrochen; in der quälenden Flucht seiner Gedanken schien ihm eines ganz sicher: sein jauchzendes Leben als sieghafter Räuber war zu Ende.

Er würde seinem Trieb folgen, von dem er glaubte, dass er *sein* Wunsch sei, und zum Khang Tise gehen. Wäre diese Pilgerfahrt auch nur dazu da, das drohende Unwetter hinauszuzögern, würde sie zweifellos erlauben, Detchema länger ganz bei sich zu haben: und gut denn, allein dies zählte.

Aus dem Wunsch zu erfahren, was ihr die Zukunft im Lande Garabs bringen würde, fragte Detchema einfach die Herbergswirtin nach einem Wahrsager, und diese nannte ihr einen *mopa* (Wahrsager), dessen zahlreiche Klienten Laien der Mittelklasse von Lhasa waren.

Bei ihm angekommen, bot ihm die junge Frau einen Schleier und etwas Geld, worauf ihr sofort befohlen wurde,

Ruhe zu bewahren, im Geist die Frage, die sie zu stellen wünschte, genau zu fassen und ihr Denken ganz auf sie zu konzentrieren, ohne sich durch irgendeine andere Vorstellung davon ablenken zu lassen.

Niedergekauert gegenüber der Ruhebank, auf der der Wahrsager saß, einen kleinen Tisch zwischen ihnen, gehorchte Detchema dem ihr gegebenen Befehl.

Was wird aus meiner schönen Liebe?, dachte sie. Was habe ich von der Zukunft zu erwarten?

Nach einiger Zeit, während der der Wahrsager einige Sprüche herunterleierte, zog er drei kleine Würfel aus einem Säckchen, das an einem vom langen Gebrauch schwarz gewordenen dicken Buch hing. Er hielt diese während eines Augenblicks in der Hand, warf sie auf den Tisch, sprach von Neuem und schlug dann in dem Buch die der geworfenen Punktzahl entsprechende Zahl nach.

Unter diesen fanden sich nur die Worte: »Zorngelächter« – »Abgrund«. Der Wahrsager las sie langsam mit schwerer Stimme; dann verabschiedete er, ohne etwas hinzuzufügen, seine Besucherin.

Detchema fand sich völlig bestürzt wieder auf der Straße, ohne sich darüber Rechenschaft zu geben, wie sie das Haus des Wahrsagers verlassen hatte. Als sie nach und nach wieder zu überlegen vermochte, suchte sie nach dem Sinn, in dem diese zusammenhanglose Antwort gedeutet werden könnte. Sie konnte ihn nicht enträtseln, aber so verschleiert er war, der drohende Charakter der Antwort stand außer Zweifel.

Von wem hatte sie den Zorn zu fürchten, und was bedeutete dieser Abgrund?

Wie Garab vor ihr, ging Detchema zum Tempel des Jowo; und während sie dahin ging, wurde es plötzlich licht in ihr; sie glaubte die Bedeutung der ihr gewordenen seltsamen Antwort zu verstehen.

Was diese Antwort ankündigte, war das Ende ihres Liebesabenteuers, und dieses Ende war die Hölle. Ohne den geringsten Zweifel, es wäre die Hölle. Das »Lachen« war das gehässige Hohngelächter der dämonischen Wesen, die ihre Ankunft begrüßten. Der »Abgrund« war der offene Rachen der Unterwelt, in die sie fiel, in der sie während Tausender Jahre in Qualen leben, ehe sie vielleicht dort wieder sterben und in einer besseren Welt wiedergeboren würde.[34]

Diese erschreckende Zukunft erschien der jungen Frau gleichzeitig klar als die von ihr vorbereitete Ursache. Nicht ihre Liebe zu Garab war ihr Verbrechen, begriff sie; das Verbrechen, das bestraft wurde, war der Egoismus, mit dem sie ihre Wohltäter einem elenden Schicksal ausgeliefert hatte, um den Liebestraum zu verwirklichen, der über sie gekommen war.

Im Alter von drei Jahren Waise, war Detchema von ihren Großeltern väterlicherseits aufgezogen worden. Deren einziges Kind war ihr Vater gewesen, und so vereinten sie ihre ganze Zärtlichkeit auf sie. Sie waren wohlhabende Bauern, die ihr eine glückliche Kindheit bereiteten. Schließlich wurde der Großvater krank; während mehrerer Jahre war er unfähig, seine Felder zu bestellen, und nach und nach musste sich das alte Ehepaar in Schulden stürzen. Als der Bauer wieder etwas gesund wurde, gestatteten ihm seine durch eine lange Krankheitszeit heruntergekommenen Kräfte nicht, all die Arbeit zu verrichten, die notwendig gewesen wäre, um sein bescheidenes Glück wieder aufzurichten. Ein Feld nach dem anderen wurde verkauft; das alte Ehepaar geriet rasch in Not.

Damals sah der Sohn des Provinzgouverneurs Detchema, als sie mit Freundinnen in ein Kloster gegangen war, um der Aufführung eines religiösen Dramas beizuwohnen. Die große Schönheit des jungen Mädchens beeindruckte ihn, und ohne weitere Überlegung entschloss er sich, sie zu seiner Frau zu machen.

Als er seinen Plan seinem Vater unterbreitete, erhob dieser keinerlei Einwand. Die Familie Detchemas war ehrenhaft und, dachte der Gouverneur, ihre Großeltern würden keine Zahlung einer größeren Brautgabe[35] verlangen, wie sie ein Beamter seines Ranges zu zahlen hatte, wenn er ihre Tochter für seinen Sohn zur Ehe verlangte. Der Wunsch des jungen Mannes war standesgemäß und stimmte mit den äußeren Verhältnissen überein. Der Gouverneur schickte einen seiner Brüder[36] zu den alten Bauersleuten, und die Bedingungen der Ehe wurden sofort festgelegt. Die Schulden der Großeltern wurden restlos bezahlt, der Gouverneur schickte einen Vertrauensmann, der den Bauernhof verwalten sollte. Die seit Jahren vernachlässigten Gebäude wurden wieder ganz instand gesetzt; die alten Eheleute blieben wohnen, hatten nichts mehr zu arbeiten und erhielten darüber hinaus eine hinreichende Rente, um ihnen das Leben angenehm zu machen.

Die beiden Alten beglückwünschten sich zu dem über sie gekommenen glücklichen Wandel und nahmen ihn als Lohn für die getreulich erfüllten Pflichten, die sie der Waise zugewandt hatten. Für diese bedeutete die Heirat mit dem Sohn eines hohen Beamten, der Eintritt in eine vornehme und reiche Familie ebenso ein unverhofftes Glück. Die guten Leute hatten natürlich nicht daran gedacht, Detchema hinsichtlich der Ehe um ihre Meinung zu fragen. Hiernach zu fragen, ist in Tibet nicht üblich. Die Bauersleute kündigten Detchema einfach an, sie würde die Ehre haben, die Schwiegertochter des Gouverneurs zu werden und in einem Reichtum leben, der sicher noch größer als bei ihnen sei.

Aber Detchema war nicht erfreut.

Seit seiner Kindheit hatte sich das junge Mädchen Träumen hingegeben, wie die Leute ihres Dorfes sich angenehmer Empfindungen wegen dem Alkohol hingaben. Wenig zu körperlicher Arbeit geneigt, verbrachte sie einen großen Teil ihrer Zeit damit, sich gefühlsselige oder dramatische Geschichten auszumalen, deren Heldin sie immer war. Die unerwarteten Ereignisse in denselben brachen plötzlich in ihrem Geist auf, indem sie sie befriedigten und gleichzeitig ihre Sucht nach Aufregung reizten. Unter dem Einfluss einer frühreifen Sinnlichkeit wurde die Liebe bald das ausschließliche Thema dieser Geschichten. Das Bild eines außergewöhnlichen Geliebten: schön, mutig und leidenschaftlich begann Detchemas Gedanken zu fesseln. Nach und nach wuchs die Kraft dieser Besessenheit, der Held nahm eine fest umrissene Gestalt an, die sich dann nicht mehr veränderte: Er hatte persönliche Züge angenommen. Unbewusst befolgte Detchema auf ihre Weise ein Vorgehen, ähnlich dem, das mystische Meister ihre Schüler üben lassen, um sie die Einsicht erfahren zu lassen, dass die ganze Welt, die sie wahrnahmen, nur eine Schöpfung des Geistes sei. Durch eine dauernde Gedankenkonzentration schuf sie ein Phantom.

Allmählich sprengte der fantastische Geliebte die Grenzen des Traumreichs. In manchen Augenblicken, ohne dass das Mädchen ihn rief, wurde er für sie sicht- und greifbar wie die Leute des Bauernhofes; sie hörte seine Stimme, fühlte den Druck seiner Arme und ließ sich von ihm zu schwindelnden Ritten forttragen.

Detchema war wie alle in ihrer Umgebung abergläubisch. Sie hatte manche Erscheinungsgeschichten gehört; und wie die Mehrzahl der Tibeter zog sie keine strenge Grenze zwischen dem »Möglichen« und dem »Unmöglichen«, zwischen »unserer Welt« und »anderen Grenzwelten«. Der Glaube an die wirkliche Existenz des Mannes, der ihr erschien, hatte in ihr Fuß gefasst, und von nun an lebte sie in der Erwartung seines Kommens.

Die Neuigkeit, die ihre Großeltern ihr freudig mitteilten, traf sie wie ein Blitz. Zwischen sie und den Mann, den man ihr bestimmte, stellte sich hart die gebieterische Gestalt des Helden, dem all ihre Gedanken galten. Ohne an das Böse zu denken, das sie den guten Alten, die sie so liebten, durch ihr

Weggehen antat, da ihre Ehe ihnen doch die Ruhe und das Wohlergehen ihrer letzten Jahre sicherte, hatte sie den Bauernhof in der Nacht verlassen, indem sie wie eine Wahnsinnige auf der Suche nach dem von ihr erschaffenen Geliebten davonging …

Sie hatte ihn gefunden. Es war seltsam geheimnisvoll.

Detchema vervielfachte ihre Verbeugungen vor dem Bild des Jowo und legte sich Rechenschaft über ihre Undankbarkeit ab. Gewissensbisse quälten sie. Was mochte aus den guten Alten geworden sein, die sie sorgsam gepflegt hatten? Hatte sie der Gouverneur für ihre Flucht verantwortlich gemacht? Anstatt der Hilfe, die sie von ihr erwartet hatten, hatte er sie vielleicht eine harte Buße zahlen lassen, die ihren völligen Untergang bedeutet hatte.

Detchema hatte kein hartes Herz; sie beklagte ihren Fehler und schwor, alles wiedergutzumachen. Sie wollte auf Garab verzichten; denn zwischen ihren sehr frommen Großeltern und einem Räuberhäuptling wäre jede Annäherung unmöglich. Sie wollte in ihr Land zurückkehren, arbeiten und Geld verdienen, damit die beiden Alten leben konnten.

Dort lag ihre Pflicht, dort auch das Mittel, den verdienten Höllenqualen zu entgehen. Sowie Garab zurück wäre, wollte sie ihm gestehen, was sie bisher immer verschwiegen hatte, ihre schuldhafte Flucht aus dem Elternhaus, und sie wollte ihm erklären, dass sie dahin zurückkehren müsse.

In Tränen aufgelöst, fuhr Detchema mit ihren Verbeugungen fort. Dann ließ sie für den von dem Mönchsdiener geforderten Preis die Altarlampen unterhalten und äußerte den Wunsch, dass sie ihre Großeltern gesund wiederfinden und fähig sein möchte, ihnen in Zukunft beizustehen; dann verließ sie den Tempel.

Garab war noch nicht zurückgekehrt, als Detchema in die Herberge zurückkam. Er kam zur Essenszeit zurück und begab sich sofort zum Mahl mit seinen Männern; seine Geliebte musste allein auf ihrem Zimmer bedient werden. »Ich werde mit ihm sprechen, wenn er heraufkommt«, sagte sich die junge Frau.

Der Anführer war völlig entschlossen. Er würde mit Detchema nach dem Khang Tise gehen. Blieb also nur noch, seinen Gefährten eine vernünftige Erklärung für die plötzliche Wandlung seiner früheren Pläne über den für die Abreise festgesetzten Tag zu geben. Aber darüber hatte der listige Räuber trotz der Verwirrung, in die ihn der »Seher« gebracht hatte, schon nachgedacht.

»Ich muss euch eine unerwartete Neuigkeit mitteilen«, sagte er zu seinen Männern, sobald sie sich zum Mahl niedergelassen hatten. »Wie es sich vor dem Antritt einer Reise geziemt, habe ich heute Morgen einen Seher wegen der Gunst der Umstände um Rat gefragt. Ich habe mich dabei nicht an irgendeinen Wahrsager, sondern an einen berühmten Lama gewandt, der zum Kloster der magischen Riten gehört. Die Befragung war teuer für mich, aber ich wollte sicher sein, dass wir völlig beruhigt handeln können. Na, und zu meinem großen Erstaunen erklärte mir der Seher, ich müsse zum Khang Tise gehen.«

Ausrufe des Erstaunens brachen am Ende dieser Erklärung auf, aber keiner der Räuber fasste auch nur den geringsten Verdacht, dass ihr Anführer persönliche Gründe zur Änderung seiner gefassten Pläne habe und folglich den Sinn der Verkündigung des »Sehers« danach ändern könnte. Von diesen, mit besonders weitreichenden Sinnen begabten »Sehern« konnte man die verwirrendsten Ratschläge erwarten; die Tibeter sind daran gewöhnt, die anscheinend zusammenhanglosesten Orakelsprüche verkündet zu bekommen. Derjenige, den Garab befragt hatte, musste seine Antwort auf tiefe Überlegungen gegründet haben, dachten die falschen Kaufleute.

»Müssen wir alle zum Khang Tise gehen?«, fragte einer von ihnen.

»Nein«, antwortete Garab. »Die Entscheidung des Lama betrifft nur mich. Ich fürchte, dass ich Unglück über unsere Reise bringe, wenn ich dem Rat dieses weisen Meisters nicht folge. Reist ohne mich; ich werde nur zwei von euch mich zu begleiten bitten. Was sagst du dazu, Tsöndu, und du, Gorin?«

»Herrlich«, riefen beide Männer zugleich.

»Eine einmalige Gelegenheit, den heiligsten aller Wallfahrtsorte zu besuchen«, sagte Gorin.

Die anderen Männer meinten, mehrere unter ihnen könnten ihre beiden Kameraden um das Glück beneiden.

»Und deine schöne Freundin, Chef?«, wagte Tsöndu leicht spöttisch zu fragen.

Alle brachen in Lachen aus.

»Denkt doch nicht daran, dass Garab sie uns anvertrauen wird«, sagte einer von denen, die nach Hause gehen mussten.

»Ich habe auch keinerlei Absicht dazu«, erwiderte Garab ebenfalls lachend.

Die Heiterkeit aller wuchs, derbe, doch nicht bösartige Sticheleien wurden ausgetauscht, dann aber forderte der Anführer die Aufmerksamkeit für die geschäftlichen Fragen. Es sollte geregelt werden, wie viel jedem aus dem Verkauf der Beute zustand. Sie einigten sich über die Teilung der Tiere und des Reiseproviants zwischen den Reisenden, die in ihr Land heimkehrten, und den vier Wallfahrern zum Khang Tise. Darüber hinaus aber wollte Garab seinen Männern genaue Anweisungen über ihr Verhalten geben, das sie während seiner Abwesenheit beachten mussten.

»Bis zu meiner Heimkehr«, sagte er zu ihnen, »seid ihr alle friedliche Hirten und beschäftigt euch lediglich mit euren Herden. Jeder von euch geht zu seinen Zelten zurück und verlässt sie nicht. Keinerlei Unternehmung; ich verbiete es euch ausdrücklich. Die letzte ist ungewöhnlich günstig gewesen; sie musste auch die Aufmerksamkeit auf uns lenken. Diese Pilger waren hervorragende Leute; sie werden auf ihrem ganzen Weg nach Hause ein großes Geschrei über ihr missglücktes Unternehmen erhoben haben.

Im Norden, in China, lauert uns ein muselmanischer Militärführer auf. Ich bin deshalb wiederholt von Reisenden gewarnt worden ... Für ihn wäre es nur zu günstig, seine Kavallerie zu vermehren, indem er ihr unsere Pferde einverleibt, und den Sold seiner Leute mit unseren Stieren und Schafen zu bezahlen. Die Klugheit gebietet uns, Zeit verstreichen zu lassen. Warten wir, dass der Mantel des Vergessens sich über unseren Raubzug ausbreitet, auf dem wir so reichliche Beute erworben haben.

Es ist keineswegs unmöglich, dass meine Reise zum Khang Tise für unsere Unternehmungen sehr nützlich sein kann.

Unsere Heldentaten beginnen bekannt zu werden, die Karawanen machen Umwege beim Durchzug durch unser Land. Das ist ärgerlich. Und dann diese Drohung vonseiten Chinas: die Soldaten des muselmanischen Anführers ... Ich mag das alles nicht. Wer weiß, ob wir nicht ein neues und günstigeres Gebiet beim Khang Tise finden oder auf den Wegen, die zu ihm führen? Ich werde es wissen, wenn ich die Gegenden genau erforscht haben werde, und vielleicht wollten unsere Schutzgötter dem ›Seher‹ nur zeigen, dass ich diese Reise unternehmen muss.

Fünfzig oder sechzig unserer Kameraden könnten sich in diesen Gegenden für zwei oder drei Jahre niederlassen. An Vorwänden – Pilgerschaft oder Handel – fehlt es nicht. Wer kann wissen, wohin sie gegangen sind? Man kann in einigen Jahren auf den von den Kaufleuten oder reichen Pilgern eingeschlagenen Straßen fruchtbar arbeiten. Haben wir dadurch Kameraden? Werden sie kämpfen wollen oder können wir mit ihnen vorteilhaft eine Teilhaberschaft schließen? All das muss untersucht werden.«

Ein Murmeln der Bewunderung entstand bei den Männern. Wie glänzend der Anführer sprach! Wie gescheit er war! Der von den Göttern inspirierte »Seher« konnte tatsächlich enthüllt haben, von welcher Seite sie die günstige Gelegenheit zu erwarten hatten.

Des Schweigens müde, das sie während der leisen Ansprache Garabs hatten bewahren müssen, damit sie von den Leuten der Herberge nicht gehört werden konnten, brachen die Räuber in laute Lobeshymnen über ihren Anführer aus.

Eine solch bedeutungsvolle Entscheidung wie die, die sie eben vernommen hatten, musste mit einigen Bechern Alkohol begossen werden.

Einer der Räuber öffnete die Tür des Zimmers, rief einen Diener und befahl Krüge mit Lebenswasser.

Nachdem sie getrunken hatten, beschäftigten sich alle damit, den Reiseproviant und die Lagergeräte zu teilen, indem sie Ballen gemäß der neuen Bestimmung packten. Diese Arbeit erforderte mehrere Stunden, dann zwang die Notwendigkeit einiger ergänzender Einkäufe Garab, in die Stadt zurückzukehren.

Seine baldige Abreise zu einem derart unvorhergesehenen Abenteuer weckte den Abenteurer in ihm. In allem übrigens, was er seinen Gefährten gesagt hatte, war er fast guten Glaubens. Der genaue Sinn der von dem »Seher« verkündeten Worte hatte sich in seinem Gedächtnis verwandelt, und ohne dass er sich darüber genau Rechenschaft gegeben hätte, hatte er sich mit seinen eigenen Gedanken vermischt. Allein durch die Stadt reitend, überfiel ihn das Gefühl für die Wirklichkeit von Neuem: in Wirklichkeit ging er zum Khang Tise, um seine geheime Wollust mit Detchema zu verlängern und von allem fernzuhalten, was sie zerstören konnte.

Diese Klarheit hinsichtlich seiner Gefühle brachte die erschreckenden Vorahnungen mit sich, die er nach seiner Aussprache mit dem »Seher« empfunden hatte. *Irgendetwas* war für ihn zu Ende; ein Abschnitt seines Lebens, und er fürchtete sich vor dem, was diesem folgen sollte.

Der Nachmittag verging, ohne dass Garab Zeit gehabt hätte, Detchema von dem zu unterrichten, was er für sie vorbereitete. Er war sich sicher, dass sie darüber glücklich wäre, und wollte das Vergnügen nicht verkürzen, das er beim Anblick der Freude seiner Geliebten empfinden würde. Lieber wollte er mit der Mitteilung dieser Neuigkeit warten, bis sie die ganze Nacht zusammen wären.

Detchema war über seine Abwesenheit nicht erstaunt; sie wusste, wie viele Sorgen den Anführer einer Gruppe von zwanzig Reisenden vor der Abreise mit Beschlag belegten. Sie zog es auch vor, allein zu sein, um die Mittel für die Ausführung ihrer Pläne, die ihre Reue und die Furcht vor Höllenqualen ihr eingegeben hatten, ins Auge zu fassen.

Ihr Geburtsort war sehr weit entfernt von dem Ort, wo sie Garab und seiner Bande begegnet war, und um dorthin zu gelangen, musste man eine weite Wüste durchwandern, was die Reisenden nur in Gruppen oder in größerer Zahl wagten. Wie sollte sie es anstellen? Ein Unwohlsein vorschützend hatte sie das Betreten ihres Zimmers verboten. Sie erwartete die Nacht, um mit ihrem Geliebten zu sprechen.

Die Nacht kam, alle Geräusche schwiegen; Garabs Männer legten sich frühzeitig schlafen, um zur Abreise am nächsten Morgen vor dem ersten Hahnenschrei bereit zu sein. Der Anführer ging in das obere Stockwerk zu seiner Geliebten und konnte dort den sich selbst auferlegten Zwang nicht länger ertragen, riss mit einem Schwung Detchema an sich und rief jauchzend:

»Wir werden nicht nach Hause reiten. Morgen werden wir beide zu einer Reise aufbrechen, wie du es liebst, für Monate und Monate. Wir gehen zum Khang Tise! … Sag mir, dass du mich liebst!«

»Ich … Hör … Ich muss dir sagen …«, stammelte Detchema.

Aber Garab hörte sie nicht. Ihre Erregung und die unverständlich hervorgestoßenen, gestammelten Worte als Anzeichen der Freude nehmend, riss er sie glühend in seine Arme.

Die frühe Klarheit des Morgens ließ das über die Fenster gespannte Pergamentpapier bleich aufscheinen. Detchema hatte Garab nichts von ihrem gestern gefassten Entschluss gesagt, und Garab hatte ihr nichts von seiner Ruhelosigkeit anvertraut. Wie der heftige Orkan die auf den Wegen verstreuten Strohhalme, so hatte der leidenschaftliche Sturm während der Liebesnacht die Vorgefühle von Unglück, die Gewissensbisse, ja sogar die Furcht vor der Hölle aus ihren Seelen verjagt.

Zweiter Teil

Saat des Schicksals

Viertes Kapitel

Am Khang Tise – Das verbrecherische Gespenst des Yogi – Der Hunger nach Unsterblichkeit – Die Kunst, während der Vereinigung die Lebenskraft aus seiner Partnerin abzuziehen – Die magischen Kräuter Tibets

Seit acht Tagen lagerten Garab und seine Gefährten am Fuß des heiligen Berges. Unter dem Vorwand, dass nach einer solch langen Reise alle Ruhe nötig hätten, beeilte sich der Häuptling keineswegs, den für die Pilger vorgeschriebenen Ritus zu erfüllen, den Umgang um das Bergmassiv zu machen, auf dessen Gipfel Mahadeva, der größte der Götter, Hof hielt.

Der in die esoterischen Lehren der hinduistischen Mystik Eingeweihte erschaut diesen fantastischen Hof als ein Bild der Welt, eine magische und trügerische Spiegelung des Denkens des auf dem unzugänglichen Schneegipfel in Meditation verharrenden Gottes. Andere, die noch tiefer in die Symbolik der Legende eingedrungen sind, betrachten auf dem strahlenden Gipfel die Flamme ihres eigenen Denkens, die das Universum mit seinen zahllosen Göttern, Dämonen, Wesen und Formen erschafft, zerstört und wieder erschafft. Sie murmeln mit tiefer Stimme das *Credo* der großen Vedanta-Mystiker: »Shiva aham!« Ich bin Shiva, ich bin der Große Gott (Mahadeva).

Aber Garab besaß nicht das tiefe Wissen Indiens und hatte nie die Weisen seines Landes aufgesucht. Für ihn wie einst für seine Mutter barg der Khang Tise in seinen Schrunden Heere von Genien, Feen, Dämonen, alle einem mit einem Tigerfell schauerlich bekleideten und mit einer langen Halskette aus Menschenschädeln geschmückten Gott untertan.

Garab zögerte und wusste nicht, warum. Von unsichtbaren Banden fühlte er sich gebunden. Seine Tage gingen hin im ziellosen Umherirren, im seltsam neugierigen Erforschen der Gegend, als erwarte er, eine Entdeckung zu machen. Das Geheimnis seiner Geburt beschäftigte seine Gedanken, interessiert betrachtete er die aus Nepal oder Nordindien herbeigekommenen Yogis, durchforschte ihre ascheverschmierten Gesichter, wobei er ihr Alter zu bestimmen suchte und sich einbildete, einer von ihnen könne sein Vater sein.

Sein Vater! ... Er hatte seit dem Tage, da er darüber seinen Herrn, den Bauern Lagspa befragt hatte, kaum an ihn gedacht. Der unbestimmte Wunsch, der ihm in Lhasa gekommen war, den Ort seiner Empfängnis zu sehen, bezog sich nur auf deren landschaftliches Bild. Für den unbekannten Mann, der sich eines Abends einer unschuldigen Dienerin genähert und ihre Einfältigkeit missbraucht hatte, empfand Garab nichts. Doch seltsam, seit seiner Ankunft am Fuße des Khang Tise schien es ihm, als stiegen unerklärliche Erinnerungen in ihm auf, Erinnerungen an eine Vergangenheit, an die ihn nur der Keim band, der ihm seinen Körper gegeben hatte.

Eine verrückte Vorstellung, der sorglose Räuberhauptmann fühlte sich, aufgestachelt von einer Macht, deren Natur er nicht zu bestimmen vermochte, aufgerufen zu einem unbekannten Ziel. Vergebens versuchte er die ihn beherrschende, unbestimmte Besessenheit abzuschütteln; von Tag zu Tag wurde sie mächtiger und drängte seine Liebe zu Detchema in den Hintergrund. Öfter schon hatte ihn die junge Frau gebeten, wieder zu reisen. Sie glaubte, die Luft dieser Gegend schade ihrer Gesundheit, ihr Schlaf war unruhig, und sie erwachte erschöpft von Müdigkeit.

Für den Bergumgang gab es für die Pilger drei Steige: den unteren ziemlich einfachen Weg, den mittleren mit größeren Schwierigkeiten und den oberen über Steilhänge, auf den nur kräftige Bergbewohner mit sicherem Schritt sich gefahrlos wagen können. Die von den Gläubigen erworbenen Verdienste wachsen im Verhältnis mit den vollbrachten Anstrengungen. Die auf dem oberen Weg erworbenen Segnungen sind von einer viel beträchtlicheren Bedeutsamkeit als jene, die gewöhnlichen Gläubigen zuteil werden, die sich mit dem unteren Bergumgang begnügen. Detchemas frommer Eifer fand sich mit diesem kleinsten Verdienst ab.

Trotz wiederholter inständiger Bitten wich Garab, der sonst so bemüht war, selbst die geringsten Wünsche seiner Geliebten zu erfüllen, jeder endgültigen Antwort hinsichtlich ihrer Abreise aus. Schon am Morgen ging er weg, um irgendwo herumzuschweifen, ohne dass man darüber etwas wusste. Seine Männer glaubten, er erfülle bestimmte geheime religiöse Übungen, die ihren späteren Raubzügen Glück bringen sollten.

Da sie sich während ihrer Reise mehrmals reichlich mit Lebensmitteln versehen konnten, fehlte es ihnen an solchen nicht; und wenn ein Tibeter ausreichend zu essen hat, wird er selten von etwas anderem beunruhigt. Detchemas Ungeduld fand demnach bei ihren Reisegefährten keine Unterstützung.

Eine große körperliche Müdigkeit nach den monatelangen aufregenden Liebesspielen oder vielleicht der seltsame seelische Zustand, in dem Garab sich befand, ließ ihn seine Geliebte vernachlässigen. Oft blieb er nachts wach, sinn- und ziellos lauernd, getrieben von einem gebieterischen Befehl.

Während er so eines Nachts wachte, bemerkte er unbestimmt in der Dunkelheit, dass Detchema sich unter ihren Decken, die ihr als Bett dienten, unruhig bewegte. Sie schien zu kämpfen, sich zu wehren; ihre Bewegungen dauerten nur wenige Augenblicke, dann seufzte sie und lag ruhig. Ein schlechter Traum, dachte Garab. Zwei Tage vergingen, und das Gleiche wiederholte sich; aber diesmal war der Kampf heftiger, länger. Die junge Frau stieß einen Schrei aus.

»Was hast du?«, fragte Garab, wandte sich seiner Geliebten zu und ergriff ihre Hand. »Bist du krank?«

»Warum verteidigst du mich nicht?«, lallte Detchema noch im Halbschlaf. »Hast du geschlafen? ... Hast du ihn nicht weggehen sehen?«

»Wen?«

Detchema wurde hellwach.

»Was habe ich gesagt?«, fragte sie mit ängstlich unruhiger Stimme.

Garab bemerkte nun, dass sie auf seine Fragen nicht frei antwortete.

»Du hast geschrien«, erklärte er ruhig, »und hast dann etwas Unverständliches gemurmelt. Hast du Schmerzen? ... Vielleicht ist dein Magen nicht in Ordnung oder du hast schlecht gelegen?«

»Ja, vielleicht«, sagte die junge Frau.

»Versuche wieder einzuschlafen«, riet Garab.

Er rollte sich in seinen Decken wieder ein, ganz nahe bei ihr in ihrem kleinen Zelt, aber ohne sie zu ihrer Beruhigung zu sich zu nehmen. Seine Neugier war geweckt; er wollte wissen.

Die folgende Abenddämmerung fand ihn unweit seines Zeltes mit dem Rücken an einem Felsen sitzend in Gedanken über Detchemas Haltung und beschäftigt mit der Frage, ob die kommende Nacht einen ähnlichen Vorfall bringe, als er deutlich auf sich den Druck von irgendetwas fühlte, das ihn umgab und sich in ihn einzuschleichen suchte. Die Klarheit des Tages war noch stark; alle Gegenstände waren klar zu unterscheiden. Er war allein, nichts Sichtbares berührte ihn, und doch hielt der zugleich leichte und mächtige Druck an.

Instinktiv zog Garab mit einer den Männern seines Landes eigenen Geste das kurze Schwert, das er nach allgemeinem Brauch durch den Gürtel gesteckt trug, aus der Scheide und erhob sich gleichzeitig mit einem Sprung. *Das*, was ihn hielt, ließ ihn los. Garab wandte sich mit dem unbestimmten Gefühl, begleitet zu werden, seinem Lager zu.

Er zweifelte nicht daran, dass sich einer der am Berg spukenden Dämonen an ihn und seine Geliebte gehängt hatte, um ihnen Böses zu tun. Das Beste wäre, dachte er, schnellstens den Ort zu verlassen, wo er sich zu lang in sinnlosen Bemühungen aufgehalten hatte und in die Grube gestürzt war, die ihm dieser Dämon gegraben hatte, um ihn hier zurückzuhalten. Schon am nächsten Tag sollte die Reise wieder angetreten werden. Jedenfalls unterrichtete er bei seiner Rückkehr ins Lager Detchema nicht von seinem Entschluss. Er zog es vor, die Frage seiner Abreise nicht laut zu besprechen, da er wie die Tibeter allgemein hoffte, hinsichtlich seiner Pläne den Dämon, der sich an seine Geliebte und ihn gehängt hatte, täuschen und ihn so an ihrer Verfolgung hindern zu können. Welches wirksame Mittel sollte er hierzu anwenden? Er wollte darüber nachdenken.

Gegen Mitternacht weckte ihn ein Kältegefühl, Windstöße schlugen in das Zelt, dessen halboffene Vorhänge mit einem kleinen trockenen Klatschen flatterten. Durch die Öffnung warf der abnehmende Mond ein rötliches Licht, und Garab unterschied eine menschliche Gestalt: die eines Hindu-Yogi. Sein aschebeschmiertes Gesicht schien bleich, da er das von Detchema berührte und seine Lippen gierig auf die der jungen Frau geheftet waren.

Augenblicklich war Garab auf den Beinen, aber schneller als er floh der fantastische Besucher bereits. Garab sah die Vorhänge des Zeltes sich weiter öffnen, dann wieder zufallen; als er seinerseits hinaustrat, schien ihm der Raum rings um das Lager völlig leer. Mehrmals ging er um die Zelte und durchforschte genau ihre unmittelbare Umgebung, ohne dass er mit seinen Augen oder Ohren die Gegenwart eines lebenden Wesens entdecken konnte. Im Zelt hatte sich Detchema nicht bewegt und schien, als ihr Geliebter zurückkam, friedlich zu schlafen.

»Hast du eine gute Nacht gehabt?«, fragte Garab seine Geliebte, als sie sich am nächsten Morgen erhob.

»Ja«, antwortete sie kurz.

»Hast du geträumt?«, fragte Garab. »Die Götter schicken den Pilgern an solch heiligen Orten manchmal Träume.«

»Nein«, antwortete sie wieder. Aber ihre Stimme bebte.

Garab fragte nicht weiter. Er war sicher, nicht geträumt zu haben. Er hatte den Yogi gesehen und das Zelt verlassen, um ihn zu suchen. Wer war dieser finstere Eindringling?

War diese von ihm gesehene Gestalt eine von einem Dämon angenommene Trugform, die er um sich herumschleichen, deren Druck er gefühlt hatte? Oder handelte es sich etwa um einen wirklichen, magiekundigen Yogi, der sich unsichtbar machen konnte, um Verfolgungen zu entgehen, oder der gar fähig war, einen ätherischen »Doppelgänger« seiner selbst in die Welt auszusenden, der wie ein wirklicher Mensch zu handeln imstande war?

Welches auch immer seine Natur sein mochte, der nächtliche Besucher war augenscheinlich von unzüchtigen Absichten beseelt. Detchemas Erregung während der vergangenen Nächte, ihr Schrei, ihre gestammelten Worte: »Hast du ihn weggehen sehen?« zeigten, dass sie dieses scheußliche Wesen schon wiederholt ertragen hatte. Warum hatte sie ihm mit keinem Wort davon erzählt? Weshalb ihr Schweigen und Leugnen? War es möglich, dass sie nie erwacht war, wenn er jäh aufgestanden war, um die Erscheinung zu packen? War es möglich, dass sie die Berührung der auf die ihren gepressten Lippen nicht gefühlt hatte?

Garab zögerte, die logische Verkettung der Tatsachen, wie sie sich ihm darbot, anzunehmen: den von seiner Geliebten geführten Kampf zur Zurückweisung der lüsternen Versuche, deren Gegenstand sie während ihres Schlafes war, die Wiederholung desselben, dann die Annahme ... das Vergnügen vielleicht. War Detchema etwa gar dahin gekommen, die erregenden Liebesspiele dieses Liebhaberphantoms den seinen vorzuziehen? ... Eine wahnsinnige Wut überwältigte ihn bei dieser Vorstellung.

Jäh erinnerte er sich jetzt der seltsamen Geschichte, die ihm seine Mutter über die Art seiner Empfängnis erzählt und an die er nicht im Geringsten geglaubt hatte. Konnte es denn wirklich sein, dass an diesem Ort Wesen einer anderen Welt Frauen der Menschenrasse überwältigten?

Eine andere Empfindung vermischte sich nun mit seinem Zorn: der Wunsch, dies Geheimnis aufzuklären und herauszubekommen, von wem er sein Leben hatte.

Er durchwachte die folgende Nacht, die nächste und noch eine. Nichts Ungewöhnliches geschah.

Sollte der Yogi nicht wiederkommen; hatte er aufgehört, Detchema zu begehren? Garab wollte nun wieder an diesem Ort solch bösartige Kräfte aushalten. Hatte er sich nicht entschieden abzureisen, bevor ihn die Erscheinung des fantastischen Liebhabers gegen jede Vernunft, nur zur Befriedigung einer ungesunden Neugier zu bleiben gezwungen hatte? Er machte sich Vorwürfe darüber, wie strafbar er seine Geliebte missbrauchte, indem er sie an diesem Platz einem zweifellos dämonischen Wesen, das er wiedersehen, greifen, erkennen wollte, als Köder anbot und bewachte; er hielt sich für verbrecherisch, reiste aber nicht ab.

Vier Tage verliefen friedlich. Am Abend des vierten Tages aßen Garab und Detchema wie gewöhnlich mit ihren beiden Gefährten in der Nähe des zwischen drei schweren Steinen brennenden offenen Feuers, die den Topf trugen, in dem der Tee kochte. Nach beendeter Mahlzeit ging Detchema zu dem in geringer Entfernung aufgeschlagenen Zelt, das sie mit

Garab teilte, während er plaudernd bei den beiden Männern blieb.

Nach beendeter Unterhaltung erhob sich Garab und ging auch zum Zelt. Die Nacht fiel herein und breitete einen bläulichen Schleier über die umliegende Landschaft, aber die Helligkeit genügte, um alle Gegenstände in der Nähe klar zu unterscheiden.

Garab hob den Vorhang des Zeltes und blieb wie vom Blitz getroffen stehen. Der Yogi stand da, aufrecht, mit dem Rücken zum Eingang. Ebenso aufrecht, gegen die rückwärtige Zeltwand gedrängt, starrte ihn Detchema mit aufgerissenen Augen an, sprachlos, erstarrt in Erwartung. Grauen und Verlangen standen zugleich auf ihrem leichenblassen Antlitz zu lesen. Der Yogi näherte sich ihr, ohne dass sie eine Bewegung machte: langsam schob er einen Arm vor, dann den anderen und packte sie an den Schultern. Da warf sich Garab, außer sich, seine Neugier, seine Forschungspläne vergessend, auf dieses verhasste Wesen. Der Yogi wandte ihm sein fahles Angesicht zu, und im gleichen Augenblick fühlte der junge Räuberhauptmann seinen Mund von den gespenstischen Lippen des Ungeheuers gepackt. Er sträubte sich und suchte sich von dem entsetzlichen Dämon freizumachen, aber seine Fäuste trafen nur ins Leere, während er das scheußliche Saugen stärker werden fühlte, das seine Lebenskräfte bis in die tiefsten Tiefen seines Seins aussaugen wollte.

Indessen kämpfte er weiter; er bemühte sich, aus dem Zelt herauszukommen in der Hoffnung auf Hilfe von seinen Männern, die er wegen der auf seinen Mund gepressten Lippen nicht rufen konnte. Bei seinen Anstrengungen warf er einige Gegenstände um, und der Lärm, den sie beim Aneinanderschlagen machten, erregte die Aufmerksamkeit der beim Feuer gebliebenen Männer.

Gorin, der kam, um nachzusehen, ob etwas zerbrochen worden sei oder ob der Häuptling seines Dienstes bedürfe, erschrak, da er diesen offenbar in großer Angst kämpfen sah, obwohl er keinerlei Gegner bemerkte.

Auf sein Geschrei eilte Tsöndu herbei, und Garab sah die Gestalt des Yogi sich auflösen, gleichzeitig wie die fürchterliche Berührung seiner mörderischen Lippen aufhörte.

Die Männer fanden Detchema ohnmächtig im Zelt. Garab brauchte keine Erklärung zu geben; seine Gefährten hatten sich sofort ihre Meinung über den seltsamen Vorfall gebildet: Der Platz war von Dämonen bewohnt, deren einer ihren Führer zu töten versucht hatte.

Der von ihnen erwartete Befehl kam unmittelbar:

»Wir brechen augenblicklich auf«, sagte Garab.

»Natürlich«, antworteten die beiden Männer.

Das Lagerfeuer wurde wieder angefacht; bei seinem Schein wurden die Lasten zurechtgemacht und die Tiere beladen. In weniger als einer Stunde nach dem unheimlichen Kampf setzten sich die Reisenden in Marsch.

Sie ritten zwei Tage, wobei sie nur sehr kurz rasteten, fliehend, mit wirrem Geist und nur dem einen Gedanken, aus der Reichweite des gefährlichen Dämons zu kommen, der Garab bedrängt hatte. Dieser hatte mit seinen Gefährten über Detchema kein Wort gesprochen.

Gegen Ende des zweiten Tages stießen die Fliehenden auf ein Hirtenlager. Die Nähe von Menschen, das vertraute Bild von weidenden Herden und großen, schwarzen Zelten, die denen ihres eigenen Landes ganz ähnlich waren,beruhigten ihren Schrecken. Nahe beim Lager hielten sie an, und Garab gebot den beiden Männern und Detchema streng, nicht das geringste Wort verlauten zu lassen, aus dem die Hirten den Überfall vermuten konnten, dessen Gegenstand sie gewesen waren. Hörten sie, dass Dämonen sich ihnen genähert hätten, fürchteten die Besitzer der Herden sicher, dass einige von ihnen auf ihrer Fährte geblieben seien. Sie würden sie daran hindern, auf ihren Weideplätzen zu lagern, ja sie würden sie vielleicht sogar misshandeln.

Garab verfolgte indessen seinen Plan. Er hatte nicht darauf verzichtet, das Geheimnis um die Persönlichkeit des Yogi aufzuklären, und vor allem wollte er sich und Detchema vor dessen neuen Angriffen schützen. War es genug an Sicherheit, wenn sie den Platz verließen, wo sie verfolgt worden waren? Garab zweifelte daran. Er glaubte auch, dass die Dämonen jene verfolgten, an die sie sich gehängt hatten. Er wollte einen sachkundigen Lama über Phantome der Art befragen, deren eines ihn angegriffen hatte, und von ihm hören, welcher Art Wesen er unter der Gestalt eines Hindu-Asketen gesehen hatte. Wäre es nötig, wollte er sich und Detchema exorzieren lassen. Vor allem Detchema, deren widernatürliche Wünsche er erstaunt beobachtet hatte.

Während ihrer kurzen Rastpausen hatte er sie wie zu Anfang ihrer Beziehung mit der gleichen sinnlichen Raserei wieder genommen. Jetzt mischte sich in diese aber Wut. Garab glaubte zu ahnen, seine Geliebte denke in seinen Armen an die Umarmungen des *Anderen;* und dieser Gedanke, der ihn vor Eifersucht wahnsinnig machte, steigerte gleichzeitig noch das Verlangen nach ihr.

Am Tag nach seiner Ankunft ging Garab unter dem Vorwand, Butter kaufen zu wollen, zu den Zelten der Hirten. Er stellte sich als Kaufmann aus dem fernen Lande Kham vor, der mit seiner Frau und seinen beiden Freunden auf der Wallfahrt zum Khang Tise gekommen sei. Er hätte Träume gehabt, sagte er, die ihn wegen seiner Handelsgeschäfte beunruhigten, die er seinem Teilhaber anvertraut habe, und darüber wolle er einen »schauenden« Lama um Rat fragen. Ob es wohl einen solchen in der Nähe gäbe?

Ein *ngagspa*[37], antwortete man ihm, lebe beim Nachbarlager, eine Tagereise gen Norden; alle Hirten der Gegend schätzten ihn sehr.

Gewisse *ngagspa* von bescheidenem, ja fast gewöhnlichem Aussehen, die wie einfache Bauern leben, sind manchmal erfahrene Magier, dachte Garab und beschloss, bei dem ihm bezeichneten, einem gewissen Koushog Wangdzin, sein Glück zu versuchen.

Der kleine Pilgertrupp machte sich wieder auf den Weg. Sie fanden auch Wangdzin an dem ihnen genannten Ort.

Er besaß auch wirklich eine bedeutende hellseherische Begabung. Nachdem er Garabs Erzählung aufmerksam angehört hatte, verfiel er lange in tiefe Meditation. Dann zeichnete er mit Gerstenkörnern ein Diagramm auf den Boden und gebot Garab zuerst einen weißen, dann einen schwarzen und schließlich einen gefleckten Stein darauf zu werfen. Dann betrachtete er die Orte der Zeichnung, auf die die Steine jeweils gefallen waren, und erklärte schließlich:

»In diesem Fall geht es weder um Dämonen noch um Zauberer«, sagte er. »Das Wesen, das sich an euch gehängt hat und euch erschienen ist, gehört nicht nach Tibet. Ich sehe keinerlei Verbindung zwischen ihm und mir und kann demnach auch keinerlei Einfluss auf seine Haltung ausüben. Befragt einen in den Geheimwissenschaften seines Landes bewanderten Hindu-Asketen; er könnte euch zweifellos nützliche Ratschläge geben. Seid jedenfalls vorsichtig. Erzählt diese Geschichte nicht dem nächstbesten Pilger, nur weil er in ein Stück orangefarbenen Stoffs gehüllt ist, eine Halskette aus Schädeldecken trägt oder einen Stock mit Dreizack in der Hand hat. Sehr viele dieser sogenannten Heiligen sind elende Schwindler. Sie werden euch unter dem Vorwand der Aufklärung betrügen. Schlimmer noch, wolltet ihr die Verbindung mit einem niedrigeren Zauberer einzugehen wagen, die gewöhnlich böse Geister um sich haben, könntet ihr deren Opfer werden!«

»Aber was soll ich dann tun?«, rief Garab verzweifelt, »einer dieser Dämonen hat mich schon gefoltert, und nun sagt Ihr mir, ich sei in Gefahr, noch von weiteren dieser bösen Wesen angegriffen zu werden? Und wie soll ich mich an einen dieser indischen Yogis wenden, da ich ihre Sprache nicht kenne?«

»Ich glaube dir helfen zu können«, antwortete Wangdzin. »Du musst dich an einen nepalesischen Asketen wenden, der als Einsiedler auf einem der Abhänge des Khang Tise lebt. Er wohnt dort seit über zehn Jahren. Ehe er sich dort niederließ, wohnte er unter den Sherpas an der Grenze. Er versteht und spricht ausgezeichnet Tibetisch. Ich habe ihn gesehen, als er in diese Gegend kam, und war dort einige Tage sein Gast. Letztes Jahr noch habe ich ihm Ehrengeschenke gebracht. Er ist ein großer Yogi, der das Geheimnis der Dinge kennt und übernatürliche Kräfte besitzt. Ich werde dir einen Führer mitgeben, der dich bis zum Eingang des Tales führen wird, über dem sich seine Einsiedelei befindet. Hast du das Tal erreicht, wende dich mit einem ehrfurchtsvollen Gebet an ihn, er wird dich hören und wird dich, wenn er dir erlaubt, ihn zu sehen, durch Zeichen zu sich führen. Achte auf diese Zeichen und lass dich nicht irreführen.

Beim Aufstieg im Tal wirst du im Norden eine ganz weiße Bergkette erkennen. Von da ab sei auf der Hut. Machst du mit deinen Gefährten Rast und ihr lasst euch im Gras nieder, achtet darauf, dass keiner von euch auch nur das kleinste Hälmchen an seine Lippen bringt. Im Angesicht dieser weißen Berge wachsen zwei Arten Kräuter mit merkwürdigen Eigenschaften, die der Unerfahrene nicht von den üblichen Arten unterscheiden kann. Das eine dieser Kräuter ist ein tödliches Aphrodisiakum.[38] Wer davon isst, wird wahnsinnig. Durch das Gift entweicht die Lebenskraft, die Adern werden leer, und schließlich stirbt man unter Höllenqualen. Die andere Kräuterart zeigt denen, die sie essen, das Bild der Schmerzenswelten[39] und ihrer unglücklichen Bewohner.

Ein mit Pilgern zum Khang Tise gekommener Mönch machte mit seinen Freunden in einer Gegend Rast, in der diese Pflanze wächst, und pflückte nach seinem kärglichen Mahl zerstreut Grashalme neben sich und kaute sie. Sofort sah er einen Abgrund sich vor ihm auftun. Der Schauder, der ihn ergriff, ließ ihn das Kraut, das er noch zwischen den Zähnen hielt, ausspucken; und ebenso schnell, wie sie erschienen war, verschwand die Vision. Vom Hörensagen wusste dieser Mönch um dieses Kraut mit seinen wunderbaren Eigenschaften; er begriff, dass es das war, das ihm den Hölleneingang zu sehen ermöglicht hatte, und bedauerte lebhaft, dass er die Möglichkeit zum Einblick in die Mysterien dieser dem Menschen unsichtbaren Welten verloren hatte. Er suchte die von ihm ausgespuckten oder andere Halme der gleichen Art wiederzufinden; aber all seine Mühe blieb vergebens.

Als seine Gefährten wieder weiterzogen, weigerte er sich, mit ihnen zu gehen, da er sein Suchen fortsetzen wollte. Jahrelang blieb er in dieser Gegend; er hatte sich dort eine Hütte gebaut und verbrachte seine ganze Zeit mit der Suche nach der Pflanze und dem Kosten von Halmen. Allmählich verwirrte sich sein Geist, und als er starb, war er völlig wahnsinnig.

Hinter den weißen Bergen gibt es wirklich einen Abgrund, der mit geheimen Tiefen in Verbindung steht, aber nur mit übermenschlichem Blick wahrgenommen werden kann. Wer kein mächtiger *naldjorpa* (tibetischer Yogi) ist, sollte jene Gegenden meiden, da es ihm sonst schlecht ergehen würde.

Macht euch schon morgen auf den Weg. Ihr braucht vier Tage bis zur Einsiedelei des verehrungswürdigen Asketen. Solltet ihr ihn sehen, so legt ihm ›meinen Körper, meine Seele und meinen Geist zu seinen Füßen‹[40]«.

»Wir werden einen heiligen Einsiedler aufsuchen«, verkündete Garab seinen Gefährten bei seiner Rückkehr. »Sein Segen wird die Dämonen vertreiben und uns vor jedem Übel bewahren.«

Und er gebot ihnen, peinlich das Sammeln von Pflanzen oder Strohhalmen zum Zähneputzen zu vermeiden, da der *ngagspa* Wangdzin ihm gesagt hatte, es gäbe in dieser Gegend giftige Pflanzen.

Der von Wangdzin gestellte Führer hielt am Eingang eines Tales an, erinnerte Garab, dass er ein Gebet an den Yogi richten müsse, damit er ihm den Weg zu sich zeige, verneigte sich in Ehrfurcht vor dem heiligen Asketen und machte sich auf den Rückweg.

Zunächst stiegen die Reisenden in dem zwischen Steilhängen eingeschnittenen Tal empor, auf denen sich nicht die geringste Pfadspur abhob. Nach einigen Stunden Marsch unterschieden sie in der Ferne eine zum Himmel aufragende, glitzernde Linie von Schneegipfeln. Dies waren die weißen Berge, von denen Wangdzin gesprochen hatte. Sollten sie noch weitergehen? Hatten sie nicht schon den zur Einsiedelei führenden Pfad verfehlt? Da ihnen keinerlei Zeichen erschienen war, setzten sie ihren Weg fort. Die einförmig weiße Gebirgskette wurde immer leuchtender, aber in einem anderen Weißton als das Weiß des Schnees.

Plötzlich stieß ein Vogel einen gellen Schrei aus; alle wandten sich ihm zu. Auf einem Felsen schlug ein behaubter Vogel mit den Flügeln. Er schrie noch mehrere Male in gleicher Weise, dann erhob er sich, ließ sich etwas höher auf einem anderen Felsen nieder und begann wieder mit seinem Schreien und Flügelschlagen. Kein Pfad war auf dieser Seite sichtbar, aber der Hang konnte ohne Schwierigkeit erklommen werden. Garab dachte, der Vogel könne von dem Einsiedler geschickt worden sein, und machte einige Schritte in seiner Richtung. Da bewegte das anmutige kleine Tier von Neuem seine Flügel, flog auf und ließ sich auf einem Felsen nieder, der über dem eben von ihm verlassenen lag.

Garab zweifelte nicht mehr.

»Lagert hier«, sagte er zu seinen Gefährten. »Ich werde mein Glück versuchen und sehen, wohin mich der Vogel führt.«

Von Fels zu Fels führte der Vogel Garab immer höher auf den Kamm des Berges. Eine Zeitlang konnten Detchema und die beiden Männer ihrem Anführer, der sich immer mehr entfernte, mit den Augen folgen, bis er ihrem Blick entschwand; immer schwächer drangen Vogelrufe von fern zu ihnen; dann wurde es still.

Garab sank vor dem Einsiedler, einem bis auf ein aus einem Stück blassrosa Seide bestehenden *doti*[41] gänzlich nackten Greis in die Knie. »Was führt dich zu mir, mein Sohn? Was willst du von mir?«, fragte ihn der Yogi wohlwollend. »Und zunächst, wer bist du?«

Garab gestand freimütig alles, was sich auf die niedrige Stellung seiner Mutter, auf seine Geburt von einem unbekannten Vater bezog, mehr sagte er nicht.

»Das ist alter Kram«, ließ sich der Greis vernehmen. »Aber seither? ... Weshalb bist du zum Kailash[42] gekommen? Pilgerfahrt? ... Du bist nicht allein, du hast Gefährten, Pferde im Tal. Du bist reich. Woher stammt dein Besitz?«

Garab ahnte, dass der Einsiedler ihn nur fragte, um seine Aufrichtigkeit zu prüfen, dass er aber, während er dies tat, schon in ihm gelesen hatte und alles ihn Betreffende wusste.

»Sie wissen all diese Dinge, ehrwürdiger Herr Einsiedler *(jowo gomchen)*«, sagte er demütig. »Ich bin ein großer Sünder.«

»Es kommt mir nicht zu, dir den rechten Weg zu zeigen«, erklärte der Asket. »Du wirst später einem Einsiedler dieses Landes begegnen, der das versuchen wird. Trachte danach, wenn die Zeit gekommen sein wird, aus seinen Lehren Nutzen zu ziehen. Visionen haben dich erschreckt, nicht wahr?

Hör mir aufmerksam zu:

Du bist der Sohn eines Mannes aus Indien. Dein Vater war einer jener Bhairavis mit widerlichen Sitten, die eine dämonische Magie üben, um die Zeit des Alterns unendlich hinauszuzögern, die Abnutzung ihres Körpers wieder auszugleichen und die Unsterblichkeit zu erlangen.

Wisse, dass der in diesem schändlichen Wissen erfahrene Magier den Lebensatem der Wesen fassen kann, indem er ihn von ihrem Mund atmet, und dass durch einen noch geheimnisvolleren Vorgang die alle Lebensformen antreibende und erhaltende Kraft vom Mann während seiner sexuellen Vereinigung auf Kosten der Frau abgezogen werden kann.

Das ist ein ungeheuerliches Geheimnis, das verbrecherische Eingeweihte bei zahllosen Opfern anwenden; denn die Frauen, die ihre Beute werden, sterben nach kurzer Zeit.

Aber sehr wenige dieser menschlichen Dämonen halten lange die zu ihrem Erfolg erforderliche Anstrengung aus. Zum Erreichen des rituellen Ziels muss der Übende fähig sein, gegenüber jedem Verlangen nach dem Genuss sinnlicher Freude immer unempfindlich zu bleiben. Menschen mit unreinem und grausamem Geist, mit eigensüchtigen Beweggründen sind einer solch harten Zucht kaum fähig; die meisten erliegen eines Tages dem Verlangen ihrer Sinne; und damit sind sie verloren. Die anderswoher geraubte Lebenskraft entweicht aus allen Poren ihres Körpers, und sie gehen in kurzer Zeit zugrunde.

So ist dein Vater gestorben, weil er dir das Leben gegeben hat, das er in sich hätte bewahren müssen.

Er ist fern von seinem Heimatland gestorben, und da er außer dir keinen Nachkommen hatte, hat niemand zu seinem Nutzen die Riten vollzogen, die dem unverkörperten Geist den neuen Körper verschaffen, dessen er zum Betreten der Ahnenwelt[43] bedarf.

Da er die zur Bildung dieses neuen Körpers unerlässlichen Stoffe nicht erhalten hat, ist der Geist deines Vaters ein Phantom geworden, bei dem der Durst nach den zu seinen Lebzeiten erfahrenen Erregungen und die schlechten Regungen, die ihn damals beseelten, anhalten. Er bemüht sich, das Dasein seines feinstofflichen ›Doppelgängers‹ zu erhalten und ihn zu ernähren, indem er auf die Praktiken zurückgreift, denen er sich während seines Lebens hingegeben hat.

Da du zum Kailash gekommen bist, haben deine auf deine Empfängnis an diesem Ort und auf deinen Vater, der dich hier gezeugt hat, gerichteten Gedanken den körperlosen Geist magnetisch angezogen, der seinerseits die Erinnerung an die Tat bewahrte, die zu seinem Verderben geführt hat. In dir hat er sein Blut erkannt und hat sich auf dich gestürzt, um dir das Leben wieder zu nehmen, das er dir auf Kosten des seinen gegeben hat. Deine sinnliche Liebe zu der Frau, die dich begleitet, hat ebenso die grausame Sinnlichkeit genährt, die in ihm fortbesteht. Er wollte deine Geliebte besitzen, um sich ihre eigene Lebenskraft und den Teil an seelischer Kraft, den du ihm vermitteln konntest, anzueignen. Ihr wärt beide beinahe seine Opfer geworden; aber ich werde euch retten.

Die in Indien üblichen Bestattungsriten können unter den obwaltenden Umständen nicht gefeiert werden. Als *sannyasin*[44] habe ich zwar auf alle religiösen Übungen verzichtet, jedoch als Brahmane habe ich das Recht, sie zu vollziehen. Morgen werde ich es für dich tun.«

Der Einsiedler gab Garab dann einige Mehlfladen als Abendmahlzeit und lud ihn ein, die Nacht in seiner Hütte zu verbringen.

Am folgenden Morgen bereitete der Yogi einige kleine Reisklöße. Nachdem er dann den Verstorbenen angerufen hatte, bot er sie ihm an und befahl ihm Kräfte aufzunehmen, damit er Flüsse und Gebirge überwinden könne, die ihm auf seiner Reise nach der Welt der Ahnen begegnen würden, und beschwor ihn, nicht vom rechten Weg abzuweichen, damit er sich nicht verirre.

»Mein Sohn«, sagte er danach zu Garab, »dein Vater will irgendetwas von dir; gib es ihm, damit er dich nicht länger bedroht.«

Er befahl ihm, einige Fäden aus seinem Kleid und sich einige Haare auszureißen und sie unter die Opfergaben zu legen, wobei er ausrief:

»Hier ein Kleid für Euch, o Vater, entreißt mir nichts mehr zu Eurem Gebrauch.«[45]

Und als alles beendet war, warf der Einsiedler die Klöße, Stofffäden und die Haare ins Feuer.

»Nichts davon darf in der Nähe meiner Wohnstatt bleiben«, sagte er.

Dann gebot er Garab noch, einen Kräuterbesen zu binden und den Platz, auf dem die Opfergaben gelegen hatten, und den Boden um diesen sorgsam zu fegen. Alle Spuren der Opfer und des Phantoms, das gekommen war, um das Feinstoffliche zu ergreifen, mussten verwischt werden, damit es den Ort nicht wiedererkennen und versuchen könne, dahin zurückzukommen, anstatt unmittelbar seinen Weg zur Welt der Ahnen zu gehen, wo es ausruhen würde, bis es einmal nach den früher von ihm vollbrachten Werken in glückliche, mittelmäßige oder schändliche Bedingungen wiedergeboren würde.

»Du hast nichts mehr von dem Yogiphantom zu fürchten, mein Sohn«, sagte der Einsiedler zu Garab beim Abschied, »aber fürchten musst du die Früchte deiner begangenen Taten. Ich wiederhole dir, eines Tages wirst du den Weg des Heils streifen. Achte darauf, ihn zu erkennen, und weiche nicht mehr davon.«

Während der folgenden Wochen machten der Anführer und seine Gefährten den Umgang um den Berg, dann verließen sie den Khang Tise, indem sie sich nach Osten, dem fernen Lande Kham zuwandten.

Fünftes Kapitel

Niederlage und Untergang der Hirten-Räuber – Die tragische Furt – Ein Zauberarzt bringt den verwundeten Anführer weg – Detchema tritt ins Kloster ein

»Bis zu meiner Rückkehr seid ihr alle nur friedliche Hirten und beschäftigt euch nur mit euren Herden. Vor allem keinen Beutezug! Seid bedacht, dass sich Vergessen über das von uns Erworbene breite. In China lauert uns ein muselmanischer Führer auf, der um den geringsten Vorwand glücklich wäre, um unsere Stämme anzugreifen und sich unser Vieh anzueignen. Richtet das alles aus. Große Klugheit ist notwendig, wollen wir nicht das Unheil auf uns herabziehen.«

So hatte Garab seine Gefährten ermahnt, als er sich in Lhasa von ihnen getrennt hatte, und sie hatten bei ihrer Heimkunft nicht verfehlt, seine Worte ihren Freunden auszurichten. Alle hatten die Weisheit gelobt, und monatelang waren die Befehle des Anführers buchstabengetreu befolgt worden. Aber die Zeit verging; Garab kam nicht zurück. Weshalb zögerte er so? War ihm ein Unglück zugestoßen? War er krank? … oder gar gestorben? Er hatte die Absicht geäußert, prüfen zu wollen, ob sich nicht in den von ihm berührten Gegenden ein fruchtbares Gebiet vorfände. Wer weiß, ob er es nicht gefunden, ob er nicht eine andere Bande gebildet hatte, auf einem Beutezug war, der ihn reich machte, während sie untätig wie Frauen in ihren Zelten blieben und dabei die Handelskarawanen, die ihre Gegend durchzogen, dummerweise gehen ließen.

Diese zunächst unbestimmten Vorstellungen nahmen mit der Zeit mehr und mehr Gestalt im Geist der Hirten-Räuber an. Sie hatten begonnen, sie heimlich unter Freunden zu äußern, allmählich aber hatten sie in den Beratungen der Führer und Ältesten offen gesprochen. Aufgestachelt vom Durchzug der Karawanen, war ihre Gier nur noch schwer zu bezähmen, und einer von ihnen, der im Geheimen Garab beneidete, putschte sie durch seine Vorschläge auf, in der Hoffnung, den Platz des abwesenden Anführers einnehmen zu können, wenn ihm ein gewinnbringender Überfall gelänge.

Der Tag kam, da die Räuber, unfähig, ihre Raubvogelinstinkte länger zu bezähmen, beschlossen, unter der Führung Dawas, der seiner Bewährung als Anführer ungeduldig entgegensah, die Bande wieder arbeiten zu lassen.

Zwei Karawanen waren gemeldet. Die eine brachte Handelswaren aus China nach dem Lande Ga und zog an den Zwillingsseen Kyara und Nora[46] vorbei. Die andere war die jährliche Karawane der Tibeter aus Amdo, deren Händler in Lhasa Pferde und Maultiere verkaufen wollten. Die Herde, die sie begleiteten, zählte mehr als dreihundert Tiere. Wie üblich durchzogen die Tibeter die grasreichen Einsamkeiten von Tsaidam und Hor Nagchuka im Westen der Räuberlager.

Mit einigen Wochen Abstand wurden beide Karawanen überfallen. Die Amdo-Leute verteidigten sich tapfer; die Räuber konnten sich nur eines kleinen Teils der Tiere bemächtigen, die sie wegführten, ließen aber zwei Tote auf dem Kampfplatz. Einer der nach Ga ziehenden chinesischen Kaufleute ertrank in einem Strom, da er während des Angriffs auf seine Karawane zu fliehen suchte, und von drei verwundeten Karawanenführern aus Amdo starb einer auf der Reise, auf der ihn seine Gefährten nach Zentraltibet mitnahmen.

Das Aufsehen, das diese beiden Überfälle nach einer Zeit verhältnismäßiger Ruhe machten, erregte die öffentliche Meinung entlang den Grenzgebieten zwischen China und

Tibet. Auf beiden Seiten der Grenze forderten die von den Räubern bedrohten Kaufleute deren Bestrafung. Der muselmanische General, der gegen die Räuber-Hirten von langer Hand einen Strafzug vorbereitete, der für seine unregelmäßig bezahlten Truppen einträglich sein konnte, war allzu glücklich, dass sich ihm Gelegenheit bot, ein entscheidendes Strafgericht zu halten und die Sicherheit der ehrbaren Reisenden zu stärken. Seine sehr tapferen und gut ausgebildeten Leute, in der Mehrzahl halb turkmenischer, halb chinesischer Abstammung, fielen über die Lager her und hatten kaum Mühe, den schlecht geleiteten Widerstand zu besiegen. Eine große Zahl Hirten fiel in den Kämpfen, während die von den Soldaten verfolgten Fliehenden gefangen und niedergemacht wurden.

Da Garabs Erfolge während eines zehnjährigen dreisten Räubertums längst die Aufmerksamkeit des muselmanischen Generals erregt hatten, hatte dieser den Offizieren, die den Strafzug befehligten, eingeschärft, sich seiner tot oder lebendig zu bemächtigen und ihm seinen Kopf zu schicken, den er in einer von den Hirten zahlreich besuchten Grenzstadt ausstellen wollte, um diejenigen einzuschüchtern, die versucht sein sollten, es seinen Heldentaten gleichzutun.

Die Muselmanen hofften, den berühmten Bandenführer bei der Verteidigung der Lager an der Spitze seiner Leute zu finden. Zu dieser Zeit aber kehrte der Anführer ruhig vom Khang Tise zurück, ohne auch nur im Mindesten etwas von dem zu ahnen, was sich bei seinen Freunden zutrug.

Die von mehreren seiner früheren Opfer gegebene Beschreibung Garabs entsprach keineswegs der Physiognomie Dawas, dem gegenwärtigen Anführer und unbedachtsamen Anreger der unklugen Überfälle, die die furchtbaren, von Garab befürchteten Gegenmaßnahmen ausgelöst hatten. Die muselmanischen Offiziere täuschten sich darin nicht. Als Dawa verwundet und gefangen war, wurde er schrecklich verprügelt, und da er im Schmerz zusammenbrach, erzählte er den ihn Befragenden, Garab wäre schon seit langem mit seiner Frau und zwei Gefährten verreist und zum Khang Tise gezogen, und dass aller Wahrscheinlichkeit nach alle vier wohl bald zurückkehrten. Nachdem er diese Auskünfte gegeben hatte, wurde er erschlagen.

Nach beendetem Strafzug kehrte der Hauptteil der Truppe an seine Standorte zurück und führte die Herden der Besiegten mit sich, unter denen sich auch die Garabs befanden. Einigen über das Land verstreuten Militärposten war befohlen, darüber zu wachen, dass die versprengten Stämme keine neue Banden bildeten. Die Beschreibung der aus Garab und den Seinen bestehenden Gruppe wurde genau weitergegeben mit dem Befehl, dass, wer immer ihrer ansichtig würde, diese – und vor allem den Räuberhäuptling – zu ergreifen habe. Dann hüllten sich die öden, von kurzem Kampflärm widerhallenden Gebirge von Neuem in Ruhe und Schweigen.

Auf seiner Reise nach Lhasa hatte Garab die verlassene Hochebene im Norden von Hor Nagchuka durchquert. In dieser Gegend hatte er die Karawane mongolischer Pilger überfallen, in der sich Detchema befand. Auf seiner Rückkehr aber vom fernen Khang Tise, nach Monaten der Reise in der Abgeschiedenheit und unter dem dauernden quälenden Eindruck des seltsamen Dramas, das sich am Fuß des heiligen Berges abgespielt hatte, hatte Garab einen mehr begangenen Weg vorgezogen. Zwischen Lhasa und Giamda war er nach Norden abgebogen und hatte sich nach Tscherkou[47] gewandt, etwa zehn Tagesmärsche von seinem Lager entfernt.

Bei Nantchen[48], kurz nachdem er das der Herrschaft von Lhasa unterstehende Land verlassen hatte, erfuhren die Reisenden endlich die Ereignisse, die sich vor einigen Monaten bei den Hirten, ihren Freunden, zugetragen hatten.

Ein Landsmann, der aus der entgegengesetzten Richtung kam, hielt bei ihrem Anblick inne und brach in Rufe der Überraschung aus.

»Die heiligen Lamas sollen uns schützen! Seid Ihr's, Häuptling Garab?«

»Ich bin's«, antwortete Garab ruhig.

»Was tut Ihr hier?«

»Ich komme von einer Pilgerfahrt zum Khang Tise zurück und bin auf dem Heimweg.«

»Heimweg! … Ja, wisst Ihr denn von nichts?«

Und der Mann berichtete rasch alles, was er über den Strafzug der Muselmanen, das Hinschlachten der Hirten und den völligen Untergang der Fliehenden hatte erzählen hören. Er unterrichtete Garab auch davon, dass Soldaten in Nantchen seien, dass auf seinen Kopf ein Preis ausgesetzt sei und dass die Tatsache, dass er mit einer Frau und zwei Männern reise, bekannt sei und als Erkennungszeichen diene. Er riet dem Exhäuptling, schnellstens die tibetische Grenze zu überschreiten und vor allem auf chinesischem Gebiet seine Gefährtin nicht bei sich zu behalten, da sie die Aufmerksamkeit auf ihn lenke.

Danach beschwor der Landsmann Garab, niemandem zu vertrauen, der ihm begegne, und ihn schleunigst zu verlassen, da er nicht in Verdacht kommen wolle, wenn zufällig einer vorbeikäme und ihn in seiner Begleitung sähe.

»Wir müssen uns trennen«, erklärte Gorin, sowie der Mann sich entfernt hatte. »Ist eine Gruppe von vier Leuten angekündigt, so werden einzelne Reiter nicht besonders beachtet werden. Detchema kann bei keinem von uns bleiben; ihre Anwesenheit würde uns verraten. Sie muss zu unserer und ihrer eigenen Sicherheit ihr Äußeres völlig verändern. Ihr Schmuck muss verschwinden – der Anführer kann ihn bei sich verbergen, wenn er es nicht für unklug hält –, sie muss ihr hübsches Kleid einschmutzen, damit es wie ein altes aussieht. Vor allem muss sie sich kahl scheren; das würde sie unkenntlich machen, und sie könnte sich als Nonne auf Pilgerfahrt ausgeben. Niemand würde an irgendeine Beziehung zwischen ihr und uns denken; sie könnte unbemerkt die Grenze überschreiten. Übrigens stammt sie nicht von hier, niemand kennt sie. Sieht man sie nicht mit uns, wer sollte sie für deine Frau halten? Und selbst wenn es entdeckt würde, könnte sie sagen, du hättest sie verlassen; das wäre bei dir für alle, die dich kennen, nicht besonders verwunderlich; du hast schon mehr als eine verlassen … Jedenfalls läuft Detchema nicht Gefahr, erschossen zu werden, während wir …«

Gorin schüttelte den Kopf, ohne seinen Satz zu beenden.

»Gut, trennen wir uns«, entgegnete Garab. »Vielleicht ist es wirklich der beste Entschluss. Aber Detchema geht mich allein an. Ich werde sie nicht verlassen.«

Detchema weinte.

»Trotzdem«, sagte sie, »wenn es deine Sicherheit erfordert, reise ohne mich. Aber mir die Haare abschneiden! Nein, nie! Das ist nicht unbedingt notwendig. Ich kann zu Fuß gehen und einen anderen Weg einschlagen als du. Ich werde dich treffen, wo du willst. Meinen Schmuck werde ich unter meinem Kleid verbergen, um es unansehnlich zu machen, werde ich es durch den Staub ziehen, eine Decke und Lebensmittel werde ich auf dem Rücken tragen. Man wird mich für eine Bäuerin halten, die ihre entfernt wohnenden Eltern besuchen will. Wir sind noch in Grenznähe; in zwei Tagen werde ich sie hinter mir haben. Auf meinem Weg werde ich vermutlich keinem Soldaten begegnen. Sollte ich aber doch einem begegnen, wird er nicht wissen, wer ich bin … und dann, Gorin hat recht, sollten sie herausbekommen, dass ich deine Frau bin, werden sie mich nicht umbringen.«

»Nein, umbringen werden sie dich nicht«, schrie Garab in äußerster Wut. »Sie …«

Die Vorstellung, Detchema, die, dessen war er sicher, Jungfrau gewesen war und nur ihn als Mann gekannt hatte, Detchema könnte der Lustbefriedigung geiler Haudegen dienen, diese Vorstellung machte ihn wahnsinnig. Seit seinem Verdacht, die junge Frau hätte am Khang Tise an den fürchterlichen Liebkosungen des dämonischen Phantoms Gefallen finden können, hielt Garab in dieser Hinsicht einen verzehrenden Argwohn wach.

Detchema, dachte er, wisse nicht, was ihr zustoßen könnte, wenn sie in die Hände von Soldaten fiele, die in ihr die Frau des von ihnen gesuchten Banditen erkennen würden. Sie schien sich allzu leicht darein zu fügen. Wer weiß, ob sie das Vergnügen nicht geradezu erwartete? ...

Er stieß einen seiner schrecklichen Flüche aus. Er war ganz blass und zitterte an allen Gliedern.

»Wir werden gut daran tun, nicht auf dem Weg zu bleiben«, bemerkte Tsöndu, der beunruhigt die wachsende Erregung seines Bandenführers beobachtete. »Es könnte uns wieder jemand begegnen und uns erkennen; dem brauchen wir uns nicht erneut auszusetzen. Es wäre klug, wenn wir uns bis zum Abend verstecken würden. Dann haben wir Zeit, uns ernsthaft das Notwendige zu überlegen.«

Die Klugheit dieses Rates war offensichtlich. Die vier Reiter kehrten um, und nachdem sie kurz darauf einen breiten verborgenen Spalt, der sich hoch über dem Weg am Hang des Berges auftat, entdeckt hatten, stiegen sie ab, ergriffen die Zügel ihrer Reittiere und halfen ihnen, den dahin führenden Steilhang zu erklettern. Dort verbargen sie sich in der Biegung der Schlucht und hielten Rat.

Die unerwartete Wendung der Lage, in der sie sich befanden, erschien diesen listigen Abenteuerläufern von besonderer Wichtigkeit. Sie waren ruiniert, von den Ihren getrennt, gezwungen, sich für lange Zeit verborgen zu halten und in kürzester Frist für ihren Unterhalt zu sorgen; aber nichts daran schreckte sie. Ihre einzige ernsthafte Sorge betraf ihren geliebten Anführer, der sie zu so vielen gewinnreichen Siegen geführt hatte und dessen Leben jetzt bedroht war. Sie selbst brauchten nur unentdeckt auf tibetisches Gebiet zurückzukehren, und dort würden sich ihnen kaum viele

Schwierigkeiten entgegenstellen, wenn sich, wie Gorin geraten hatte, ihre Gruppe teilte.

Garab nahm die Verteilung der in den Bündeln noch verbliebenen Vorräte und des Silbers vor. Den eindringlichen Mahnungen seiner beiden Gefährten, die ihn beschworen, sich von Detchema zu trennen, antwortete er mit bestimmter Ablehnung, so dass sie schließlich schwiegen.

Gorin und Tsöndu erklärten dann, sie würden, jeder für sich, Wege über die Pässe nach Osten nehmen und wollten ihrem viel bedrohteren Anführer den kürzesten und leichtesten Weg lassen. Dieser bestand darauf, wieder umzukehren. Garab kannte den Weg genau, weil er ihn schon gegangen war, und selbst nachts würde er die Furt finden, die ihn über die Grenze bringen musste.

Wäre Garab allein gewesen, er hätte den angebotenen Vorteil nicht angenommen; aber er dachte an Detchema, die Soldaten und all die anderen – Chinesen und Tibeter –, die sie nehmen würden, wenn er nicht mehr da wäre. Und um *das* zu verhindern, wollte der kühne Räuber, der sonst sein Leben gering achtete, um jeden Preis leben.

Bei Anbruch der Nacht führten die vier Gefährten ihre Pferde wieder auf den Weg zurück und schieden voneinander, nachdem sie sich alles Glück gewünscht hatten.

Garab und Detchema mussten in der gleichen Nacht offenes Gelände durchreiten und erreichten gegen Morgen bewaldete Schluchten, wo sie bis zum Abend versteckt blieben.

Der nächtliche Ritt der beiden Liebenden verlief ohne Zwischenfall.

Der Tag begann anzubrechen, als sie zu einer hügeligen, waldbedeckten Gegend kamen, wo sie zu rasten beschlossen. Nach Garabs Berechnung konnten sie, wenn sie bei der Abenddämmerung wieder aufbrachen und ihre Gangart beschleunigten, die Furt erreichen, ehe es gänzlich Nacht sein würde.

Diese Furt war auf eine große Entfernung die einzige des Flusses, die hier zwischen China und Tibet die Grenze bildete. In dieser Gegend führt der sonst überall tief eingebettete Flusslauf am Rand einer öden Hochebene entlang, wo mehrere Täler enden.

Für die Fliehenden ging es darum, ohne Unfall dahin zu gelangen. Mit Sonnenaufgang begann ein sintflutartiger Regen zu fallen, der erst am späten Nachmittag wieder aufhörte. Von allen Seiten ergossen sich Ströme von den Berghängen in die Täler, deren kleinste Bäche unmäßig anschwollen. Als Garab und Detchema die Hochebene erreichten, mussten sie feststellen, dass der reißend dahinschießende Fluss über seine Ufer getreten war. Die Furt war von der von ihnen erreichten Stelle noch weit entfernt, aber sie konnten sich ausrechnen, dass die Höhe und Schnelligkeit des Wassers jeden Versuch eines Übergangs vereiteln würden. Ein halber Tag würde ohne Zweifel vorübergehen müssen, bis der Fluss sich genügend gesenkt haben würde, dass die Reiter sich an das Abenteuer wagen konnten. Darüber hinaus wäre es notwendig, sich zu versichern, ob die Gewalt des Stromes die Furt nicht verlagert hätte, was bei solch grausamer Naturgewalt oft geschieht. Das konnte man aber nur bei vollem Tageslicht feststellen.

Die Fliehenden verharrten schweigend, bestürzt von dem unerwarteten Schlag, der ihren Plan vereitelte. Ihre Lage konnte jedenfalls nicht schwieriger sein. Sicher wurde Garab nicht allzu eifrig gesucht. Mehrere Monate waren seit dem Strafzug der Muselmanen vergangen. Die Erregung, die er bei ihnen verursacht hatte, musste merklich abgeklungen sein. Dawa hatte erklärt, Garabs Heimkunft wäre wahrscheinlich und geschähe bald, was nicht bedeutete, dass diese Rückkunft sicher war. Der Anführer konnte ja gehört haben, was sich zu Hause ereignet hatte und würde sich in diesem Fall wohl hüten, zurückzukommen. Für seine Sicherheit genügte es ja, wenn er vermied, gesehen zu werden. Und selbst wenn Leute, die ihn nicht kannten, ihm begegneten, würden sie nicht daran denken, zwischen einem nach Tibet Reisenden und dem Anführer der Bande, der aus der entgegengesetzten Richtung, von Tibet, kommen musste, eine Beziehung herzustellen.

Garab suchte durch solche Vernunftgründe seiner anscheinend sehr besorgten Gefährtin wieder Sicherheit zu geben. Jedenfalls schien ihm ein längerer Aufenthalt in dieser weiten, ebenen Gegend unangebracht.

»Wir werden vielleicht zu unserem letzten Lager zurückkehren und uns in den Wäldern verbergen müssen, bis das Wasser fällt«, sagte er. »Wenn es nicht mehr regnet, wird es während der Nacht stark zurückgehen. Oder wir könnten, da es bald dunkel werden wird, unseren Weg fortsetzen bis zur Furt. In der Dämmerung werde ich sie dann prüfen.«

Detchema durchforschte Himmel und Horizont. Dichte schwarze Wolken hingen sehr tief, und eine Nebelmauer schob sich langsam zum gegenüberliegenden Rand der Hochebene.

»Der Fluss wird nicht fallen«, sagte sie. »Es wird diese Nacht noch regnen.«

Dann heftete sie ihre Augen plötzlich auf einen Punkt in der Ferne und bemühte sich, klar Formen zu unterscheiden, die sie nur flüchtig gesehen hatte.

»Garab«, rief sie. »Schau, dort unten … zwei Reiter. Sie tragen keine Gewänder, es sind keine Leute vom Land … es sind Soldaten … Sie kommen hierher!«

»Ja, ich sehe sie«, antwortete Garab. »Möglich, dass sie uns auch gesehen haben. Wenn nicht, werden sie uns bald ausmachen. Wir können jetzt nicht mehr umkehren. Das müsste ihnen verrückt scheinen. Reiten wir weiter. Diese Soldaten kommen von einem Grenzritt oder von der Jagd zurück und nehmen den gleichen Weg, den wir gekommen sind. Lass uns nicht zögern. Ehe sie hier sind, werden wir außer Sicht sein.«

»Aber wir können nicht über den Fluss!«

»Nein, wahrhaftig nicht. Aber los, schauen wir, dass wir Raum zwischen sie und uns bekommen. Dann werden wir weitersehen.«

Während er noch sprach, hatte Garab sein Pferd in Trab gesetzt und entfernte sich, dem Flusslauf folgend, als wollte er sagen, wie weit Detchema und er schon sein würden, wenn die vom gegenüberliegenden Rand der Hochebene kommenden Soldaten zu dem Platz gekommen wären, an dem sie vorher angehalten hatten.

Da änderten die beiden Reiter die Richtung; sichtlich wollten sie die Reisenden zu fassen bekommen, die sie gesehen hatten. Weshalb? Höchstwahrscheinlich hatten sie keine Ahnung davon, dass sie den Mann vor sich hatten, dessen Kopf ihnen einen großen Preis einbringen konnte. Zweifellos wollten sie auf ihrem Ritt entlang der Grenze, an der es von Spionen wimmelte, ganz einfach das Paar, das bei einfallender Nacht und solchem Unwetter reiste, verhören.

Das marternde Bild einer von anderen als seinen Armen umfangenen Detchema befiel Garab plötzlich von Neuem und verwirrte sein gewöhnlich scharfes Urteil. Er vergaß seine vorangegangenen ruhigen Überlegungen, verlor seine Kaltblütigkeit, schlug auf das Reittier der jungen Frau ein, ließ es in Galopp fallen und galoppierte selbst hinter ihr her.

Dieser plötzliche Wechsel der Gangart musste den Soldaten verdächtig erscheinen; sie fielen ihrerseits in Galopp, und die Verfolgung begann. Da sie jetzt die gerade Richtung auf Garab und seine Gefährtin einschlugen, die immer dem Flussufer folgten, näherten sich ihnen die Soldaten schnell. Der ehemalige Bandenführer ergriff das Gewehr, das er über der Schulter trug, und zielte als geübter Schütze, ohne langsamer zu werden, auf den nächsten der Reiter. Seine Kugel traf diesen mitten in die Brust; der Mann fiel von seinem Pferd. Als der andere Soldat zu ihm kam, saß er ab und untersuchte einige Minuten lang den auf dem Boden liegenden Körper. Zweifellos war er augenblicklich gestorben; denn ohne sich bei seinem Gefährten aufzuhalten, wie er es getan hätte, um einen Verwundeten zu versorgen und ihn zum nächsten Posten zu bringen, bestieg er sein Pferd und nahm die Verfolgung wieder auf.

Erkannt oder nicht, jetzt war der einstige Räuber zum Mörder eines Soldaten geworden, und nur die Flucht konnte sein Leben retten.

Auf dem gegenüberliegenden Ufer schob sich der Wald bis zum Wasser vor. Nach dem Aussehen der Gegend schien es Garab, als befände er sich in der Nähe der Furt. Aber wie bei sinkender Nacht den genauen Platz in diesem schäumenden Wasser erkennen, das mit Donnergetöse zwischen den Felsen brauste?

Da, ein Knall; der Soldat hatte geschossen, die Kugel pfiff ohne ihn zu treffen an Garab vorbei. Er wandte sich halb auf seinem Sattel und schoss seinerseits. Der Soldat stieß einen Schrei aus, griff nach seiner Schulter, ritt aber weiter.

In diesem Augenblick durchdrangen Rufe von weit her den Nebel; Männer kamen. Der verwundete Reiter antwortete ihnen mit chinesischen Rufen. Garab begriff, dass ein Trupp diese Gegend durchzog; die beiden Soldaten, die ihn verfolgt hatten, hatten sich davon entfernt, um als Kundschafter das Land abzusuchen, und ihre Kameraden eilten nun, von den Schüssen gerufen, herbei. Ein einziger Ausweg blieb den Fliehenden noch: das Halbdunkel zu nutzen und den Grenzfluss zu durchqueren.

»Detchema! Geliebteste! Das ist vielleicht der Tod, vielleicht aber die Rettung. Komm«, schrie Garab außer sich.

Das Pferd, das seine Geliebte trug, am Zügel ergreifend, zog er es durch das aufgeschwemmte Ufer gegen die Mitte des Stromes. Durch einen wunderbaren Zufall befanden sie sich auf der zu diesem Zeitpunkt von der wütenden Masse der Wasser reingefegten Furt. Abwechselnd schwammen ihre verwirrten, vom Strom getragenen Pferde, fassten dann wieder Fuß und stolperten über die mit den Fluten rollenden Kiesel. Die beiden Liebenden näherten sich indessen dem Ufer, als das Pferd Detchemas stürzte; der Schreck warf die junge Frau in den Fluss, und der reißende Strom trug sie sofort weg. Ehe noch Garab, von dem Pferd behindert, das sich wieder zu erheben mühte, eine sinnvolle Bewegung hatte machen können, um seine Geliebte zu halten, blieb ihm von ihr nichts mehr sichtbar als ihre beiden kleinen Hände, die in den Schaumwirbeln zwischen den Felsen trudelten.

Ohne zu wissen, was er tat, stieg Garab wie ein Narr von seinem Pferd auf einen flachen Fels, der teilweise hervorragte und über einen anderen hinweg fast den trockenen Boden berührte. Er dachte, er könne schneller als die Strömung den Fluss entlanglaufen und Detchema beim Vorübertreiben zu fassen bekommen.

In diesem Augenblick ging am gegenüberliegenden Ufer ein Schuss los; zwischen den Schultern getroffen, stürzte Garab hinter den Felsen, auf dem er einen Augenblick lang aufrecht gestanden hatte.

Dichtere Nebelschwaden legten sich auch auf das Ufer und seine Umgebung und hüllten sie in nächtliches Dunkel. Auf mehr als zwei Schritte war nichts zu unterscheiden. An der Stelle, wo Garab gestürzt war, war das Wasser seicht, und die Strömung war, von einer Felsenbank gebrochen, ruhig. Bei dieser Dunkelheit brauchte der Flüchtling nur gebückt und unbeweglich bleiben, um nicht bemerkt zu werden.

Unklar unterschied Garab zwischen dem Wasserlärm Stimmengewirr, dann das Getrappel der Pferde einer sich entfernenden Truppe.

Die Erregung, die seinen Geist verwirrt hatte, legte sich; er begann wieder klar zu denken.

Ob die Soldaten, die ihn verfolgt hatten, und die, die sie getroffen hatten, wohl wussten, wer er war?, fragte er sich. Ob sie annahmen, dass er vom Strom mitgerissen worden sei, da er von dem Felsen gefallen war? Konnten sie ihn bei dem Nebel überhaupt fallen sehen? Dachten sie, dass er tot sei, und würden sie sich am nächsten Morgen auf die Suche nach seinem Körper machen, um ihm den Kopf abzuschlagen, ihn eingesalzen ihrem Kommandanten zu schicken und die ausgesetzte Belohnung zu erhalten? Und würden sie bei ihrer Nachforschung Detchema finden?

Detchema! … Lebend oder tot, er musste sie wiederfinden. Wie war sie davongetrieben, so übernatürlich leicht, im Wasserlauf! … In seinem Gedächtnis bewahrte er das Bild ihrer beiden kleinen Hände, die wie Schmetterlinge zwischen den Wirbeln des Flusses schwirrten. Er musste es immer darin bewahren.

Detchema! …

Er fühlte einen dünnen, warmen Blutstrom seinen Rücken herabrinnen. War seine Verwundung ernst? Er litt nicht sehr, aber der Kopf sank ihm herab, eine große Schwäche befiel ihn, seine Gedanken verwirrten sich.

Er suchte wieder zu sich zu kommen. Ich muss weg vom Ufer, dachte er. Er richtete sich mit Mühe auf und tappte langsam vorwärts. Einige Minuten später fassten seine Hände Sträucher, und da er sich daran weiterzog, fand er sich auf tibetischem Boden.

Er machte noch einige Schritte. Dabei war er ganz durchdrungen von dem Wunsch, dem Flussufer zu folgen, zum Strom hinabzusteigen und Detchema zu suchen. Dann legte sich ein Schleier auf seine Augen; er sank am Fuß eines Baumes nieder und verlor das Bewusstsein.

Beim ersten Morgenlicht folgten zwei Reiter, ein älterer und ein junger, in Flussnähe auf dem tibetischen Ufer einem sich durch den Wald windenden Pfad. Die Nacht hatten sie in einem nahen Dorf verbracht und begaben sich nun zu einem Kloster von Bön[49]-Ärzten, dem der alte Reisende angehörte. Er hieß Migmar und war der Onkel seines jungen Gefährten Anag. Vater und Mutter Anags waren vor kurzem während einer Epidemie gestorben, und Migmar, im Glauben, dass der eigene Arztberuf seinem Neffen ein erträgliches Auskommen sichere, hatte ihn aufgesucht, um ihn ins Kloster zu bringen, wo er die Heilkunst mittels magischer Praktiken und Heilmittel erlernen sollte.

Sie unterhielten sich über die durch Regen und Überschwemmungen am Tag vorher verursachten Schäden, als ein Wiehern ihre Unterhaltung unterbrach. Vor ihnen begrüßte ein aus dem Wald tretendes gesatteltes Pferd ihre eigenen Reittiere. Der Herr des Tieres war nirgends zu sehen.

»Dies Pferd wird, da sein Herr abgesessen war, entlaufen sein«, sagte Migmar zu seinem Neffen. »Binde es an einen Baum. Der Reisende, dem es gehört, sucht es sicher, und wir werden ihm zweifellos begegnen. Besser, das Pferd läuft nicht weiter weg.«

Anag machte sich gerade daran, dem Befehl nachzukommen, als ein anderes, ebenfalls ganz angeschirrtes Pferd, ab und zu grasend, zwischen dem Gebüsch erschien.

»Wie seltsam!«, rief der junge Mann. »Ein zweites Pferd!«

»Hier muss es mehrere Reisende geben«, antwortete Migmar. »Wenn ein Pferd die Gewohnheit hat, sich loszureißen und frei herumzustreunen, folgen ihm meistens die nicht fest angebundenen nach. Ein einziges mutwilliges Tier unter einer Anzahl anderer genügt, um auf der Reise große Sorgen zu verursachen.

Versuche auch das zweite Pferd zu fassen und anzubinden. Wir werden nach den Leuten rufen, die auf der Suche nach ihren Pferden sein müssen. Das ist ein selbstverständlicher Dienst unter Reisenden.«

Migmar stieg ab, und als Anag die scheuenden Pferde neben dem seines Onkels und dem seinen angebunden hatte, rief er mit der ganzen Kraft seiner Lungen in den Wald. Er bekam keine Antwort.

»Sie sind vielleicht weit weg. Der Fluss ist stark gefallen; aber noch überdeckt sein Tosen deine Stimme. Warten wir noch ein wenig.«

Anag fuhr fort, in verschiedenen Richtungen in den Wald zu rufen, wobei er hier- und dahin lief. Plötzlich schrie er:

»Onkel Migmar! Kommt! ... Hier ist ein Toter!«

Migmar eilte hin. Am Fuß des Baumes, wo er am vergangenen Abend zusammengebrochen war, lag Garab immer noch auf dem schlammigen Boden.

Als die beiden Männer sich über ihn beugten, hörten sie ihn schwach stöhnen.

»Er ist nicht tot, Onkel«, rief Anag aus.

»Er ist nicht weit davon«, antwortete Migmar, der niedergekniet war und Garab mit professioneller Ruhe zu untersuchen begann.

»Er muss gestern vom Hochwasser überrascht worden sein; der über die Ufer getretene Fluss wird ihn hierher getragen haben«, sagte Anag.

»Schweig!«, gebot ihm sein Onkel hart. »Der Fluss ist nicht bis hier herauf gestiegen, wo wir sind; und dieser Mann ist nicht ertrunken. Ei! Ei! ... wahrhaftig ...«

Migmar hatte Garabs schmutziges Gewand angehoben und entdeckte seine Verwundung.

»Ein Verbrechen, mein Sohn«, sagte er leise. »Dieser Unglückswurm hat eine Kugel in den Rücken bekommen. Er muss der Besitzer eines der Pferde sein, die wir eingefangen haben. Sein Gefährte, der das andere Tier ritt, liegt wahrscheinlich auch irgendwo im Wald. Beide sind von Räubern angegriffen worden. Warten wir hier nicht länger, machen wir keinen Lärm, die Gauner durchstreifen vielleicht noch dies Gelände ... Weshalb aber haben sie die Pferde nicht mitgenommen? ... Eigenartig.«

»Die beiden Reisenden haben vielleicht gestritten und gekämpft«, mutmaßte der junge Mann.

»Und haben sich gegenseitig verwundet«, fuhr Migmar fort. »Möglich. Suchen wir den anderen.« Die beiden Männer trugen Garab zu einer ganz von Gebüsch umstandenen Stelle, die ihn vor zufällig Vorüberkommenden verbergen sollte. Der Arzt Migmar wusch und verband dort flüchtig seine Wunde, dann durchstreiften Onkel und Neffe eine Zeitlang den Wald, ohne die geringste Spur eines anderen Reisenden zu finden.

»Wir können hier nicht länger warten«, sagte Migmar, »das könnte gefährlich werden. Der andere Mann ist vielleicht in den Fluss gefallen. Wir werden den Verwundeten wegschaffen. Er ist gänzlich bewusstlos. Wir werden ihn zwischen unsere Gepäckbündel auf eines unserer Tiere legen. Ich werde auf einem der entlaufenen Pferde reiten.«

»Nehmen wir auch das andere mit?«

»Natürlich! Man lässt solch wertvolle Tiere nicht auf der Straße stehen. Wenn der Verwundete sein Bewusstsein wiedererlangt, genesen ist und die Pferde verlangt, werde ich mit ihm reden … Hast du nachgesehen, was das an den Sätteln hängende Gepäck enthält?«

Das Gepäck enthielt Silber, Nahrungsmittel und nasse Kleidungsstücke.

»Diese Leute haben den Fluss überquert oder es zu tun versucht«, murmelte der Arzt nachdenklich.

»Wir werden den Verwundeten und sein Pferd im nächsten Dorf, zu dem wir auf unserem Weg kommen, zurücklassen«, sagte Anag, als ob die Sache von ihm abhinge.

»Nein«, entgegnete lebhaft der Onkel. »Wir werden ihn zum Kloster bringen, wo er gut gepflegt wird … wenn er es aushält bis dahin«, setzte er leise hinzu.

»Kein Sterbenswörtchen zu jemand über unsere Begegnung«, begann Migmar wieder. »Für alle ist der Kranke unser Freund, der im Gebirge vom Pferd gestürzt und gefährlich verwundet ist. Die vier Pferde gehören uns. Hast du verstanden? Solltest du ungehorsam sein und mit den

Leuten, denen wir begegnen, schwatzen, wird es dir schlecht gehen.«

Der alte Arzt betrachtete seinen Neffen mit solch hartem Blick, dass es dem jungen Mann ganz kalt wurde.

»Ich denke nicht daran, Euch ungehorsam zu sein, mein Onkel«, entgegnete er ergeben. »Ihr wisst besser als ich, was zu geschehen hat.«

Aber innerlich fragte sich Anag, ob es nicht töricht von ihm gewesen war, diesem Onkel zu folgen, der plötzlich so herrisch, ja sogar furchtbar war.

Die beiden Pferde können rechtmäßig von mir genommen werden, dachte Migmar seinerseits, und lebend oder tot könnte der Körper dieses Mannes unserem Großmeister von Nutzen sein. Der Arzt verbreitete sich jedenfalls nicht weiter über seine Gedanken; die geistige Beschwörung dieses »Großmeisters« flößte ihm aber eine verzehnfachte Furcht ein, wie sie auch sein Neffe empfand: Ein eisiger Strom schien ihm durch seine Adern zu rinnen.

Dann verteilten Migmar und Anag die Bündel mit den Kleidern auf einem der Pferde, legten den noch immer bewusstlosen, in eine Decke gehüllten Garab darauf und banden ihn gründlich auf dem Tier fest. Anag band den Zügel des Pferdes, das den Verwundeten trug, an den Sattel dessen, das er selbst bestieg – es war das Pferd Detchemas. Der Arzt bestieg das Pferd Garabs, während das seine mit Lebensmitteln beladen ruhig vor ihm herging. Die Reisenden setzten sich in Marsch und zogen weiter nach dem fernen Kloster der Bön-Ärzte.

Gegen Detchema war das Schicksal gnädiger als gegen ihren Geliebten. Sie ging ohne Schaden aus dem Unfall hervor, der sie hätte das Leben kosten können. Nicht weit vom Ufer ins Wasser gefallen, war sie in eine Reihe von Strudeln gerissen worden, die sich dem Ufer entlang gebildet hatten. So wurde sie nicht von der vom Regen verursachten Strömung gegen die Flussmitte getrieben. Schließlich war sie halb erstickt und arg zerschunden, aber gesund und gerettet auf einer sehr kleinen Sandbank gestrandet, die von einem Ufereinschnitt gebildet war.

Die Lage, in der sie sich befand, war indessen nichts weniger als kritisch. Die kleine Sandbank war keineswegs trocken; Detchema stand fast bis zu den Knien im Wasser. Hinter ihr erhob sich der das Steilufer bildende Felsen senkrecht und glatt hoch über ihrem Kopf, so dass er, soweit sie in der Nacht beurteilen konnte, unmöglich zu ersteigen war. Rechts und links war sie von der Flut eingeschlossen. Sollte es wieder regnen und der Strom noch steigen, müsste die Gefangene ertrinken. Zu ihrem Glück löste sich der Nebel nicht in Regen auf; mit der Zeit fühlte Detchema das Wasser, in dem ihre Füße steckten, fallen. Gegen Mitte des Vormittags war die kleine Sandbank völlig trocken, und stromaufwärts wurde es möglich, ans Ufer zu gelangen, wenn man von Fels zu Fels sprang und die seichten Wasserlachen durchwatete. Detchema beeilte sich, ihren unsicheren Zufluchtsort gegen einen sicheren zu vertauschen.

Während dieser tragischen Nacht hatte die junge Frau nicht aufgehört, an Garab zu denken. Was war aus ihm geworden? – Ein besserer Reiter als sie hatte er wahrscheinlich die Furt ohne Unfall durchritten. Zweifellos hielt er sie für tot; vielleicht würde er, anstatt sich zu entfernen, ihren Leichnam suchen wollen und würde sich dabei unklugerweise sehen lassen. Wüssten sie, dass der ihnen Ausgekommene nicht ein Schmuggler oder gewöhnlicher Spion, sondern der berühmte Räuber war, auf dessen Kopf ein hoher Preis stand, könnte die Habgier die Soldaten verleiten, die Grenzgesetze zu verletzen, wenn sie ihn bemerkten, und ihn selbst auf tibetischem Gebiet gefangen nehmen. Damit er dieser Gefahr entging, musste sie Garab schnellstens wiederfinden.

Völlig von diesen Vorstellungen gepeinigt, durchstreifte Detchema den Wald. Sie kam an den Platz der Furt; der Fluss war stark gefallen, was sie sogleich feststellte. Sie war der Stelle, da Garab an Land gegangen war, ganz nahe. Detchema ging sogar an der Stelle vorbei, wo er ohnmächtig zusammengebrochen war, aber nichts in ihr gemahnte sie an das, was sich ereignet hatte. Das wüste und wilde Durcheinander von Eindrücken und Ängsten, die den Geist der jungen Frau bedrängten, hinderte sie zweifellos, die Berührung der feinstofflichen Wellen zu fühlen, die die Schrecken ihres Geliebten in der Atmosphäre des Ortes ausstrahlten.

In dieser Richtung weitergehen ist sinnlos, dachte Detchema. Garab ist nicht in der Nähe der Furt geblieben. Wenn er meine Leiche sucht, tut er dies natürlich an der Stelle, an der ich stürzte, stromabwärts; ich muss umkehren und stromabwärts dem Flussufer folgen.

Sie ging lange und fühlte weder Müdigkeit noch Hunger. Von Garab fand sie keine Spur. Da sich ihre Gedanken wieder ordneten, kamen ihr auch die Umstände des Vorfalls vom vergangenen Tag wieder ins Gedächtnis. Garab und sie waren zu Pferde. Was war aus den Tieren geworden? – Das ihre war gestürzt, es konnte ertrunken sein. Aber Garabs Pferd? – Es wäre seltsam, dass ein gleicher Unfall die beiden Reittiere getroffen hätte. Andererseits befanden sich die beiden Pferde zur Zeit ihres Sturzes zu nahe am Flussufer, als dass man sich vorstellen könnte, sie hätten, ihrer Reiter ledig, von selbst dieses tiefe und reißende Wasser wieder überquert und wären zum gegenüberliegenden Ufer zurückgegangen.

War Garab überzeugt, dass sie tot sei, und aus Furcht, gesucht zu werden, auf seinem Pferd während der Nacht oder während der Morgendämmerung geflohen? Das war immerhin möglich.

Während sie dieser Vermutung nachhing, ließ Detchema ihre Blicke zerstreut über das Ufer schweifen, wobei sie auf einer Felsspitze einen bläulichen Gegenstand wahrnahm, den der Wind wiegte. Man hätte einen Vogel vermuten können, aber da einen Augenblick lang ein Sonnenstrahl das Blattwerk durchdrang und diesen unbestimmbaren Gegenstand traf, formte sich um ihn ein rötlicher Gürtel.

Beunruhigt erreichte die junge Frau den Uferrand und stieß einen verzweifelten Schrei aus. Der seltsame Gegenstand war Garabs mit einer üppigen blauen und goldenen Litze verzierter Hut. Garab hatte ihn nach Detchemas Sturz beim Absteigen von seinem Pferd fallen lassen. Vom Strom mitgerissen hatten ihn die Unebenheiten des gerade im Wasser treibenden Felsens aufgespießt und auf seiner Fahrt aufgehalten.

In Unkenntnis des Geschehens sah Detchema in diesem eigenartig in der Flussmitte liegenden Hut ein sicheres Zeichen von Garabs Tod: ihr Geliebter und sein Pferd waren ertrunken.

Die von den Vorfahren übernommenen abergläubischen Vorstellungen und die in Lhasa empfundenen Gewissensbisse quälten den verwirrten Geist der armen Liebenden. Der Traum, den sie ihre guten Großeltern geopfert hatte, war verwirklicht worden; aber ihr Fehlen wurde an ihrem Geliebten bestraft.

In der Erinnerung an diese alte Schuld verband ihr Gedächtnis diese mit jüngeren Geschehnissen.

Ihr zu Gefallen hatte Garab die Lhasa-Reise unternommen; wäre er unmittelbar in sein Lager zurückgegangen, wäre er immer noch ein reicher mächtiger Häuptling. Ihretwegen hatte er auch in Lhasa eine gottlose Komödie vor dem Dalai-Lama aufgeführt. Der Allwissende konnte nicht getäuscht worden sein. Er wusste, wer der angebliche Kaufmann war, wer sich vor ihm verneigte und woher die Geschenke stammten, die er ihm darbot. Während Garab sich einbildete, mit List einen schützenden Segen zu erhalten, begann schon von weit her die Bestrafung seines Betrugs; seine Herden wurden zur Beute chinesischer Soldaten, und jetzt war er elend umgekommen.

Doppelt schuldig war sie an seinem Tod. Sie hätte darauf bestehen müssen, dass Garab ohne sie floh. Wer weiß, ob die Tatsache, dass eine Frau ihn begleitete, nicht den Verdacht der beiden Soldaten, die ihn gesehen hatten, geweckt hatte? Sie hätte ihren Geliebten beschwören müssen, sie als Nonne verkleidet gehen zu lassen, wie Gorin geraten hatte. Oh, warum hatte sie sich geweigert, sich das Haar abzuschneiden! Zweifellos hatte Garab sie deshalb dahin gebracht, sich für ihn dies Opfer zu ersparen, weil sie gegenüber diesem Vorschlag so hartnäckig war, so verzweifelt, hässlich zu werden.

Ihr Haar! ... Jetzt verabscheute sie es. Der Mann ihrer Träume, dessen Nähe genügte, ihr Fleisch erbeben zu lassen, der kühne Anführer, für den sie schön sein wollte, war tot. Sie wollte nicht mehr schön sein; sie würde sich die verfluchten Haare abschneiden. Kein Mann hatte sie vor Garab berührt, keiner sollte sie mehr berühren, da er nicht mehr war. Sie wollte in ein Kloster eintreten.

Gebeutelt von einer fiebrigen Erregung, mit vor Verzweiflung wirrem Verstand weinte Detchema, abwechselnd saß sie da, den Kopf zwischen den Händen, und lief mit großen Schritten herum, wobei sie sich an Bäumen und Felsen stieß, oder sie fiel in die Knie und warf sich in den Schlamm.

Plötzlich fasste sie einen Entschluss. Nach tibetischer Sitte trug Detchema in einem an ihrem Gürtel befestigten Behälter ihr aus zwei Stäben und einem langen, geraden Messer bestehendes Reisebesteck. Das Letztere ergriff sie und begann sich die Haare abzuschneiden. Sie waren dicht, und langer Gebrauch hatte des Messers Schneide abgestumpft. Wütend schnitt Detchema drauflos und die langen schwarzen Haarsträhnen fielen zu ihren Füßen nieder. In wenigen Minuten hatte sie sich schrecklich zugerichtet, ihr Kopf war an einigen Stellen fast kahlgeschoren, an anderen mit Haarbüscheln verschiedener Länge bedeckt.

Nachdem sie ihr trauriges Geschäft beendet hatte, raffte sie ihr auf dem Boden zerstreutes Haar zusammen, band es zu einem Büschel, das sie als Opfergabe auf den Felsen warf, auf dem der von Schaumspritzern beschmutzte Hut des Räubers eine unbestimmt herausfordernde Haltung anzunehmen schien.

»Für dich, Garab, meine Liebe … mein Leben!«

Das Opfer war vollbracht. Eiseskälte durchdrang Detchemas Adern. Ihre Erregung ließ nach, langsame Tränen rannen ihre Wange herab. Ein letztes Mal blickte sie auf den nassen und unförmigen Hut. Ein schneidender Nordwind stand auf und rüttelte ihn mit boshafter Ausdauer. Detchema erhob ihre gefalteten Hände zu ihm, und ernst wie vor den Götterbildern in den Tempeln vollführte sie in seiner Richtung die drei feierlichen rituellen Verneigungen, dann entfernte sie sich von der Stelle und ging durch den Wald, in den die abendlichen Schatten zu fallen begannen.

Auf der Felsspitze kämpfte Garabs Hut gegen Wasser und Wind und wehrte sich gegen das Herabfallen.

Es war schon Nacht, als Detchema an das Tor eines alleinstehenden Bauernhauses klopfte. Die Frau, die ihr öffnete, fuhr entsetzt zurück, da sie sie beinahe für eine dämonische Erscheinung hielt. In ein schmutziges, noch feuchtes Gewand gekleidet, durch ihr verwüstetes Haar entstellt, ähnelte die, die sich hier vorstellte, kaum dem Mädchen, dessen Liebe Garab verzaubert hatte.

Um ihr seltsames Aussehen zu erklären, log Detchema und erzählte der Bäuerin, sie sei mit ihrem Vater gereist. Beide seien sie wallfahrten gegangen. Da sie die Gegend nicht kannten, seien sie von der Überschwemmung überrascht und bedrängt worden, und den Greis hätte die Flut mit fortgerissen.

Diese Geschichte schien glaubhaft. Das Ertrinken in den über die Ufer getretenen Flüssen ist in Tibet keine Seltenheit. Der Wunsch zu verhindern, dass der Leichnam ihres Geliebten verstümmelt würde, veranlasste Detchema, die Tatsache zu entstellen. Wenn, dachte sie, die Soldaten erfuhren, dass ein von einer Frau begleiteter junger Mann beim Überqueren der Furt untergegangen sei, würden sie ihn als den Reiter erkennen, den zwei von ihnen verfolgt hatten und der einen von ihnen getötet hatte, und wenn sie überzeugt wären, dass der Flüchtling Garab wäre, würden sie sich auf die Suche nach seiner Leiche machen, um ihr den Kopf abzuschlagen. Ihrerseits würden die von Habgier getriebenen Uferbewohner, soweit sie Kenntnis davon hatten, welcher Preis auf seinen Kopf gesetzt war, bestimmt seiner habhaft zu werden versuchen.

Die arme Vereinsamte hätte sich keine bessere List ausdenken können.

Weshalb aber nur waren die Haare der Reisenden so geschnitten?

»Ich habe ein Gelübde getan, damit mein Vater im Westlichen Paradies der Großen Glückseligkeit (Noub Dewatchen) eine glückliche Wiedergeburt erlange«, antwortete Detchema. »Zum Zeichen dieses Gelübdes habe ich mir selbst die Haare abgeschnitten. Ich will Nonne werden.«

So viel Tochterliebe erschütterte die gute Bäuerin.

»Seid Ihr nicht verheiratet«, fragte sie.

»Ich bin Witwe«, erklärte Detchema traurig.

»So jung! Welcher Jammer! Und Euer Vater ertrunken! Ja, Ihr tut gut daran, Euch der Religion zuzuwenden. Diese Welt ist nur Leid; aber Buddha hat einen Weg gezeigt, der über alle Schmerzen hinausführt …«

Nachdem Detchema ihr Kleid getrocknet und einen Teller Suppe gegessen hatte, schlief sie ermattet ein.

Bei Tagesanbruch verließ sie das Bauernhaus, mit Lebensmitteln für den Weg versehen, der sie zu dem Nonnenkloster führen sollte, das ihr gestern ihre Gastwirtin beschrieben hatte. Eine Tagesreise sollte ausreichen, dahin zu kommen.

Am selben Abend wiederholte sie der Klosteroberin die Geschichte über eine angebliche Wallfahrt und den Tod ihres Vaters und gab ihr den Schmuck, den sie verborgen bei sich getragen hatte, zum Verkauf. Sie wollte der Klostergemeinschaft einen Teil der daraus erlösten Summe schenken. Der Rest sollte die Kosten für die Unterhaltung der Lampen bestreiten, die sie auf den Altären brennen lassen würde – für das Glück ihres Vaters in einer anderen Welt, sagte sie, während sie sie in Gedanken Garab weihte.

Am nächsten Tag wurde Detchemas Kopf kahlgeschoren, und acht Tage später empfing sie die niedere Weihe der Novizen.

Sechstes Kapitel

Ein Schlupfwinkel schwarzer Magier – Ein Hindu-Mystiker auf der Suche nach Unsterblichkeit – Eine höllische Werkstatt – Das scheußliche Lebenselixier – Ausbruch aus der Festung der schwarzen Magier und Drama im Wald

So sa ling ist ein bescheidenes Kloster; es liegt auf einem wenig über das Tal hinausragenden Bergvorsprung und hat nichts von der Anmaßung oder der erhabenen Absonderung wie viele lamaistische Abteien, die sich hoch auf wolkenumhüllten Gipfeln erheben. Die gewaltigen Flügel des ungeheuren Tores in der äußeren Ringmauer waren vor Urzeiten mit leuchtenden Farben bemalt, in denen Rot und Grün vorherrschte. Sonne und Regen mancher Jahre haben die Gestalten der fantastischen Wesen abgesplittert und nachgedunkelt, die ein seit langer Zeit in andere Welten eingegangener Künstler hier dargestellt hatte, und das gebräunte und gesplitterte Holz schien blank an manchen Stellen hervor. Diese offensichtlichen Altersspuren trugen dazu bei, dem Klostereingang ein gastliches und frommes Aussehen zu geben.

Der vertrauenerweckende Eindruck, den ein Fremder von So sa ling haben mochte, ging jedoch zwangsweise verloren, wenn er das alte, zerborstene Tor hinter sich gelassen hatte. Er befand sich dann in einem Hof, der ganz von festen, in dunkelgrauem Stein errichteten Gebäuden eingeschlossen war. Vor ihm erhob sich die hohe Mauer einer zweiten Umfassung, die in der den Gebäuden gegenüberliegenden Ecke von einem einzigen, schmalen und tiefen Tor durchbrochen war. Öffnete sich dieses Tor, so hinderte eine wenige Schritte hinter ihm gelegene Mauer den Blick in das Innere der zweiten Umfassung. Die am Eingang liegenden Gebäude bildeten das Krankenhaus. Abgeschlossen in der zweiten Umfassung befanden sich der Tempel und die Wohnungen der Mönche, doch von alldem sahen die meisten der in So sa ling behandelten Kranken nichts.

So sa ling bedeutet: »Ort, wo man heilt.« Seit undenklichen Zeiten hatten hier Ärzte gelebt; diese Ärzte hingen der alten Religion des Landes an, die nur für höchste Eingeweihte war – einem mit Philosophie und Magie vermischten Schamanismus, dessen Gläubige sich Böns nennen.

Man erzählt, dass der Gründer dieser Arzt-Linie ein Chinese war, der sich vor mehr als tausend Jahren an diesem Ort niedergelassen hatte. Es wird behauptet, der chinesische Magier lebe noch immer in So sa ling, nur einigen auserwählten Schülern sichtbar, die sich einer ebensolchen Langlebigkeit erfreuten und wie ihr Meister auch alle dem gewöhnlichen Sterblichen unsichtbar blieben. Aber das gehört ins Reich der Märchen.

Die Ärzte von So sa ling, die ihre medizinischen Kenntnisse mit dem geheimen Wissen der magischen Riten verbanden, genossen großes Ansehen. Von weit her brachte man Kranke zu ihnen, denen niemand die Schmerzen hatte lindern können; und die Mehrzahl von ihnen ging geheilt wieder heim. Trotz aller von ihnen geleisteten Dienste aber waren Liebe und Achtung, die die Mönche von So sa ling den Leuten ringsum einflößten, nicht ungetrübt. Gerüchte versetzten das Ansehen mit Furcht: eine unbestimmte Furcht, die man nicht genauer definieren konnte, die auf nichts Bestimmtem beruhte. Da diese Böns erfolgreicher waren als die Lamas, wenn sie die Krankheiten[50] verursachenden Dämonen überwanden und ihnen ihre Opfer entrissen, schienen sie den buddhistischen Bewohnern der Gegend etwas verdächtig. Entgegen den Kirchendienern der meisten tibetischen Klöster, die ihre Besucher durch Beschreibung der vielfältigen Wunder, die in ihren jeweiligen Tempeln vollbracht werden, in Erstaunen zu setzen suchen, sprachen die Mönche von So sa ling nie von Wundern. Aber ihre Zurückhaltung in dieser Hinsicht trug nur dazu bei, den Volksglauben in ihre okkulten Kräfte zu stärken und den Schrecken, den sie dem Volk einflößten, zu mehren.

Hinten, in der zweiten Umfassung, nahm der Tempel, der gleichzeitig als Versammlungshalle der Mönche diente, die ganze, jedoch nur geringe Breite des Bergvorsprungs ein. Er lehnte sich an eine sehr hohe, senkrechte und nackte Felsmauer, jenseits derer in engem Verband zusammengedrängte Felsnadeln bis zu dem zackigen Kamm des Gebirges aufragten. Kein zugänglicher Pfad führte durch diese Felsnadeln zum Gipfel. Kein Zweifel, dies waren unzugängliche Schlupfwinkel von Genien und Gottheiten, und, so dachten die guten Dorfleute, die Ärzte von So sa ling mussten längst davon wissen.

Zu diesem einzigartigen Kloster hatte Migmar Garab mithilfe seines Neffen Anag gebracht.

Auf dem ganzen Weg war Garab bewusstlos geblieben und nur erwacht, um irre zu reden. Dieser Zustand dauerte noch während der ersten Wochen seiner Unterbringung in einem Zimmer des Krankenhauses; dann erwachte er eines Morgens beinahe klar und betrachtete erstaunt den neben ihm sitzenden Anag.

Um möglichen Fragen zuvorzukommen, sagte dieser, gemäß der von Migmar gegebenen Anweisungen, rasch:

»Ihr seid verwundet worden. Mein Onkel, der Arzt ist, hat Euch gepflegt; ich, ich heiße Anag. Ihr befindet Euch in einer *gompa* (Kloster).«

Dann ging er rasch aus dem Zimmer, da sein Onkel ihm befohlen hatte, den Kranken sonst nichts wissen zu lassen.

Garab erholte sich langsam; bald fühlte er sich beengt in diesem Zimmer und dem vor ihm liegenden Hof. Er bat Migmar, draußen umhergehen zu dürfen, damit er sich, wie er sagte, an das Gehen gewöhne; denn der Tag, da er das Kloster verließe, sei nah, da er dank der ihm zuteil gewordenen sorgsamen Pflege schon völlig gesund sei.

»Täusche dich nicht über deine Kräfte, mein Freund«, sagte der Arzt, »sie sind noch längst nicht wiederhergestellt. Du darfst das Kloster nicht verlassen. Die Regel ist in dieser Hinsicht streng; unsere Kranken durchschreiten das Tor nur völlig geheilt. Verließen sie es ohne Erlaubnis des sie behandelnden Arztes, sie dürften nie mehr zurückkommen. Höre. Was drückt dich?«

Was Garab drängte, das Krankenhaus zu verlassen, das ihm nach Migmars Worten wie ein Gefängnis erschien, war die Erinnerung an Detchema. Sie war ertrunken; es gab kaum noch Zweifel in dieser Hinsicht. Er sah ihre kleinen Hände wieder zwischen den Strudeln des Stroms hintreiben und in der Nacht verschwinden. Selbst wenn ihn die Kugel des Soldaten in diesem Augenblick nicht getroffen hätte, hätte er sie retten können? Viel ruhiger als im Augenblick des traurigen Unfalls, zweifelte er daran. Indessen, es geschehen unerwartete Wunder. Er musste einen »Seher« um Rat fragen. Nach dem, was er aus Unterhaltungen schloss, die er ohne Migmars Wissen mit Anag geführt hatte, glaubte Garab, er befände sich bei den Mönchen von So sa ling.

Anag empfand Freundschaft für den Räuberhauptmann. Er kannte dessen Beruf nicht, vermutete aber, der Verwundete müsse ein kühner Abenteurer sein und bewunderte und beneidete ihn im Grund seines Herzens.

Dem Neffen Migmars gefiel es eigentlich nicht in So sa ling. Sein Onkel war unfreundlich und herrschsüchtig und hielt ihn fest am Gängelband; und Anag, jung und kräftig, litt unter den vielfältigen Beschränkungen, die jener seinem Freiheitsdrang auferlegte. Es war ihm selten gestattet, zu den Nachbardörfern zu gehen, und wenn es dazu kam, dann nur, um Mönche zu begleiten, die dort zu tun hatten, um bei Almosengängen die Säcke mit Lebensmitteln, die sie gesammelt hatten, oder die rituellen Werkzeuge und medizinischen Präparate zu tragen, wenn einer der Ärzte einen Kranken besuchte. Anag zerbrach sich den Kopf, wie er bei solchen Gelegenheiten für einige Augenblicke der beklemmenden Aufsicht entkommen und eine Schale Alkohol oder Bier trinken und mit den Dörflern plaudern könnte.

So saß er einmal in der Küche eines Bauernhauses beim Herd. Die Söhne des Hauses fragten ihn:

»Du bist neu zu den Böns gekommen?«

»Ja.«

»Was machst du dort?«

»Ich bin Migmars Neffe. Er hat mich zu sich genommen, um mich die Heilkunst zu lehren.«

»Ah! Du bist einer von denen, die im Krankenhaus bleiben. Hast du die anderen gesehen, die die Tagzeitengebete im Tempel singen? Hast du den Oberen gesehen?«

»Nein, zu den Versammlungen bin ich noch nicht zugelassen; ich bin erst Novize.«

»Hast du sagen hören, dass ihr Gott an bestimmten Tagen hinter dem Altar erscheint?«

»Nein.«

»Vielleicht ist es nicht wahr. Ein Junge von hier hat solche Geschichten erzählt. Er ging oft ins Kloster. Seine Eltern bebauten Felder der Böns, und er brachte ihnen Getreide und andere Dinge.

Wir wissen nicht, was er gehört oder gesehen hat; aber die Neugier ist ihm schlecht bekommen. Diese Leute von So sa ling sind zwar Wohltäter, trotzdem wollte er lieber nichts mit ihnen zu tun haben.

Es war am Tag des Jahresfestes, an dem der Tempel für alle offen ist. Die Bön-Anhänger von hier und aus der Umgebung verehrten ihre Götter in So sa ling, und der Junge, dessen Familie dieser Religion angehörte, ging mit den Seinen hin. Aber ihm lag nicht viel an Religion; er trank lieber.

Nachdem es schon lange Nacht geworden war, begegnete er einem seiner Freunde. Er war sehr erregt und etwas betrunken. Er sagte zu ihm: ›Ich habe etwas Merkwürdiges bei meinen Herren von So sa ling entdeckt.

Der alte Obere hat mich mehrmals grundlos geschlagen. Das ist ein böser Biedermann. Ich wollte ihm einen Streich spielen. Dazu versteckte ich mich, während viele Leute vor dem Altar vorübergingen, zwischen den Vorhängen und Fahnen, die vor der Tür des dunklen, geheimen Raumes zwischen dem Altar und dem großen Felsen hängen, und bin, als der Obere eintrat, um den Gott zu versöhnen, hinter ihm hineingeschlichen. Ich wollte, ohne dass er mich bemerkte, etwas in der Anordnung der Opfergaben in Unordnung bringen und mich davonmachen. Hätte er dann die Worte gesprochen, die den Gott herbeirufen, und wäre dieser gekommen, so hätte er gesehen, dass nicht alles nach den vorgeschriebenen Regeln im magischen Kreis angeordnet ist; er wäre sehr in Zorn geraten und hätte den widerlichen Oberen schwerer verprügelt, als dieser erbärmliche Kerl mich je geschlagen hat.

Aber der Große Bön bleibt vor dem Opfergabenkreis, ohne mir die Möglichkeit zu geben, daran zu rühren, geht dann weg, schließt die Tür zu und lässt mich eingesperrt.

Würde der Gott kommen? Ich war glücklich, die Opfergaben nicht berührt zu haben. Aber ich wäre sehr gern verschwunden. Ich habe dort einen schrecklichen Augenblick verbracht … Gib mir zu trinken.‹

Er hatte schon viel getrunken, aber er stürzte noch mehrere Schalen Alkohol hinunter und fuhr fort:

›Ich bin ausgebrochen, als wir uns trafen, aber nicht dort, wo ich hineingegangen bin. Oh, war das schwierig! Ich will dir sagen … Ich werde dir das morgen sagen.‹

Seine Zunge wurde schwer; er wurde schläfrig.

Dann ging er nach Hause. Aber als er am folgenden Tag nach einem Nachbardorf reiten wollte, ging sein Pferd durch und der Junge muss gestürzt sein; man fand seine Leiche auf dem Geröll in einem trockenen Bachbett ausgestreckt; er hatte das Genick gebrochen.

He! Seltsam, nicht wahr? Dieser Unglückliche war wahnsinnig. Mit den Göttern spaßt man nicht … und auch nicht mit den Böns von So sa ling. Du siehst wie ein guter, kleiner Kamerad aus, du bist jung.

Nimm dich in Acht!«

Als Anag einige Tage später mit Garab allein war, erzählte er ihm von diesem Gespräch. Garab teilte die Ansicht der Bauern. Man trieb seinen Spaß weder mit den Göttern noch mit den ihnen Nahestehenden. Und, da er wieder auf sich zurückschloss, dachte er wie schon Detchema an die Komödie, die er in Lhasa vor dem »Allwissenden« aufgeführt hatte. War das Unglück, das ihn getroffen hatte, nicht die Strafe dafür? War Detchemas Tod nicht sein Werk? …

Er beschloss, einen »Seher« um Rat zu fragen. Dieser Klosterobere, der einen Gott beschwor, musste das Mittel besitzen, eine Weissagung zu erhalten. Er wollte sich an ihn wenden.

Garab vertraute seinen Plan Anag an, und der Junge riet ihm, die Meinung seines Onkels einzuholen: »Trotzdem«, fügte er hinzu, »bedenkt Euch gut. Dieser Obere scheint mir gefährlich, und ich möchte ihn nie kennenlernen. Ich werde hier nicht Mönch werden, wie immer mein Onkel darüber auch denkt.«

»Wohin willst du gehen?«

»Seht, wenn Ihr von So sa ling weggehen werdet, möchte ich mit Euch gehen.«

Garab begann zu lachen.

»Was willst du bei mir tun? – Meine Herde hüten? – Ich habe keine mehr. Man hat sie mir gestohlen.«

»Wer? Räuber?«

»Ah! Für mich waren es Räuber.«

»Ihr habt mir nie erzählt, wie Ihr verwundet worden seid.«

»Du hast mir nie gesagt, wo ich hier bin.«

»Mein Onkel hat es mir verboten.«

»Na, wennschon!«

Anag zögerte.

»Hinter der ersten Gebirgskette, auf die man im Süden stößt, fließt der große Fluss Siamo nou Schou (der Salouen). Werdet Ihr mich nun auf meine Antwort hin mit Euch nehmen?«

»Ich werde daran denken; aber ich muss wirklich einen ›Seher‹ um Rat fragen. Der Obere schreckt mich nicht.«

Migmar zeigte keinerlei Eile, seinen früheren Patienten dem Oberen vorzustellen. Garab hatte sich wohl gehütet, ihm etwas von Anags Erzählung und Anweisungen mitzuteilen. Er sprach dem Arzt einfach seinen Wunsch aus, einen »Seher« zu befragen, wenn es einen solchen im Kloster gäbe.

»Ich werde mich darum kümmern«, antwortete Migmar.

Einige Tage später kam Migmar wieder und teilte Garab mit, er müsse sein Zimmer im Krankenhaus verlassen und innerhalb der zweiten Umfassung wohnen, während der Obere sich darum bemühen würde, für ihn vom Schutzgott So sa ling einen Weissagespruch zu erhalten. Diese Maßnahme gefiel Garab nicht sehr, aber er sah kein Mittel, sich dem ohne Verzicht auf den Weissagespruch zu widersetzen.

Als er gegen Abend Anag im Hof sah, rief er ihn und teilte ihm die Entscheidung mit. »Oh! Das gefällt mir nicht«, sagte der Junge, als er die Neuigkeit hörte. »Glaubt mir, gebt Euch nicht in die Hände des Oberen.«

»Aber was kannst du schon gegen ihn haben? Du hast ihn nie gesehen. Man darf ihn nicht nach dem Gerede der Bauern beurteilen.«

»Nein, vielleicht nicht. Trotzdem fürchte ich für Euch. Ich habe meinen Onkel zu einem seiner Mitbrüder sagen hören,

Ihr wäret ein interessanter Fall. Interessant für was? – Interessant für wen und um was zu tun? Die Vorstellung, dass Ihr hinter die andere Umfassungsmauer geht, ängstigt mich. Seid Ihr wirklich fest dazu entschlossen?«

»Ganz!«

»Gut, dann bin ich es auch. Übermorgen muss ich einen der ›Alten‹ begleiten, der Geld einziehen will. Er wird in den Ballen seines Sattels die Silberbarren verstauen, und ich, ich werde in dem meinen die Butter, das getrocknete Fleisch und alles haben, was man ihm an Geschenken mehr geben wird. Auf dem Rückweg werden wir durch Wälder kommen, ich werde den Alten ehrfürchtig wie üblich voraus reiten lassen. Dann werde ich ihm plötzlich sagen: ›Halt! Ehrwürden, Euer Pferd lahmt, was hat es am linken Huf? Ein Stein hat sich vielleicht in seinem Eisen verklemmt. Steigt ab, ich bitte Euch; das Tier könnte sich ernstlich verletzen.‹

Ich kenne ihn, er wird mir glauben; er wird absteigen, und wenn er den Fuß auf den Boden gesetzt haben wird, werde ich, den Zügel meines Pferdes um meinen Arm gebunden, mich auf das seine setzen. Und hopp ... mir nach!«

»Du willst ihm sein Geld stehlen?«

»Ihr habt verstanden.«

»Und dann?«

»Ich werde sehen. Ich bin nicht dumm.«

»Und der Gott und der Obere?«

»Ich fürchte sie für Euch, weil Ihr in ihrer Reichweite seid. Ich werde rasch einen guten Zwischenraum zwischen sie und mich gebracht haben. Und dann werde ich einen Lama aufsuchen; ich werde ihm sagen, dass ein widerlicher Bön mir übel will, und er wird mir ein Zaubermittel als Schutz geben.«

»Oh! Der schöne Räuberwitz!«, rief Garab lachend. »Du erinnerst mich an meine Jugend.«

Er hatte schon zu viel gesagt. Anag betrachtete ihn forschend.

»Wie, Ihr?« wagte er ängstlich.

»Jawohl, mein Junge, ja! Ich war Bandenführer und berühmt, ich schwör's dir. Die Kugel, die ich erhielt, stammt von einem Soldaten.«

»Bandenführer! Oh, ich fühlte wohl, dass Ihr ein ungewöhnlicher Mensch seid!«, rief Anag überschäumend vor Begeisterung. »Bandenführer! ... Ihr werdet mich unter Eure Männer einreihen, wenn Ihr wieder losschlagt ... Versprecht es mir!«

»Ich werde keine großen Beutezüge mehr machen, mein Kleiner. Es ist zu viel Traurigkeit in mir; meine Kraft ist gebrochen. Die ich von ganzem Herzen liebte, ist tot, das ist fast sicher. Das will ich den ›Seher‹ fragen. Sie ist in dem Augenblick ertrunken, als ich verwundet wurde.«

»Oh! Eine Frau!«, antwortete Anag mit jugendlichem Leichtsinn. »Das ist zweifellos traurig, aber Ihr werdet vergessen, Hauptmann; es gibt andere.«

»Du bist noch ein zu großes Kind, um das zu verstehen, Anag. Für mich gibt es nur diese.«

»Nun, da ich weiß, wer Ihr seid, fürchte ich weniger für Euch, Freund Garab. Ein *djagspa*-(berühmter Räuber) Anführer kann weder von einem alten Bön-Zauberer noch von einem Gott besiegt werden. Geloben wir uns, uns wiederzusehen.«

»Von ganzem Herzen«, sagte Garab.

Sie gaben sich die Hand und verharrten einige Augenblicke schweigend, tief bewegt, ihre Gedanken auf den Wunsch einer Wiederbegegnung gerichtet. Dann ging Anag aus dem Zimmer.

Garab war durch die schmale und tiefe Tür der zweiten Umfassung gegangen. Im Inneren sah er Gebäude aus grauem Stein, ähnlich denen des Krankenhauses, und im Hintergrund an den Fels gelehnt einen kleinen Tempel ohne architektonische Besonderheiten. Nichts in diesen alltäglichen

Verzierungen war geeignet, einen Eindruck von Furcht hervorzurufen; er strahlte nur eine schwermütige Düsterkeit, eine Art Schlaffheit aus, deren niederdrückenden Einfluss Garab unmittelbar empfand. In einer Zelle, die durch eine türlose Öffnung mit derjenigen eines alten Mönchs verbunden war, der bei seinem Eintritt kein Wort an ihn richtete, wurde ihm ein Platz angewiesen.

Der an weite Ritte durch endlose Einöden gewöhnte frühere Bandenführer fühlte sich unbehaglich, unbehaglicher als im Krankenhaus. Er wurde täglich kräftiger und empfand ein dringendes Bedürfnis nach Bewegung und frischer Luft.

Hier werde ich nicht lange bleiben, dachte er, als er sich am Abend zum Schlafen niederlegte, ohne dass sein alter Nachbar auch nur ein Wort mit ihm gesprochen hätte.

Der nächste, der übernächste Tag, die folgende Woche und die darauf folgenden vergingen im gleichen Schweigen, in der gleichen Untätigkeit. Garab versuchte ihn auszufragen, aber anstatt jeder Antwort erhielt er nur ein Lächeln, und der Mönch deutete ihm durch seine auf die Lippen gelegten Hände an, dass ihm Schweigen befohlen war. Garab wandte sich wieder an seinen Gefährten und stellte ihm irgendwelche Fragen; dieser machte nicht einmal Miene, dass er ihn gehört hätte. Und Migmar war nirgends zu sehen.

Garab versuchte, im Hof spazieren zu gehen, den Tempel zu betreten, wenn die Mönchsgemeinde sich zu den Tagzeitgebeten dahin begab. Durch Gesten gab man ihm zu verstehen, er habe in seiner Zelle zu bleiben.

Der frühere Bandenführer wurde wieder krank; seine Kräfte schwanden erneut, er empfand ein seltsames Unbehagen. Da, eines Tages, erschien Migmar wieder.

»Ich bin verreist gewesen«, sagte er einfach.

Aber Garab glaubte ihm nicht.

»Morgen werdet Ihr den Oberen sehen«, fügte er hinzu und zog sich zurück.

Endlich!, dachte Garab, werde ich wissen, ob Detchema durch ein Wunder dem Tod entronnen ist und ob ich noch weiter diese Lebenslast ertragen muss.

Zur Wohnung des Oberen gelangte man durch eine Reihe von dunklen Gängen, die in mehreren Biegungen durch das Gebäude führten. Der Raum, in den Garab geführt wurde, war fensterlos und nur von den kleinen, auf einem schmalen Altar aufgestellten Butterlampen erhellt. Der Obere saß mit gekreuzten Beinen auf einem Diwan.

Garab machte die üblichen Verbeugungen, dann betrachtete er ängstlich den Mann, von dem er eine Antwort erwartete, die über den Rest seines Lebens entscheiden sollte.

Er sah ein ungewöhnliches Gesicht, völlig unbewegt wie das einer Statue. Keine Runzel faltete die gelbliche Haut, und trotzdem machte es den Eindruck eines Alters, das über jede gewöhnliche Schätzung hinausging, wenn dieser erschütternden Physiognomie überhaupt ein menschliches Alter zukam.

»Ihr könnt Euch setzen«, sagte der Obere zu Garab und wies mit dem Blick auf einen viereckigen, auf dem Boden liegenden Teppich.

Seine Stimme war ebenso seltsam wie seine Gestalt: eine Stimme ohne Klang, ohne Schwingung; man hätte eher meinen können, sie käme aus einem Mechanismus denn aus einem lebenden Wesen.

Garab fühlte sich unbehaglich. *Das* hatte er nicht vorausgesehen.

»Doktor Migmar hat Euch bewusstlos, verwundet aufgefunden und hat Euch gepflegt. Ihr habt ihm nie anvertraut, weder wie Ihr verwundet worden noch wer Ihr seid. Heute sucht Ihr um einen Weissagespruch nach. Ich habe das Recht, alles über Euch zu erfahren. Versucht nicht zu lügen. Ich besitze die Mittel, die Wahrheit herauszubekommen. Schließlich interessieren mich Eure vergangene Haltung, die von Euch vollbrachten guten oder schlechten Taten nicht an sich selbst. Gut und Böse sind törichte Unterscheidungen für kurzsichtige Geister. Ich werde mich nicht lange damit aufhalten. Was ich erforschen will, ist die Beschaffenheit Eures leiblichen und seelischen Wesens. Ich habe das seit dem Tage getan, als Doktor Migmar Euch nach So sa ling gebracht hat. Dazu brauchte ich Euch nicht zu sehen. Von jedem Wesen, jedem Ding gehen Schwingungen aus, die die Umgebung verändern, in der es verkörpert ist. Ein Salzkorn, das in ein Gefäß mit süßem Wasser fällt, gibt ihm einen salzigen Geschmack, und es ist unnötig, das Salzkorn *gesehen* zu haben, um zu *wissen,* da man es ja schmeckt, dass dem ursprünglich süßen Wasser Salz beigemischt ist. Versucht nicht, mich zu verstehen, es geht um eine Wissenschaft, deren einfachste Gegebenheiten sehr weit über dem Fassungsvermögen Eures Verstandes liegen.«

Als der Obere zu sprechen aufgehört hatte, sah der bestürzte Garab kleine, auf dem Altar liegende Weihrauchstäbchen sich selbst entzünden. Ein einzigartiger Geruch, in nichts dem der wohlriechenden Stäbchen Tibets vergleichbar, verbreitete sich in der kleinen Kammer. Der frühere Bandenhäuptling fühlte sich schwindlig werden. Der Obere verharrte in Schweigen und Bewegungslosigkeit, den Blick auf ihn geheftet.

»Euer Ehrwürden«, stammelte Garab, »ich bin ein Verbrecher. Ich habe mein Leben als Anführer einer Räuberbande verbracht ...«

»Genug«, unterbrach der Bön, »ich weiß das alles. Es bedeutet mir wenig!

Unnötig, mir Fragen zu stellen, der Spruch ist gegeben.

Hört!«

Der fremdartige Duft wurde stärker, Garab fühlte ihn erstickend in seine Lungen dringen. Die stechenden, ausdruckslosen Augen des Oberen waren zu zwei dünnen Strahlen kalten Lichts geworden, die sich an den Exbanditen hefteten und ihn zerfetzten.

»Hört!«, wiederholte die eisige Stimme. »Alles von dem, was Euer Leben gewesen ist, ist tot!«

»Detchema!«, schrie Garab.

»Alles ist tot«, wiederholte der Obere.

Garab wusste nicht, wie er aus dem Zimmer des Bön-Meisters gekommen war. Er erinnerte sich unklar eines Gefühls, ähnlich dem, das man empfindet, wenn man einen Schlag auf den Kopf bekommt. Er musste das Bewusstsein verloren haben. Er war weit davon entfernt, seine Kraft schon wiedergefunden zu haben.

Als er zu sich kam, war er allein, und die Zelle, in der er sich befand, war nicht die seither von ihm bewohnte.

»Unser Oberer hat mir gesagt, dass Euch das Orakel tief bewegt hat«, sagte Migmar zu Garab, als er ihn am nächsten Tag aufsuchte. »Das ist ärgerlich, denn in Eurem noch etwas schwankenden Gesundheitszustand taugen Erregungen nichts. Aber Ihr werdet Euch bald erholen.

Das Leben in unserer Welt ist eine Reihe von vielen Wechselfällen, die Schmerz bereiten. Es ist daher weise, sich auf ein glücklicheres in einer besseren Welt vorzubereiten«, fügte er lehrhaft hinzu.

Nie hatte Migmar Garab gegenüber religiöse Äußerungen getan. Der war erstaunt.

»Ihr habt recht«, antwortete er. »Unsere Lamas sagen das Gleiche.«

»Zwischen Böns und Lamas besteht in den tiefsten Lehren kein Unterschied. Die Unterscheidung gibt es nur in der Volksreligion für die Masse.«

»Ich weiß es nicht. Ich verstehe kaum etwas von Religion.«

»Das begreife ich. Die Mehrzahl der Menschen ist wie Ihr. Aber Ihr könnt lernen.«

»Ah! Ja, zweifellos … ich könnte …«, antwortete Garab unbestimmt.

Und dabei blieb die Unterhaltung.

Während der folgenden Tage sollte Garab eine Begegnung haben, die ihn in eine Folge unerwarteter Abenteuer zog.

Er durfte jetzt in den Klosterhof gehen und mit den Mönchen reden, denen er dort begegnete. In seine schmerzlichen Betrachtungen versunken und in Gedanken daran, was er nach seinem Weggang von So sa ling, der nicht mehr fern sein konnte, tun sollte, machte Garab von dieser Erlaubnis kaum Gebrauch. Meist begnügte er sich damit, den Hof abzuschreiten oder sich schweigend dort hinzusetzen.

Eines Nachmittags bemerkte er bei seinem Spaziergang zwischen den weitläufigen umgebenden Klostergebäuden in einem Eingang einen Mann, dessen seltsames Aussehen ihn überraschte. Er war wie die anderen Mönche gekleidet, aber seine Gestalt deutete zweifellos auf eine indische Abstammung hin.

Neugier und eine gewisse Sympathie wegen der verwandten Herkunft führten Garab zu dem Fremden.

»Ich wusste nicht, dass ein Fremder hier lebt«, sagte er im Nähertreten. »Ich selbst bin nicht aus diesem Land.«

»Das sieht man etwas«, antwortete der Hindu lächelnd.

»Ich heiße Garab«, sprach der Exbandenführer weiter. »Ich bin krank gewesen und hier gepflegt worden.«

»Mein Name ist Ram Prasad«, sagte der Fremde.

Aber er unterließ den Grund anzugeben, der ihn nach So sa ling geführt hatte.

Da er nichts zu sagen wusste, schwieg Garab.

»Tretet ein, wenn Ihr wollt«, sagte Ram Prasad höflich, da er vielleicht den Wunsch seines Gegenübers ahnte.

Tägliche Gespräche folgten dem ersten, das die beiden Männer miteinander hatten, und eine brüderliche Freundschaft entstand zwischen ihnen. Die vertraulichen Mitteilungen von Ram öffneten dem erstaunten Garab eine Welt, deren Vorhandensein er nicht vermutet hatte, und Ram lachte und hörte interessiert zu, wenn Garab das abenteuerliche Leben der Wegelagerer beim Auflauern der Karawanen schilderte. Garab vertraute seinem Freund auch den Albtraum an, den er am Khang Tise erlebt hatte, und die Beschreibung, die er davon gab, erregte die Aufmerksamkeit des Hindu.

»Ihr wart dort einem großen Mysterium nahe«, sagte er. »Die gewöhnlichen Menschen reden von Leben, Tod, Wiedergeburt, ohne zu wissen, wovon sie sprechen. Das Leben erklärt sich nur durch den Tod, der Tod nur durch das Leben. Das eine wie das andere sind für den Laien augenscheinlich verschiedene Seiten ein und der gleichen Wirklichkeit. Diese Wirklichkeit gilt es zu begreifen.

Zwanzig Jahre lang habe ich die Meister meines Landes befragt. Ich habe manche Arten Magie geübt, selbst solche, die schrecklich sind und an den Rand des Abgrunds der letzten Auflösungen führen; aber ich bin noch niemand begegnet, der sich in diesen Abgrund gestürzt hätte und daraus siegreich, verwandelt, bewusst, durch das Leben und den Tod hindurchgegangen, wieder aufgetaucht wäre.

Ich halte Euch für meinen Bruder. In uns fließt das gleiche Blut, und Euer Vater war, selbst wenn er sich des Wissens, das er besaß, für das Böse bedient hat, ein Eingeweihter. Um sich vor Gefahren zu wappnen, denen man ausgesetzt ist, muss man sie kennen; ich will Euch anvertrauen, was ich entdeckt habe. Die gewöhnlichen Mönche, die hier leben und die Medizin ausüben und studieren, haben davon nicht die leiseste Ahnung.

Der Obere ist ein Zauberer, der hofft, ein wirklicher Magier zu werden, aber er ist weit von diesem Ziel entfernt; und der Weg, dem er folgt, führt nicht zur Erwerbung der wahren Kräfte. Er hat versucht, in meine Gedanken und Absichten einzudringen; aber ich habe seine Absicht vereitelt. Ich bin in der Kunst erfahren, meinen Geist mit einem undurchdringlichen Schleier zu verhüllen: Er vermochte ihn nicht zu lüften.

Dennoch gibt es ein Geheimnis in So sa ling. Ich ahne es schon; ich bin zu ihm hingezogen worden. Deshalb bin ich hierhergekommen und habe mich als Arzt ausgegeben, der das medizinische Wissen der Böns erforschen möchte; aber sie haben sich nur halb von meiner List täuschen lassen. Ich muss dauernd auf der Hut sein, denn sie sind in der Kunst erfahren, gewisse okkulte Kräfte zu handhaben, und fähig, denjenigen schwer zu strafen, der mit ihnen zu spielen versucht.

Der Obere und einige andere suchen das Geheimnis der Unsterblichkeit. Der Mann, den Ihr gesehen habt, hat mehrere Jahrhunderte lang gelebt; aber obwohl er sein Leben über gewöhnliche Begriffe hinaus sehr verlängert hat, ist er nicht unsterblich.

Durch welches Mittel glauben sie sich vom Tod zu befreien? Eines davon haben sie, dessen bin ich sicher. Es ist das große Geheimnis, das sie unter dem Schein dieses Klosterhospitals und Medizinkollegs schützen. Dies Mittel muss ich kennenlernen. Aber was es auch sei, es wird unwirksam bleiben, solange sich die Böns dieses Mittels bedienen. Diese Mönche werden den Tod nicht besiegen, weil sie an den Tod *glauben.*

Über den Tod muss man nachdenken, muss ihn sein Zerstörungswerk tun sehen und ihn verneinen. Jedes Stoffatom, das er zerstört, muss ihn in tausend- und hunderttausendmal lebendigere Kraft verwandeln als der Stoff, der verschwand. Das Leben ist eine feine Kraft. Die groben Formen, die wir Wesen und Dinge nennen, sind nur eingebildete trügerische Erscheinungen von Blinden, die von der Wirklichkeit nur unförmige Schatten wahrnehmen.

Ich vermute, sie üben hier in anderer Weise die verabscheuungswürdige Kunst, in der dein Vater ein Meister war, und wollen ihre Lebenskraft ernähren und stärken, indem sie die der anderen entziehen. Der Obere hat das auf meine Kosten versucht; ich habe es gefühlt und habe dagegengewirkt. Hüte dich. Bleibe nicht hier.

Der Weg zur Unsterblichkeit ist, wie ich dir gesagt habe, ein ganz anderer. Man muss das Vergängliche gänzlich auflösen, vernichten, um die unzerstörbare Kraft zu befreien, und ich bezweifle, dass dies einer dieser Zauberer zu versuchen wagt.«

Garab hörte wortlos diese Ausführungen an, von denen er nichts begriff, aber aus Sympathie, die er von Anfang an für den Hindu empfunden hatte, stieg dabei eine grenzenlose Bewunderung für ihn auf. Alle Tibeter treiben den Kult des Wissens und der Weisen; und dieser Fremde, der so lang über tiefe Mysterien sprach, schien seinem unverständigen Hörer jenen in den geheimen Wissenschaften erfahrenen Meistern ähnlich, die man in Tibet verehrt.

Die Zeit schlich dahin wie für alle, deren einförmiges Dasein keine durch besonders auffallende Ereignisse bemerkenswerten Tage zählt. Ram Prasad las medizinische Bücher und befragte die Ärzte des Krankenhauses. Garab seinerseits hatte um die Erlaubnis gebeten, die Anfangsgründe der ärztlichen Kunst erlernen zu dürfen, da er darin ein Mittel sah, die Verlängerung seines Aufenthalts in So sa ling zu rechtfertigen. Sein früherer Wunsch, sich von diesem verdächtigen Ort zu entfernen, bestand weiter, aber die Anwesenheit von Ram hielt ihn dort zurück.

Der alte Räuber überlegte scharfsinnig und gründlich und ließ sich von der Bewunderung, die er zu dem Hindu gefasst hatte, nicht blenden. Er gab zu, dass dieser ihm an Verstand und Wissen unendlich überlegen war, aber er zweifelte an seiner Klugheit. Er witterte, dass eine Gefahr aus dem Hinterhalt auf seinen Freund zukam, die ihn täglich mehr einkreiste. Als er ihm seine Befürchtungen mitgeteilt hatte, hatte Ram geantwortet, er sei auf der Hut und wisse sich zu verteidigen. Garab hatte geschwiegen, um den Hindu nicht irgendwie dadurch zu beleidigen, dass er an seinen okkulten Kräften zu zweifeln schien, seinerseits aber hatte er sich vorgenommen, über den Unvernünftigen zu wachen, in der Annahme, dass bei gewissen Gelegenheiten die Hilfe kräftiger Arme die Macht eines Magiers wirksam unterstützen könne.

Aus diesem Grund wollte Garab Arzthelfer in So sa ling werden, und Migmar hatte ihm zu diesem Entschluss die Billigung der Oberen übermittelt.

Ein Jahr verging, dann noch ein halbes. Plötzlich ließ der Obere Garab zu sich rufen.

Wieder sah er sich dem unnahbaren Mann in dem düsteren Raum und in den Dünsten des seltsamen Duftstoffes gegenüber.

»Eure Führung ist lobenswert gewesen«, erklärte die klanglose Stimme, die bei anderer Gelegenheit den verzweiflungsvollen Spruch verkündet hatte, der Detchemas Tod bestätigte.

»Da Ihr Euch dem Dienst an anderen widmet, bereitet Ihr Eure endgültige Reinigung vor und werdet damit vermeiden, dass die unheilvollen Folgen Eurer früheren Verbrechen Euer künftiges Leben unglücklich machen.

Zu Eurem geistigen Wohl habe ich beschlossen, den Ritus auszuführen, durch den Ihr von den Schlacken befreit werdet, die Euch noch anhaften.«

Der Obere schlug in die Hände. Ein Mönch trat ein, in der Hand einen Hahn mit zusammengebundenen Füßen und eine Kupferplatte.

Der Bön stieg darauf von seinem hohen Diwan herunter, befahl Garab, sich aufrecht mitten in das Zimmer zu stellen, und begann, in der einen Hand die Füße des Hahns, in der anderen die Platte, langsam von oben nach unten zu »fegen«, wobei er sich des Vogels wie einer Feder oder einer Bürste bediente und die Platte unter den Hahn hielt, wie um darin einen unsichtbaren Staub aufzusammeln.

Während dieser Zeremonie sangen der Obere und seine Helfer wechselweise Gebete in einem schauerlichen Ton und in einer Sprache, die Garab nicht verstand.

Nach einer Weile ließ der Obere den Hahn auf den Boden fallen. Das Tier stieß einen Schrei aus, zappelte und schlug mit den Flügeln.

»Mach ihm die Füße frei«, gebot der Große Bön.

Sein Helfer gehorchte. Das Tier richtete sich auf und suchte zu fliehen. Der Mönch schien erschrocken und sah auf den Oberen; dieser heftete seinen eisernen Blick auf Garab. Lange herrschte Schweigen.

»Diese Probe habe ich gewollt. Ihr Ergebnis habe ich geahnt. Wisse, mein Sohn, dass durch die Wirkung dieses Ritus die einem Individuum noch anhaftenden Schlacken auf den Hahn übergehen und dieser tot hinfällt. Stirbt er nicht, so hat er keine Schlacken aufgenommen. Und konnte er keine aufnehmen, so bedeutet das, dass das *Leben* des Individuums sie mit diesem selbst weggenommen hat, als es den Körper verlassen hat, der aber wie eine leere Schale noch einige Zeit fortbestehen kann.[51]

Euer Leben ist verbraucht. Eure augenblickliche Tatkraft ist nur die Fortdauer eines früher gegebenen Antriebs. Es verhält sich damit wie mit der Scheibe des Töpfers, die sich noch einige Augenblicke weiterdreht, nachdem der Fuß des Töpfers schon aufgehört hat, sie in Bewegung zu halten.

Wozu sollte es da für Euch gut sein, das seelenleere Phantomleben, wie es das Eure ist, hartnäckig weiterzuführen? Bringt vielmehr durch einen großherzigen Entschluss ein für andere nützliches Opfer; so werdet Ihr einen Schatz von Verdiensten erwerben, den Ihr mit denen werdet teilen können, die Ihr geliebt habt.

Kommt!«

Er machte ein Zeichen, der Mönch öffnete eine kleine, hinter einem Vorhang verborgene Tür; der Obere schritt hindurch, und Garab folgte ihm.

Die Tür führte in ein Höfchen, das in diesem Augenblick die Sonne erhellte.

»Erhebt Euren rechten Arm so, dass die Linie Eures Handgelenks, wenn Ihr die Hand quer ausstreckt, auf die Höhe Eurer Augenbrauen gelangt«, sagte der Große Bön. »Betrachtet aufmerksam die Gelenkfügung Eurer Hand mit

Eurem Arm, Ihr werdet sehen, dass diese Verbindung sich verdünnt, dass sie fadenförmig wird und dann abreißt; eine Lösung der Verbindung zwischen Hand und Arm. Dies ist das sichere Zeichen, dass das Leben des Individuums verbraucht ist, dass es den Körper verlassen hat, der aber noch, nur für kurze Zeit allerdings, fortbestehen kann.

Schaut auf Euer Handgelenk!«

Garab gehorchte. Mit Schrecken sah er die Linie seines Handgelenks dünner, fadenförmiger werden, das Aussehen des festen Körpers verlieren, sich in einen durchscheinenden Nebel verwandeln, aber die Linie, so dünn sie auch sein mochte, zerriss nicht; sie blieb bestehen.

»Meine Hand ist immer mit meinem Arm verbunden«, stammelte er.

»Schaut besser hin.«

Die scharfen, aus den beweglichen Augen des Oberen hervorbrechenden Strahlen hefteten sich an ihn; er fühlte davon einen schmerzhaften Stich.

»Schaut besser hin.«

»Meine Hand trennt sich nicht! Sie hält ... Sie hält immer!«, brüllte Garab. »Ich bin lebendig! ... wohl lebendig!«

»Die Haftung dieses Phantoms, das Ihr für Euch selbst in seiner leeren Hülle haltet, verursacht Eure Täuschung. Geht auf Euer Zimmer, und verlasst es nicht mehr; macht den Versuch immer wieder.

Wenn Ihr die Wahrheit erkannt haben werdet, wenn Ihr Euch weise entscheidet, auf die wenigen Daseinstage zu verzichten, auf die dieser Körper, *der Ihr nicht seid,* allein Anspruch machen kann, lasst es mich wissen; ich werde Euch wiedersehen.

Geht!«

»Schließt Euch in Euer Zimmer ein«, hatte der Große Bön zu Garab gesagt. Aber während dieser mit seiner ganzen männlichen Kraft den Todesversicherungen, die man ihm aufzwingen wollte, entgegenwirkte, lief er zur Wohnung seines Freundes. Diese war leer.

Die Vorstellung, ein teuflischer Anschlag sei gegen Ram und ihn geschmiedet worden, kam ihm unmittelbar. Man suchte ihn daran zu hindern, seinem Freund mitzuteilen, was zwischen ihm und dem Oberen geschehen war. Man wollte, dass er sich in seinem Zimmer einschloss, und Ram war entfernt worden.

In welcher Absicht? Ram musste gewarnt werden, musste wissen, wenn er nach Hause kam, dass Garab ihn dringend rief. Vielleicht war noch Zeit, die Gefahr, die sich hier angekündigt hatte, abzuwenden.

Hastig zeichnete Garab mit einer glühenden Kohle aus dem Herd in einem früher von Ram zu diesem Zweck angegebenen Winkel ein Viereck und in dasselbe einen Kreis. Während er dies tat, sprach er eine magische Formel, die ihn sein Freund gelehrt hatte. Viereck und Kreis bildeten magische Bollwerke, die dem Hellsehen des Oberen ein geheimes Zeichen verbergen sollten, das »komm sofort; Gefahr« bedeutete.

Dann ging Garab in scheinbar völliger Ruhe hinaus und sagte zu einem Mönch, dem er im Hof begegnete, wo er zufällig herumzugehen schien:

»Ich wollte Ram Prasad benachrichtigen, dass ich einige Tage lang in Meditation in meinem Zimmer eingeschlossen bleiben werde; aber ich habe ihn nicht angetroffen. Wisst Ihr, wo er ist?«

»Ich glaube, er ist weggegangen und hat einen der Ärzte begleitet … Ich bin mir aber nicht sicher«, antwortete der Mönch ausweichend.

Was bei Garab bisher nur eine etwas unbestimmte Vorstellung war, verwandelte sich in Gewissheit. Gefahr drohte. Aber welcher Form würde sie sein?

Die Böns hatten womöglich die Absicht des Hindu durchschaut, aber sie dachten vielleicht nicht daran, ihm unmittelbar nach dem Leben zu trachten. Ihn selbst hatte der Obere zu überzeugen versucht, dass das seine in kurzem beendet sei, und hatte ihn aufgefordert, die Tage, die ihm noch blieben, zu opfern. Sie opfern, wie? Er hatte ihm nichts davon gesagt, hatte ihn aber auch nicht meuchlings ermorden lassen, obwohl es möglich gewesen wäre. Vielleicht würde man Ram Prasad ein ähnliches Opfer einflüstern, aber wahrscheinlich würde er nicht ermordet werden; die Böns mussten Gründe haben, von solchen Verbrechen abzusehen. Wie er, würde Ram wieder in seine Kammer kommen, würde das in eine Mauerecke gezeichnete Zeichen sehen, würde dem an ihn ergangenen Ruf folgen, und dann würden sie gemeinsam dieser Höhle von Zauberern entfliehen.

Er musste jetzt also Rams Rückkehr abwarten, indem er vorgab, die Unterweisungen des Oberen zu befolgen. Garab schloss sich in sein Zimmer ein, wohin ihm wie in den ersten Zeiten seines Aufenthaltes im zweiten Hof ein Mönch seine täglichen Mahlzeiten brachte.

Der alte Abenteuerläufer legte im Gedanken an die Flucht zuvor einiges davon zurück und verbarg es, um eine kleine Lebensmittelrücklage zu schaffen. Mehrere Tage vergingen. Garabs Unruhe nahm zu, aber er wagte nicht, seine Zelle zu verlassen, aus Furcht, die Aufmerksamkeit zu erregen, die im Gegenteil eingeschläfert werden musste.

In Rams Behausung zu gehen war unnötig. Wäre dieser zurückgekommen, hätte er das Zeichen gesehen und wäre herbeigeeilt. Sich nach ihm erkundigen konnte zu nichts führen; die Mönche mussten den Befehl erhalten haben, ihm eine erlogene Geschichte zu erzählen.

Dann? …

Die durch Unsicherheit und Furcht verursachte Gereiztheit ließ Garab nicht mehr schlafen und quälte ihn, obwohl er die Haltung tiefer Versunkenheit vortäuschen musste. Von Zeit zu Zeit machte er wieder die Probe, die ihn der Obere gelehrt hatte: Er betrachtete die Verbindungslinie seiner Hand, sah sie sich verringern, dünn und durchsichtig werden, aber nie verwirklichte sich der Bruch. Dann brauste der wieder sicher gewordene Garab auf und schleuderte innerlich gegen den hundertfachen Zauberer all die zahlreichen und derben Verwünschungen, die sein reicher Räubersprachschatz enthielt.

Ram Prasad kam nicht zurück. Garab glaubte nicht mehr daran. Er fühlte den Tod durch das Kloster schleichen. Er musste Prasad wiederfinden, ihn sofort wiederfinden, sonst wäre es zu spät.

Dass Ram nicht *wiederkam*, bedeutete keineswegs, dass er *abgereist* war. Diese Überzeugung verfestigte sich in Garab. Sein Freund war irgendwie im Kloster selbst verborgen, eingesperrt worden. Keinesfalls im Krankenhaus, das jedem Ankömmling offenstand, wahrscheinlich auch nicht in den Bauten der zweiten Umfassung, zu denen die Novizen freien Zugang hatten. Blieb die Wohnung des Oberen. Dort war Garab gewesen, während Ram verschwunden war. Der Hindu konnte ja auch danach dorthin gebracht worden sein. Garab verwarf diese Annahme wieder. Die okkulten Kräfte von Ram waren größer als die des Oberen, dachte er; dieser hätte ihn gegen seinen Willen nicht zurückzuhalten vermocht. Gab es denn im Kloster noch einen mächtigeren Zauberer als den alten Bön, den er kannte? Ram hatte von einem Mysterium gesprochen, einem Mysterium, hinter das er kommen wollte …

Von solchen Dingen verstand Garab nichts. Die Aufklärungen seines Freundes und das Ziel, das er sich gesteckt hatte, schienen ihm zu sehr über seiner Fassungskraft, als dass er auch nur die geringste Anstrengung gemacht hätte, deren Sinn zu begreifen. Und trotz seiner Bewunderung für den Hindumystiker hatte er manchmal daran gezweifelt, ob jener völlig Herr seines Verstandes war.

Wo aber konnte Ram gefangen gehalten werden?

Plötzlich erinnerte sich Garab an die Geschichte, die Anag ihm erzählt hatte von einem jungen Bauern, der von dem Oberen zu oft geschlagen worden war und die verrückte Idee gefasst hatte, sich dadurch zu rächen, dass er ihn seinerseits von dem Gott, den die Böns in ihrem Tempel verehrten, verprügeln ließ. Er hatte sich anscheinend hinter dem Altar in eine geheime Kammer eingeschlichen, in der der Obere den Kult des Gottes vollzog.

Gab es diese Kammer wirklich? Das war möglich. Die Lamas legen die Opfergaben, mit denen sie bestimmte Gottheiten versöhnen wollen, in verschlossene Schränke oder in Kammern, zu denen der Zutritt verboten ist.

Die Bön-Zauberer verrichteten blutige Opfer. Sollten die von So sa ling sich ausgedacht haben, Ram an diesem geheimen Ort ihrem Gott zu opfern? Diese Vorstellung erschreckte Garab, er konnte sich nicht länger mit Vermutungen aufhalten. Sobald die Mönche sich für die Nacht zurückgezogen hätten, wollte er sich auf die Suche nach seinem Freund machen.

Die Nacht war gekommen. Garab legte seiner Ungeduld noch die Prüfung eines längeren Wartens auf, um den Bewohnern des Klosters Zeit zum Einschlafen zu lassen. Nachdem er dann die wenigen von ihm gesammelten Lebensmittel in einen Lumpen eingepackt hatte, steckte er das Paket unter sein Gewand, knöpfte den Gürtel fest und ging hinaus und bewegte sich kriechend auf den Tempel zu, um zu vermeiden, dass seine hohe Gestalt einen verdächtigen Schatten warf.

Die Tempeltore waren nachts verschlossen, das wusste Garab; er wendete sich nach der rechten Seite des Gebäudes. Dort gab es zwischen diesem und der Umfassungsmauer einen engen Gang, der untertags das Licht durch einige nur wenig über dem Boden gelegene Fenster in das Innere des Bauwerks gelangen ließ. Diese waren gewöhnlich durch ein Lattengitter verschlossen, über das anstelle von Fensterscheiben Papier geklebt war. Solche Arbeiten sind wenig dauerhaft, der einfach durch das aufgeklebte Papier an die Mauer geklemmte Rahmen ist leicht zu beseitigen. In wenigen Minuten war Garab im Innern.

Sich an gewisse Einzelheiten aus Anags Erzählung erinnernd, ging Garab an die linke Seite des Altars. Die auf diesem brennende ewige Lampe beleuchtete Vorhänge, zwischen denen der Bauer sich versteckt haben wollte. Als er sie beiseiteschob, stieß Garab auf eine feste, zwischen Steinpfeiler eingefügte Tür, die mit Eisenstangen gesichert und an mehreren Stellen abgeschlossen war. Es war unmöglich, sie gewaltsam aufzubrechen.

Die geheime Kammer gab es also wirklich. Es ging darum, hineinzukommen. Garab sah sich den Altar an. An seinem oberen Ende, wo er an die Decke des Tempels stieß, fiel ein schwacher Schein durch durchbrochenes Getäfel. Befand sich das Tabernakel, in das er eindringen wollte, unmittelbar hinter dem Altar, oder schloss es etwa eine Mauer ab? Die zweite Annahme passte besser zu der Sorge und Vorsicht wegen einer verborgenen Tür, die Garab vermutete. Jedenfalls konnte er sich denken, dass die Böns die Ehrfurcht und Schrecken einflößenden Götterstandbilder auf dem Altar als hinreichenden Schutz gegen gotteslästerliche Einbruchsversuche bei ihrem Hausgott hielten und dass sie den Abschluss seiner Behausung auf dieser Seite nicht besonders befestigt hatten.

Von Unruhe gequält, kümmerte sich Garab wenig um Götter. Er kletterte auf den Altar, indem er die Absätze erstieg und seine Füße skrupellos auf die Throne, ja selbst auf die Knie der Standbilder stellte, und erreichte das mit Skulpturen geschmückte obere Ende mit der Figur des fantastischen Vogels Garuda mit ausgebreiteten Flügeln und von Drachen umgeben.

Garab hieb das Ende eines Flügels des Garuda mit seinem starken Messer, das er an seinem Gürtel befestigt trug, ab, und es gelang ihm, auch weitere Zierstücke abzubrechen. Es war leicht, den großen Vogel, der nur auf einer Seite gehalten wurde, ganz abzubrechen. Nach einigen Bemühungen ertönte ein trockenes Krachen, und der zweite Flügel war gebrochen. Als er den verstümmelten Garuda auf den Altar niedergelegt hatte, steckte Rams Freund den Kopf durch das gähnende Loch, das der mächtige Vogelkörper hinterlassen hatte, und schaute sich um. Hinter dem Altar war keine Mauer. Zwischen diesem und dem Bergfelsen war die Entfernung kaum größer als die zweier seitwärts ausgestreckter Arme. In dem abgelegenen Raum, in den sein Blick tauchte, konnte Garab eine kleine Butterlampe und einige Schalen mit Opfergaben auf einem kleinen Tisch erkennen. Von Ram keine Spur.

Garab zögerte, in das kleine Heiligtum des Gottes von So sa ling hinabzusteigen. Er hatte den falschen Weg eingeschlagen. Am kommenden Morgen würden die Böns den Einbruch in den Tempel, die gotteslästerliche Verstümmelung des Altars und die kühne Neugier des Verbrechers feststellen. Musste er schnellstens zu fliehen suchen, um sein Leben zu retten? Die Klugheit gebot es; aber es gab noch Ram. Er konnte ihn nicht im Stich lassen.

Als er seinen Blick noch einmal durch die Kammer gleiten ließ, bemerkte Garab am Boden ganz am Fels eine dunkle Masse, die man bei dem schwachen Licht der kleinen Lampe nicht klar erkennen konnte. Vielleicht ein Stoff-, ein Kleiderhaufen. Plötzlich kam Garab ein erschreckender Gedanke. Konnte das dort Ram sein, gefesselt, geknebelt? Ram … oder seine Leiche?

Ohne weiter zu überlegen, brachte Garab seine Beine in den von dem Vogel leergelassenen Raum, und indem er sich mit beiden Händen an die Drachen, die ihn eingefasst hatten, klammerte, gelang es ihm, seinen Körper durchzubringen und sich hinter dem Altar hinabgleiten zu lassen.

Der Stoffhaufen, den er um und um wandte, verbarg kein Opfer. Garab atmete erleichtert auf, die Hoffnung, Ram lebend wiederzusehen, war noch keineswegs verloren. Aber wo sollte er ihn suchen?

Er blieb unschlüssig, während er mit der Fußspitze die aufgeschichteten Stücke von Teppichen, Vorhängen und Fahnen mechanisch bewegte. Da durchzuckte ihn ein Schmerz. Seine Zehen waren an etwas Hartes gestoßen.

Als er die Lappen auseinanderbreitete, um zu sehen, worum es sich handelte, sah er einen in den Boden eingelassenen Deckel, gehalten von einer starken Eisenstange, die verhinderte, ihn von unten heraufzuheben. Wieder befiel Garab die Furcht vor einer schauderhaften Entdeckung. Er schob die Stange weg; ein Loch erschien, tief genug, dass ein Mann darin gerade aufrecht stehen konnte, und aus diesem Loch stieg ein frischer Luftzug auf. Wahrscheinlich hatte er einen nach draußen führenden Ausgang gefunden. Aber was war draußen? Andere Wohnungen? Ein verborgener Teil des Klosters? War das das Mysterium, von dem Ram sprach?

Eine Umkehr war für Garab unmöglich geworden. Unter allen Umständen musste er So sa ling vor dem Erwachen der Böns verlassen. Wenn er Ram nicht wiederfand, würde er die Bauern der Umgegend alarmieren. Von Anag hatte er erfahren, dass diese vermuteten, die Böns unterhielten dunkle Beziehungen zu Dämonen. Er würde zweifellos keine Mühe haben, sie für die Suche nach Ram zu gewinnen; aber er hoffte, dass er ihn selbst vor dem Ende der Nacht noch finden würde. Die Entdeckung dieses verborgenen Ausgangs hatte ihm Hoffnung gegeben. Vielleicht war der Hindu auf dieser Seite freiwillig oder mit Gewalt weggebracht worden.

Vom Opfergabentisch nahm er die kleine Lampe, näherte sie dem Loch und stellte fest, dass Stufen grob in den Felsen geschlagen waren. Das Loch gewährte Zugang zu einem engen Durchlass, der die hohe Felswand durchschnitt, an die der Tempel gelehnt war.

Ohne Zögern ließ sich Garab in diesen Durchgang hinab, wobei ihm die kleine Lampe leuchtete. Diese Vorsicht erwies sich als überflüssig, die unter der Erde zu überwindende Strecke war kurz. Nach einigen Augenblicken gelangte der verwegene Erforscher der Mysterien von So sa ling an den Rand einer kleinen, natürlichen, zwischen die hohen Nadeln gebreiteten Plattform.

Am Himmel jagten Wolken vorüber und unterbrachen für Augenblicke das Licht, das die Sterne spendeten, aber seine lange Erfahrung an Märschen und nächtlichem Auflauern hatte dem früheren Räuberhäuptling Luchsaugen verliehen. Leicht unterschied er einen Ziegenpfad, der sich durch das Gewirr der Felsnadeln schlängelte. Der Pfad führte rasch aufwärts und genau zur Mitte der Felsnadeln, und zwar so, dass die, die ihm folgten, völlig ungesehen blieben.

Garab ging lange. Als er sich dann um einen gewaltigen Fels wand, nahm er noch weit vor sich einen schwachen rötlichen Schein wahr, der aus dem Boden zu kommen schien. Kam er ans Ziel?

Als Garab den Pfad weiterging, gelangte er an den Rand eines tiefen Abgrunds zu einer Art kleiner, von allen Seiten abgeschlossenen Hochebene, auf der einige kleine Häuser standen. Der Schein, den er aus dem Boden zu kommen gewähnt hatte, war das Licht einer gewaltigen Laterne, die unter einem auf Pfeilern ruhenden Schutzdach stand, das die Mitte der Hochebene bildete.

Also hatten die Böns außer ihren Wohnungen im Kloster hier noch weitere Unterkünfte; tshams Khangs[52] zweifellos.

Die Mehrzahl der lamaistischen Klöster hatten an mehr oder weniger abgelegenen Stellen Hütten, in die sich diejenigen ihrer Mitglieder zurückziehen, die als Einsiedler zu leben wünschen, aber sie denken nicht daran, damit das Dasein zu leugnen. Das Leben der Eremiten in zurückgezogener Betrachtung ist vor allem edel und heilig; es soll nicht der Kenntnis der Laien verborgen bleiben. Im

Gegenteil bildet es für Laien ein besonderes anregendes Beispiel, ihre Gedanken über gewöhnliche irdische Interessen zu erheben. Aber Garab vermochte sich nicht vorzustellen, dass es unter den Böns von So sa ling Heiligkeit geben könnte. Die Bewohner dieser so sorgsam verborgenen Hütten mussten Bösewichte sein, die sich verbrecherischen Handlungen hingaben und mit Dämonen Umgang hatten.

War Ram ihr Gefangener?

Garab konnte nicht abschätzen, wie viele Böns an diesem Platz wohnten. Er war stark, aber allein. Durfte er sich den Gefahren eines Kampfes aussetzen? Wäre es möglich, zu Rams Befreiung Gewalt zu gebrauchen, wenn er sich in dem einen oder anderen dieser Häuschen fände?

Bevor er etwas unternahm, musste er die Gegend kennen und wissen, wie man den Ort verlassen konnte, ohne den Weg zu benutzen, auf dem er hierhergekommen war.

Garab war bereit, die Böns auf dieser Hochebene herauszufordern, aber selbst wenn er es ihnen unmöglich machte, ihn zu verfolgen, konnte er nicht nach So sa ling zurückgehen, und er hatte noch keinen anderen Weg entdeckt. Die Vorstellung, in eine Falle geraten zu sein, aus der er weder sich noch Ram befreien könnte, wenn er ihn gefunden hätte, bedrückte ihn schwer.

Garab ging auf seinem Weg zurück. Auf dieser Seite drehte, stieg und fiel der Weg immer neben dem Abgrund, da er einem sich schlängelnden Bergkamm folgte. Er endete auf einem kleinen Bergvorsprung, und dort sah Garab eine niedrige Mauer vor sich, die den Eingang einer Höhle[53] verschloss. Er hatte sie erst ganz zuletzt erkannt und wäre fast an sie gestoßen.

Was war das? Eine andere Einsiedelei? War sie bewohnt? Zwischen den Böns auf der Hochebene und denen, die in dieser Höhle sein konnten, war Garabs Lage gefährlicher denn je. Aber Ram! Ram! … Würde er ihn finden?

Er stand unbeweglich, verzweifelt, wusste nicht mehr, was er denken sollte, als er ein Seufzen zu hören schien. Sofort dachte er an Ram. War hier sein Freund eingeschlossen? War er allein? Wurde er bewacht?

Er näherte sich der Mauer, hörte wieder ein Seufzen, dann drangen schwach einige deutliche Worte zu ihm: – Ich kann nicht mehr! ... Zu Hilfe! ... Lasst mich hier heraus! ... Erbarmen! ...

Er erkannte Rams Stimme; er litt hinter dieser Mauer. An wen wendete er sich? – Garab ertastete eine starke von außen mit einer durch Schlösser befestigten Eisenstange verschlossene Tür. Überall lief er auf die gleichen Vorsichtsmaßnahmen, und hier wie bei der Falltür, die er im Tempel gehoben hatte, waren sie nicht gegen solche gerichtet, die aus So sa ling kamen, sondern gegen die, die aus dem Bereich des Berges ausbrechen wollten. Die Tür der Höhle war gegen Ausbruchsversuche aus dem *Innern* gesichert. Die Höhle war also ein Gefängnis, und da die Türe daran verschlossen war, war Ram allein darin, oder hatte er Gefährten, waren sie wie er Opfer der Böns?

Garab presste sein Gesicht an die Mauer und rief leise:

»Ram! Ram! Ich bin es, Garab; ich werde dich befreien.«

Er musste seinen Anruf zweimal wiederholen, dann kam schwach, aber die vor Hoffnung erregte Antwort:

»Garab, rette mich! Rette mich!«

Garab fragte sich, närrisch geworden, wie er die Tür einschlagen oder eine Öffnung in die dicke Mauer brechen könnte.

Wieder hörte er die Stimme seines Freundes; sie schien ihm sicherer:

»Garab, komme nicht herein. Verbirg dich! Der Bön-Großmeister wird kommen; er kommt jede Nacht und bleibt bis zum Tagwerden. Er wird die Tür öffnen ... Er kommt allein ... Verbirg dich, verbirg dich rasch!«

»Du bist gerettet, Ram, Mut!«, antwortete Garab. »Ich verstecke mich.«

Während der ganzen Zeit, da er den einsamen Karawanenstraßen entlang im Hinterhalt lag, war dem Räuber das Warten nie so lange erschienen. Er fragte sich, ob er nicht kostbare Zeit verlöre, wenn er nicht versuchte, Steine aus der Mauer zu brechen[54] oder sie zu unterhöhlen, indem er sie mit seinem starken Messer lockerte. Würde der Bön-Großmeister diese Nacht kommen? Vielleicht gab es ihn nur in der Einbildung des armen, irre redenden Hindu?

Er war zum Handeln entschlossen, als er auf dem Pfad, den er selbst gekommen war, einen winzigen Lichtschein sich vorwärts bewegen sah. Er verschwand für einen Augenblick, tauchte dann wieder auf, nahm allmählich zu, und bald konnte man unterscheiden, dass es sich um eine in der Hand getragene Laterne handelte. Wahrhaftig, der Bön kam.

Garab fragte sich, was er tun sollte. Er musste den Bön die Tür öffnen lassen, ihn aber daran hindern, sie wieder zu schließen ... Und dann ... Was dann kam, würde von Ram abhängen. War er frei oder gefesselt?

Er zweifelte nicht an seiner Fähigkeit, den Bön zu Boden zu werfen und zu fesseln. – Es fehlte ihm nicht an Erfahrung in dieser Hinsicht. Er könnte ihn dann in die Höhle sperren, die Tür verschließen, den Schlüssel zu den Schlössern mitnehmen und mit Ram fliehen. Aber wohin fliehen? Vielleicht würde es der Hindu wissen.

Der Bön kam näher. Von unten herauf erleuchtet, tauchte seine ungewöhnliche Erscheinung aus dem Dunkel.

Der Großmeister war ein Mann von hoher Gestalt, so unwahrscheinlich mager, dass sein langes braunes Gewand nur über einem Skelett zu hängen schien. Sein Gesicht hatte etwas Ähnlichkeit mit dem des Oberen von So sa ling; aber die Fremdartigkeit war noch stärker darin. Die glatte Haut des Oberen, seine Augen mit dem stechenden Blick waren bei dem Großmeister eine dünne Maske geworden, die wie Handschuhleder über die Knochen des Gesichts gespannt war, die Augen waren unsichtbar, zwei glühende Strahlen bezeichneten ihre Stelle im Gesicht.

Garab war außergewöhnlich mutig, trotzdem begann er zu zittern.

Die grauenerregende Person stellte die Laterne auf den Boden, zog einen Schlüssel unter ihrem Gewand hervor, löste die Schlösser, hob die Eisenstange weg und öffnete die Tür. Ein erstickender Verwesungsgeruch drang heraus; Garab unterdrückte einen Schrei des Entsetzens.

Der Bön ergriff die Laterne und trat ein. All seine Gesten waren gemessen, bar jeder Hast und überlegen ruhig; mit sehr leiser Stimme sang er eine Art eintöniger Litanei.

Mit angehaltenem Atem schlich sich Garab bis zur offen stehenden Tür und schaute in das Innere der Höhle.

Vor der geringsten Bewegung wollte er wissen, ob Ram frei oder gefesselt wäre, ob er noch fähig schien, ihm tatkräftig zu helfen, oder ob die Böns ihn gefoltert und verletzt hätten.

Mit den Augen durchforschte er den von dem Felsengewölbe umschlossenen Raum; außer dem Zauberer sah er niemanden.

Eine Steinkonstruktion in Form eines großen viereckigen Tisches nahm fast die ganze Höhle ein und ließ nur einen sehr schmalen Gang ringsum. Die Deckplatte dieses Tisches war ganz aus Eisen und von mehreren großen Löchern durchbrochen. Es konnte ein kunstloser, dem Berggenius oder irgendeinem Dämon geweihter Altar sein. Der Bön führte verschiedene Gebärden aus. Er ließ sein Gewand fallen und erschien nackt; ein Skelett, wie sein Gesicht mit einer dünnen, über die Knochen gespannten Haut bedeckt. Von einem Felsvorsprung nahm er einen kleinen runden hohlen Löffel, der mit einem langen Stiel versehen war, tauchte diesen dann in eines der offenen Löcher der Tischplatte und schien etwas zu schöpfen. Er wiederholte dies mehrmals, indem er den Inhalt des Löffels jeweils über verschiedene Teile seines Körpers goss und ihn dann einrieb. Währenddessen hörte sein gedämpfter Singsang nicht auf.

Aber wo ist denn Ram?, fragte sich Garab immer wieder in Beklemmungen von Angst und erstickt von dem aus der Höhle entweichenden Gestank.

Während der Bön den Löffel sorgsam ein zweites Mal in eines der Löcher tauchte, wechselte er den Platz. Dann ging er um den Tisch herum, blieb an einem seiner Ecken stehen und neigte sich nach vorn.

»Dies ist der wahre Trank der Unsterblichkeit«, brachte er lehrhaft hervor. »Die Lebenskraft junger und kräftiger Männer ist darin aufgelöst. Für jeden anderen als einen Eingeweihten ist dieser Trank tödlich; für den auf seine Aufnahme vorbereiteten Eingeweihten wird er zur Quelle unvergänglicher Kraft. Schätzt Euch glücklich, mein Sohn, dass Ihr zum Unterhalt dieser Quelle habt beitragen können, die die oberen Meister zu wahren Göttern machen wird.«

Zu wem spricht er, fragte sich Garab; ich sehe niemand. Und Ram? ... Er hat doch zu mir gesprochen. Bin ich wahnsinnig geworden?

Der Zauberer führte den Löffel an seinen Mund, er schien etwas zu trinken, dann neigte er sich wieder über den Tisch.

»Eure Augen sind noch offen«, sagte er; »fühlt Ihr nicht den großen Schlaf kommen? Haben die Würmer noch nicht begonnen, Eure Beine anzufallen?

Ihr wolltet ein Mysterium erforschen, jetzt kennt Ihr es. Macht das Gelübde, unter uns wiedergeboren zu werden. Eines Tages werdet Ihr dann vielleicht Eurerseits ein Meister. In dieser Hoffnung segne ich Euch mit dem geheimen Weihwasser.«

Er senkte den Löffel über den Tisch. Garab sah darauf einige Tröpfchen Flüssigkeit fallen.

Gleichzeitig brach ein herzzerreißender Schrei aus der eisernen Tischplatte heraus:

»Zu mir! Garab! Zu mir!«

Der ihn hier rief, war der unsichtbare Ram.

Ohne zu wissen, was er tat, ergriff Garab die Eisenstange, die der Bön nahe der Tür gegen die Mauer gelehnt hatte, und, sich mit allen Kräften auf ihn stürzend, versetzte er ihm einen Schlag auf den Kopf. Der Zauberer brach erschlagen zusammen.

»Oh! Garab, nimm mich hier heraus ... Garab!«, flehte Rams Stimme aus dem Tisch.

Es war ein Grab, in dem sie ihn eingeschlossen haben, begriff der Räuberhäuptling.

»Komm her, heb die Tischplatte auf«, seufzte der Hindu.

Garab schaute auf den leblos am Boden liegenden Bön, ein Blutfaden rann über seine Stirn. »Ich habe ihm vielleicht den Schädel eingeschlagen«, dachte er. Er hatte seine Kaltblütigkeit wiedergewonnen.

»Ich komme«, antwortete er seinem Freund. Er hob Schloss und Schlüssel auf, die der Zauberer nahe der Tür niedergelegt hatte, als er eintrat, und schob sie in sein Gewand.[55] Dann ergriff er die Laterne und ging, ohne die Eisenstange, die ihm als Waffe gedient hatte, aus der Hand zu lassen, zur Ecke des Tisches, von der Rams Stimme herklang.

Eingerahmt von einem der Löcher erschien ihm das Gesicht des Hindu wie das eines platt auf dem Boden ausgestreckten Mannes. Fast neben ihm in einem anderen Loch zeigte sich ein bläulich fahles Leichengesicht, und weiter weg unterschied Garab auf dem Grund einer ähnlichen Öffnung etwas, das ein Kopf gewesen sein musste, von dem aber nur ein Schädel geblieben war, der aus verwesendem Fleisch herausstarrte.

In welcher Hölle befand er sich!

»Es ist ein hohler Tisch, wir wurden unter seine Platte gelegt; man muss sie heben, Garab«, flehte der so entsetzlich

Gequälte. Garab packte mit seinen Händen die Eisenplatte und untersuchte sie. Ihr Gewicht vereitelte jeden Versuch, sie zu heben. Sie musste in mehreren Teilen und von mehreren Männern gehoben werden, nachdem die Klammern beseitigt waren, die sie an dem Gemäuer hielten. Garab wollte nur etwas aus der Ecke, unter der Ram ausgestreckt lag, herausbrechen, um ihm einen Ausgang zu schaffen. Das genügte.

Mit der Eisenstange als Brecheisen machte er sich wütend an die Arbeit. Allmählich begannen die Steine, die er als Auflage benutzt hatte, locker zu werden, einige fielen heraus, eine der Klammern brach ab, wobei die Platte nachgab. Ohne abzuwarten, bis der Körper seines Freundes ganz frei lag, ergriff ihn Garab an den Schultern und zog ihn durch die herausgebrochene Öffnung.

Der mit schmierigem stinkendem Dreck beschmierte, völlig nackte Hindu hatte, unfähig, sich aufrecht zu halten, Mühe, sich umzuwenden und lehnte sich an die Mauer.

»Seit mehr als drei Tagen bin ich da drinnen und habe nichts gegessen«, sagte er.

»Was ist dies ›Da drinnen‹?«

»Zwischen zwei Eisenplatten legen diese Zauberer lebende Menschen, lassen sie Hungers sterben und verwesen. Die Leichen werden nie entfernt. Von Zeit zu Zeit legt man Lebendige zu ihnen.

Die durch das verwesende Fleisch entstehende Flüssigkeit ist ihr Trank der Unsterblichkeit.[56] Das ist das Mysterium von So sa ling. Ich kenne es. Bring mich hier weg, Garab.«

»Deshalb bin ich gekommen«, antwortete Garab erschüttert. »Zieh das Gewand des Zauberers an; wir verschwinden.«

Flink hob Garab das Gewand auf, das der Großmeister hatte fallen lassen, und half Ram es anzuziehen. Dann warf er noch einen Blick auf sein Opfer. »Er ist nicht tot«, sagte er, »wir müssen ihn einsperren.«

Ram hielt sich fester auf seinen Beinen; er folgte seinem Befreier, der im Schein der Laterne mit der Eisenstange die Tür sicherte und verschloss.

Die beiden Freunde atmeten einen Augenblick die frische Nachtluft und befreiten ihre Lungen von dem eingeatmeten Gestank.

»Kennst du einen Weg, auf dem wir fliehen können?«, fragte der Anführer.

»Nein. Ich bin nachts hierher gebracht worden.«

»Schrecklich«, murmelte Garab.

»Aber du kennst doch den Weg?«

»Ich kenne nur den, auf dem ich gekommen bin. Den können wir nicht zurückgehen.«

Garab ging auf das Vorgebirge zu. Es war von einem Meer undurchdringlicher Finsternis und umhertreibender Wolken umgeben. Unbestimmte Gipfelformationen wurden hier und da in der Dunkelheit sichtbar. Dies ist der Tod, dachte der ehemalige Räuber; aber wir müssen zu fliehen versuchen. Besser, uns den Kopf an den Felsen zerschmettern, als in der von diesen Böns geschaffenen Hölle verrecken.

Er knöpfte seinen langen Gürtel ab und prüfte ihn auf seine Festigkeit.

»Er muss als Seil[57] herhalten«, sagte er zu Ram. »So kurz das Stück auch ist, es wird uns nützen. Gib mir deinen Gürtel.«

Ram löste den Gürtel des Bön, den er um sich geschlungen hatte. Mit seinem Messer schnitt Garab davon zwei Bänder herunter, die genügten, sein und seines Freundes Gewand zusammenzuhalten, dann band er die Laterne an das restliche Stück.

Nun begann er mit einer raschen Untersuchung der Ränder des Bergvorsprungs, indem er die Laterne am Ende des Seils so tief wie möglich hinabließ an die Stellen, die ihm für den Versuch des gefährlichen Abstiegs die geeignetsten schienen. Schließlich entschied er sich für eine Art »Kamin«, in dem Gruppen verkrüppelter Bäume wuchsen. Wo führte er hin? – Zu begehbaren Abhängen oder in Abstürze? – In der Dunkelheit konnte man das nicht erkennen.

»Ram!«, sagte Garab tief bewegt, »halte dich nicht für gerettet. Fast sicher gehen wir in den Tod. Glaubst du einen genügend sicheren Fuß zu haben, um dich, ohne abzurutschen, auf einem Steilhang zu halten?«

»Ich weiß nicht«, antwortete der Hindu gedämpft. »Ich fühle mich sehr schwach.«

Mehr als drei Tage ohne Essen!, erinnerte sich Garab. Unter seinem Gewand trug er ja einige Lebensmittel, die seinen Freund wiederherstellen konnten, aber lange zu warten war gefährlich. Rasch holte Garab das kleine Paket hervor, das er bei sich getragen hatte, entnahm ihm ein Stück getrocknetes Fleisch[58] und schob es seinem Freund in den Mund.

»Dies wird dich über den ersten Hunger hinwegbringen, später bekommst du mehr davon«, sagte er zu ihm. »Lass uns aufbrechen, es ist höchste Zeit. Ich werde dir helfen.«

Der abenteuerliche Abstieg begann. Garab hatte die Laterne an seinen Gürtel gebunden. Ab und zu ließ er sie am Ende des Stricks in die Tiefe gleiten, um das Gelände unter ihnen zu erforschen. Fast bei jedem Schritt musste er sich umwenden, um dem schwankenden Ram zu helfen.

Nach einer Zeit, die ihnen endlos schien, waren die Fliehenden auf einem kleinen Gesims über einer senkrechten Felsmauer angekommen. Diesmal bot keinerlei Pflanzenwuchs Schutz.

Der Himmel verblasste, über das Land breitete sich Dämmerung.

Die Böns werden erstaunt sein, ihren Großmeister nicht zurückkommen zu sehen. Sie werden zur Höhle gehen, um ihn zu suchen. Vielleicht bemerken sie uns dann, dachte Garab.

Es wurde heller. Am Fuß des Felsens erkannte man sanft abfallende Weiden. Dort lag das Heil.

»Ram«, rief Garab, »das ist unsere letzte Möglichkeit der Rettung, sie ist sehr bescheiden. Ich werde dich an mich binden und mich den Fels hinabgleiten lassen.«

»Tu es«, antwortete der Hindu.

Mit beiden Gürteln band sich Garab den Freund auf seine Brust, dann steckte er seine Hände in die langen Ärmel seines dicken Gewandes, um das Abschürfen der Haut während des Abrutschens zu vermeiden. Er hoffte, das Tempo durch die Reibung seiner Füße, seines Rückens und seiner Hände vermindern zu können, wenn er sich dagegenstemmte, falls es ihm gelingen sollte. Für sich allein hätte er an einen glücklichen Ausgang geglaubt, aber mit Ram auf sich zweifelte er daran.

Das Abgleiten ging langsamer, als Garab befürchtet hatte. Der Fels war weder so glatt noch so senkrecht, wie er ihm erschienen war. Es gelang ihm, für Augenblicke das Tempo zu bremsen und dem Abrutsch etwas Richtung zu geben. Das Ganze war schnell vorbei. Einige Augenblicke, nachdem die beiden Fliehenden den Felssims verlassen hatten, fielen sie, der eine über den anderen, beide arg zerschunden, aber sonst heil auf grasbewachsenen Boden.

Garab band Ram los und half ihm wieder auf die Beine.

»Auf! Nimm dich zusammen«, sagte er, »wir müssen hier weg. Diesmal bist du wirklich gerettet!«

Der Hindu antwortete nicht. Er lief. Garab beobachtete an ihm einen eigenartigen Ausdruck. Es wird höchste Zeit, dass er isst, dachte er. Der Unglückliche!

Sie liefen ein kurzes Stück über Almen, dann erreichten sie den Wald. Ram war am Ende seiner Kraft; und obwohl er vorgezogen hätte, sich weiter zu entfernen und ein Dorf zu erreichen, sah Garab ein, dass sie rasten müssten.

Ein Wildbach stürzte in einer Reihe von Wasserfällen in eine tiefe Schlucht, die in Ermangelung von Besserem die beiden Freunde während einer kurzen Mahlzeit schützen konnte.

Garab hoffte, Ram könne danach wieder weitergehen. Die Böns würden ihnen sicher nicht auf dem von ihnen eingeschlagenen Weg folgen, und sollten sie doch die Absicht haben, sie zu suchen, so mussten sie, um auf diese Seite zu gelangen, um den Berg herumgehen und konnten noch nicht in der Nähe sein. Dass sie gesucht würden, stand für Garab unerschütterlich fest. Ram und er hatten ein zu erhebliches Geheimnis entdeckt, als dass die Böns Gefahr laufen konnten, es durch sie enthüllt zu sehen. Sie würden sich bemühen, sie alle beide zu ermorden.

Ram aß ein wenig von dem getrockneten Fleisch, erhob sich dann auf Garabs dringende Vorstellungen hin, versuchte aber vergeblich, wieder zu gehen.

»Ich werde dich auf meinem Rücken tragen, so weit ich kann«, schlug ihm sein Freund vor. »Ruhe ich mich von Zeit zu Zeit aus, werden wir zweifellos zu einem Dorf oder einem Bauernhof gelangen. Es genügt, dass wir dort Leute um uns haben, um die Böns von einem Angriff auf uns abzuhalten.«

»Nein, lass uns hierbleiben«, flehte Ram.

Alle Überredungsversuche Garabs waren vergeblich, er musste sich damit abfinden, in der Schlucht zu bleiben und sich in ihrem dichten Buschwerk so gut wie möglich zu verstecken, das bis zum Bachufer reichte.

»Höre«, sagte Ram, sobald sie sich niedergelassen hatten. »Ich muss dir erzählen …

Einer der Ärzte kam in meine Zelle und sagte: ›Unser Meister möchte Euch sehen.‹ Ich habe gefühlt, dass das Mysterium, in das ich eindringen wollte, auf mich zukam. Ich wollte dich sprechen oder wenigstens durch ein Zeichen warnen, aber du warst nicht zu Hause, als ich im Vorbeigehen deine Tür aufstieß. Das beunruhigte mich; es schien mir aber unklug, es mir anmerken zu lassen. Ich folgte dem Arzt in den Tempel, dann in das verbotene Heiligtum hinter dem Altar. Als ich die Treppe und den Gang unter dem Fels sah, begriff ich, dass ich nach So sa ling nicht mehr zurückkommen würde.

Bist du auf dem gleichen Weg gekommen?«

»Ja, ich habe mich an Anags Erzählung von dem jungen Bauern erinnert, der sich in das Heiligtum eingeschlichen hatte.«

»Es gibt keinen anderen Weg.

Du musstest die Einsiedeleien auf der Hochebene gesehen haben. In eine von ihnen hat man mich eingeschlossen, und am nächsten Tag ist der Großmeister gekommen und hat lange mit mir gesprochen. Dies ist das Menschenphantom, das du niedergeschlagen hast: ein scheußlicher Zauberer, aber auch ein außergewöhnliches Wesen. Die, die da oben mit ihm leben, bestätigen, dass er mehr als tausend Jahre alt ist. Er schläft nie, außer einmal in fünfundzwanzig Jahren. Sein Schlaf dauert dann sechs Monate ohne Unterbrechung, und wenn er dann erwacht, hat er wieder die Rüstigkeit eines Mannes in voller Manneskraft.

Gegenwärtig befindet er sich am Ende dieses Zwischenraumes von fünfundzwanzig Jahren. Ich habe begriffen, dass ihn die Wiederkehr dieser Schlafzeiten zu erschrecken beginnt. Er fürchtet sich davor, einzuschlafen, denn er weiß, dass, obwohl es ihm gelang, den Tod so lange hinauszuschieben, *er nicht wahrhaft unsterblich geworden ist* und dass er eines Tages nicht mehr aufwachen könnte.

Seine Schüler haben alle ein fantastisches Alter erlangt, wenn sie die Langlebigkeit des Großmeisters auch längst nicht erreicht haben. Auch sie fürchten den Tod und suchen sich für immer von ihm zu befreien.

Ihr großes Geheimnis, die Schandtat, die sie vielleicht seit Jahrhunderten in So sa ling verbergen, ist ihr Unsterblichkeitstrank. Von seinem längeren Gebrauch erwarten diese Männer das Wunder, das andere Praktiken zur sagenhaften Verlängerung ihres Lebens nicht haben bewirken können: sie *endgültig* unsterblich zu machen.

Du hast diesen scheußlichen Trank gesehen. Ich habe es dir gesagt: Lebende, nicht Leichen legen sie zwischen die beiden Eisenplatten, gänzlich von ihnen zusammengepresst, ohne dass sie eine Bewegung machen können, nur ihr Gesicht bleibt unbedeckt. Und diese Lebenden dürfen nicht gewaltsam hineingelegt werden. Der Ritus verlangt, dass sie sich freiwillig selbst in dieser grauenhaften Wanne ausstrecken.[59] Freiwillig! … Ich stelle mir vor, dass die Böns Zaubereien anwenden, um ihre Opfer dahin zu bringen. Ich, du weißt es, verfolgte einen Zweck. Ich will durch den Tod hindurchschreiten; ich will bewusst *dahin* gelangen, wo das trügerische Spiel von Sein und Nichtsein aufhört.

Der Großmeister hat mir gesagt, er habe mich rufen lassen, weil er wisse, dass ›mein Leben‹ verbraucht sei, dass es mich schon verlassen habe und dass das ›Scheinleben‹, das meine Person bilde, auch vor der Auflösung stehe.«

»Aber der Obere hat mir in So sa ling das Gleiche gesagt«, rief Garab, »und hat mir geraten, das Wenige an Scheinleben, das mir noch bliebe, für das Wohl anderer zu opfern, um dadurch Verdienste zu erwerben.«

»Ich verstehe, sie wollten auch dich für ihre höllische Wanne haben.«

»Um mir zu beweisen, dass mein Leben beendet sei, ließ mich der Obere mein Handgelenk betrachten; ich sollte meine Hand von meinem Arm losgelöst sehen.«

»Ach! Sie haben dich das auch betrachten lassen.«

»Ja, aber sie haben gelogen. Ich habe wohl gesehen, meine Hand hält an meinem Arm. Ich lebe, bin wohl lebendig … lebendiger wahrscheinlich als dies Ungeheuer, das wir in der Höhle eingeschlossen haben.«

Ram schüttelte den Kopf:

»Aber ich, ich habe die fadenförmige Linie meines Handgelenks zerrissen und meine Hand von meinem Arm getrennt bleiben sehen. Ich werde sterben … ich bin schon tot.«

»Wahnsinn!«, schrie Garab aufs höchste erregt. »Das sind Lügen, die die Böns verbreiten, um denen den Kopf zu verdrehen, die sie zu ihren Opfern machen wollen. Du bist ebenso wenig tot wie ich, Ram.«

»Ich weiß«, antwortete der Hindu. Und er fuhr fort: »Die Zauberer sagten mir nichts von dem Höhlengrab, sondern nur von Hütten, in denen man im Dunkel meditiere. Wo lagen sie, gab es sie wirklich? – Ich fühlte das Geheimnis von So sa ling mir immer näher kommen; ich habe es erfahren. Ich stimmte zu, dass ich in einer dieser Hütten eingeschlossen wurde. Eines Nachts kamen sie mich holen. Unter dem Gesang magischer Lieder und unter Abbrennen einzigartigen Räucherwerks führten sie mich zu der Höhle, geboten mir, mich zu entkleiden, und dann – öffneten sie die Tür …

Garab, der Deckel war ganz geöffnet. Ich habe gesehen, was du nicht hast sehen können, das Grauen dieses Beinhauses. Bei der Stelle, die man mir bezeichnete, war ein noch lebender Mann. Er hat einige Bewegungen gemacht, um sich zu erheben, um das Grab zu verlassen, er hatte die Kraft nicht mehr dazu. Seine Augen bewegten sich mit einem grauenhaften Ausdruck von Entsetzen … Kleine Würmer krochen über ihn … Garab! Ich habe es gesehen. Dies, den langsamen, kaum gefühlten, gekosteten, untersuchten, ertrotzten … zweifellos besiegten Tod. Das helle Bewusstsein, das die Kräfte und die Formen wieder erschafft, die andere Wirkkräfte angreifen und vernichten wollten; den Lebenswillen siegreich über den Umgang mit dem Sterben.

Garab, ich habe da hindurchgehen und als Sieger daraus hervorgehen wollen … Ich habe die niederträchtigen und dummen Böns verspottet und … ich habe mich niedergelegt.

Als der Tag heraufkam, hat der neben mir ausgestreckte Mann etwas geseufzt, dann fühlte ich ein Zittern an seinem Bein entlanglaufen, das das meine berührte, dann hat er sich nicht mehr gerührt.

Der Meister ist am folgenden Abend gekommen, er verbrachte die Nacht in der Höhle. Er hat zu mir gesprochen, ich habe ihm nicht geantwortet. Ich belauerte meine Empfindungen.

Und nach und nach ist das Grauen in mich eingedrungen, ist größer geworden, hat mich überwunden. Ich dachte nur noch an das Mittel, mich davonzumachen, und wusste, dass es keines gab.

Garab, du bist gekommen …«

»Versuch zu vergessen, denk an anderes«, riet Garab mit Tränen in den Augen. »Lass uns weggehen. Glaub mir, du wirst dich besser fühlen, wenn wir nicht mehr allein sind. Das Fasten verwirrt deinen Geist, du hast Fieber. Komm, versuch einige Schritte zu gehen. Fürchte nichts, ich habe mein Messer … Ich bin Räuber gewesen, ich verstehe zu kämpfen. Diese Böns fürchte ich nicht.«

Der arme Garab wusste nichts mehr zu erfinden. Er empfand ein unendliches Mitleid für den Hindu, dessen Verstand ihm verwirrt schien.

»Höre, Garab«, fuhr Ram fort. »Ich bin feige gewesen, ich bin vor der Prüfung zurückgewichen. Ich glaubte mich stark, und ich war schwach. Worte, Worte, ich gefiel mir in Worten, Redensarten. Einige Tage Festigkeit, und ich würde zweifellos gesiegt, das ewige Sein erkannt haben …

Wer weiß, weshalb sie sich in dieser Höhle niedergelegt haben, die, deren Gebeine oder Fleischfetzen ich nun gesehen habe; weshalb er sich dort hingelegt hat, dessen letztes Erzittern ich gefühlt habe? … Vielleicht gibt es unter ihnen welche, die das große Mysterium durchbrochen haben, nicht das gemeine Geheimnis dieser Zauberer, sondern das Mysterium der Mysterien … Garab, ich müsste zurückgehen, mich an der Stelle ausstrecken, die ich nicht hätte verlassen dürfen, und diesmal bis zu Ende gehen …«

»Grauenhaft!«, schrie Garab. »Ram, komm zu dir, du bist wahnsinnig.«

Der Hindu sagte nichts mehr, ein heftiges Fieber schüttelte ihn.

Der Albtraum, den er erlebt hat, hat ihn wahrhaftig wahnsinnig gemacht, dachte Garab. Wird er sich beruhigen, wird er begreifen, dass wir weggehen müssen? Wir haben schon zu lange gewartet!

Einige Zeit verging noch, dann nahm Garab, halb überdeckt vom Getöse der Wasserfälle, verdächtige Geräusche im Wald wahr. Man strich zwischen Büschen umher, zerbrach dünne Äste, trat andere unter den Füßen in den Boden und ließ die trockenen Blätter aufrauschen.

»Ram«, flüsterte er am Ohr seines Gefährten. »Es kommt jemand. Vielleicht sind es die Böns.«

Die Schritte kamen näher.

»Ich habe sie in Gedanken gerufen«, murmelte der Hindu. »Sie sollen mich hinbringen, ich will dort hinunter zurückkehren, die Prüfung wieder beginnen, siegen.«

»Schweig!«, flehte Garab. »Du redest irre, schweig! Sie werden uns ermorden, wenn sie uns finden.«

Man hörte jetzt mehrere Stimmen. Männer sprachen, an der gleichen Stelle zusammengekommen, nicht weit von dem Gebüsch, in das sich die Fliehenden geschlichen hatten.

»Sie werden uns sehen«, sagte Garab sehr leise. »Ich weiß etwas Besseres; verbergen wir uns zwischen den Felsen unter dem Wasserfall, der Schaum wird uns verbergen; wir dürfen nur Mund und Nase über dem Wasser haben. Sie werden nicht daran denken, dort nachzuschauen, und werden gehen.«

Seinen Freund vor sich herschiebend, der es sich gefallen ließ, kroch Garab mit ihm bis zur Mitte des Wildbachs. Eine Vertiefung voller Schaum und umgeben von umgestürzten Felsen breitete sich am Fuß der Wasserfälle aus. Hastig tauchten beide dort unter, und Garab, der aus Ästen und Blättern, die von der Strömung weggespült worden waren, ein Päckchen machte, legte dies über ihre nebeneinanderliegenden, von zwei zusammenstehenden Felsen verborgenen Köpfe.

Mehrere Männer durchstöberten den Wald. Aus den von ihnen gewechselten Worten erkannte Garab, dass es wohl Böns waren, die ausgeschickt waren, sie zu suchen. Einer von ihnen ging an dem Gebüsch vorbei, in dem Ram und er einen Augenblick vorher noch sich geduckt gehalten hatten.

Der Hindu bewegte sich und versuchte aus der Umklammerung Garabs zu entschlüpfen, der seinen Körper unter Wasser hielt.

»Zurückkehren ... Ich will zurückgehen ... Lass mich«, stammelte er. »Ich will das noch erforschen ... siegen! ... Ich will wissen ...«

»Schweig«, bat Garab erschrocken, da er fürchtete, das Getöse der Wasserfälle reiche nicht aus, die Stimme des Wahnsinnigen zu überdecken.

»Lass mich sie rufen ... Hier! ... ich bin hier! ... ich ...«

Ram war es gelungen, sich freizumachen; den Oberkörper über dem Wasser rief er mit der Kraft des Wahnsinns.

In weniger als einer Sekunde hatte Garab ihn wieder gepackt, seine Hände auf seinen Schultern drückte er ihm den Kopf unter das Wasser.

Schritte erklangen auf dem Geröll des Bachufers. Ram wehrte sich, Garab, halb auf ihm liegend, hielt ihn verzweifelt fest und hörte das Geräusch der Schritte sich entfernen ... Ram hörte auf, sich zu bewegen.

Schweigen senkte sich über den Wald. Garab hob den Kopf seines Freundes empor. Weit offen schauten die Augen des Hindu fest auf ihn, als wollten sie einen Gedanken festhalten, ihm eine Botschaft mitteilen.

Ram! Was hatte er erfahren, der arme geliebte Narr, während der kurzen Minuten, in denen sein Freund, der vor allem leben wollte und der aus Angst wieder roh wurde, ihn ermordete, nachdem er ihn gerettet hatte.

»Ram! Ram! Was habe ich getan!«, schluchzte der verzweifelte Mörder.

Der Abend fand Garab am Ufer des Wildbaches sitzend.

Ram fuhr, an einen Felsen gelehnt, fort, ihn mit seinen weit geöffneten, schwarzen, unbeweglichen Augen voller Geheimnis und Zärtlichkeit zu betrachten.

Und als die Nacht, das liebe Gesicht verhüllend, die stumme Zwiesprache beendet hatte, erhob sich der frühere Räuber und ging aufrecht an ihm vorbei von dannen.

Siebtes Kapitel

Der Weise vom Amne Matchen – Geheimnisvolle fremde Reisende – Das Fleisch siegt über den Geist – Mord in einer Höhle

Im Osten der großen grasbewachsenen Steppen des nördlichen Tibets erhebt sich jäh aufsteigend aus der Unendlichkeit der verlassenen Hochebene ein stolzes Gebirge. Die Hirten des Landes nennen es Amne Matchen oder Matchen Pumra und glauben, dass auf ihm die Wohnung ihres Gottes ist. Vor seinem hohen mit ewigem Schnee bedeckten Gipfel scheinen riesenhafte schwarze Kegel als Schildwache aufmerksam Wache zu halten, und sein Fuß ruht auf Goldlagern.

Gesar von Ling, der Held des volkstümlichen Heldengedichts Tibets, hat in seiner Jugend in jener Gegend gelebt, und die unermesslichen Schätze, die ihn die Legende finden lässt, könnten in Wirklichkeit das Gold des Amne Matchen sein.[60] In jener Gegend hatte auch Garab in der Zeit seines Glücks seine Zelte und Herden gehabt. Als furchtloser und stolzer Anführer hatte er auf Beutezügen dieses Land an der Spitze seiner Räuberbande durchzogen, und in diesen gleichen Einöden, mehr gegen Westen, war ihm Detchema begegnet.

Geheimnisvolle Bande, der Trieb des verwundeten Tieres, das zu seinem heimischen Lager zurückstrebt, hatten Garab nach mehr denn einem Jahr des Umherirrens unter der furchtbaren Last des begangenen Verbrechens zu Dordji Migyur geführt. Zu dessen Füßen hatte sich Garab niedergeworfen. Dordji Migyur war ein Asket, der auf den Abhängen des Amne Matchen als Einsiedler lebte. Der Ruf der

Weisheit und strengen Lebensführung des Dordji Migyur war weit verbreitet. Man sagte ihm ungewöhnliche Fähigkeiten und Kräfte nach. Viele bewarben sich um die Ehre, sein Schüler zu werden, aber der Einsiedler wies fast alle mit milder Festigkeit ab, und die Begünstigten mussten sich damit bescheiden, nur einige Wochen oder höchstens einige Monate in der Nähe seiner Einsiedelei geduldet zu werden.

Dordji Migyur hatte mit seiner üblichen Unbewegtheit das vollständige Bekenntnis, das Garab vor ihm abgelegt hatte, angehört. Er hatte ihn einige leichte religiöse Übungen gelehrt und ihm geraten, sie streng zu befolgen, dann hatte er ihm, nachdem er ihm ein Buch über das Leben des Buddha und einige seiner Lehrreden gegeben hatte, entgegen seiner Gewohnheit erlaubt, sich für eine Zeit, deren Dauer er nicht bestimmte, in einer einigermaßen zum Wohnen hergerichteten Höhle aufzuhalten, in der gelegentlich fromme Laien unterkrochen, die kamen, um des Einsiedlers Lebensmittel aufzufrischen, oder Besucher, die seine geistige Führung erbaten.

Die Begegnung mit dem Hindu in So sa ling, die Geschehnisse, die sich Garabs Aufmerksamkeit aufgedrängt hatten, während er sich bei den Böns aufhielt, und vor allem die durch Rams Tod verursachte moralische Erschütterung hatten sein Denken teilweise von Detchema abgezogen. Am Amne Matchen kehrte seine Erinnerung an sie wieder zurück, wobei sie alle anderen Sorgen in den Hintergrund drängte. Die vertraute Umgebung der Einöden des Nordens, die Landschaft, so ähnlich der, in der ihm Detchema begegnet war, ähnlich auch jener, durch die er mit ihr den langen Ritt zum Khang Tise durchgeführt hatte, trugen dazu bei, im Gedächtnis des Anführers die Erinnerungen an sein vergangenes Leben, die Erinnerungen an seine Liebe zu Detchema wiederaufleben zu lassen.

Von Tag zu Tag wurde sie in ihm lebendiger. Er erinnerte sich der Nächte, die sie unter dem bestirnten Himmel in

Umarmung verbracht hatten, an die wollüstigen Schauder, die ihn beim Berühren des brennenden Leibs seiner Geliebten durchrasten, des immer wachen Hungers, den er nach ihrer Sinnlichkeit hatte, und der betörenden Erfüllung, die sie ihm gegeben hatte.

Seit seiner Flucht aus So sa ling war Garab keineswegs keusch gewesen. Seine männliche Schönheit übte eine hinreichend starke Anziehung auf Frauen aus, dass es selbst dem Armen und Umherziehenden nicht an Liebesabenteuern mangelte. Aber von all denen, die die magnetische Flamme seiner großen Augen der Hindusöhne angezogen hatte, konnte keine auch nur für einen einzigen Augenblick den Eindruck, den Detchema in ihm hinterlassen hatte, auslöschen.

Wie nach ihrer ersten Liebesnacht fragte sich der gequälte Garab: Was unterscheidet sie denn so von allen anderen? Etwa die Geschichten, die sich seinem Geist darboten, die die guten Leute über die Dämonentöchter erzählen, die mit menschlichen Geliebten ihre Liebesspiele treiben?

Detchema war tot, er hatte sie vom Strom wegtragen sehen. Trotzdem zwang ihn etwas in den Tiefen seines Wesens, sie als lebendig zu *fühlen*. Er sah das rasche, schmutzige und schäumende Wasser und die beiden kleinen wie Schmetterlinge flatternden Hände wieder, die sich im Nebelschleier verloren. Waren das Menschenhände oder eine dämonische Zauberei? Hätten Detchemas Hände nicht untergehen müssen? – Detchema! … Wer war sie, dass seine Brust zu keuchen, seine Sinnlichkeit ihn zu quälen begann, wenn er nur ihren Namen aussprach?

Dann gab sich Garab den endlosen rituellen Verneigungen hin, die der Einsiedler ihn gelehrt hatte. Er wiederholte sie bis zur Erschöpfung, wobei er die Gelübde der Bodhisattwas[61] aufsagte, die sich dem Dienst an den Wesen zur Linderung ihrer Leiden weihen.

Garab war für ein Leben in Betrachtung nicht geschaffen. Er wurde erst 32 Jahre alt und fühlte sich kräftiger denn je. Er hätte sich in das Leben eines Einsiedlers kaum fügen können, hätte er es nicht als das Mittel angesehen, ein besonderes Ziel zu erreichen.

Das Ziel war nicht, der Strafe für seine Verbrechen zu entgehen. Garab hatte einen zu stolzen Geist, um Geschäfte solcher Art zu machen. Er hätte sich für feige gehalten, hätte er versucht, sich den Folgen seines Handelns zu entziehen; er war bereit, ihren Preis zu zahlen; aber Dordji Migyur hatte ihm ein Ideal gezeigt.

»Vergiss die Vergangenheit«, hatte der Einsiedler zu ihm gesagt, »verliere dich nicht in das Grübeln über die von dir begangenen Fehler; Gewissensbisse sind eine Form von Hochmut. Sich darin gefallen heißt sich und seinen Handlungen eine Bedeutung beimessen, die sie keinesfalls haben. Alles, was ist, alles, was hervorgebracht wird, ist die Frucht tausendfach vermischter Ursachen. So weit man auch in das Dunkel der Zeiten zurückgehen mag, es ist unmöglich, an einen Ursprung in diesen Ursachen zu gelangen, eine Ursache zu fassen, die keine Ursache hätte. So, mein Sohn, sind deine Person und deine Taten nur Glieder dieser ewigen Kette, Glieder angehängt an andere Glieder und solche, die sich ihrerseits wieder in andere Glieder einhängen. Wende dein Denken dem Schmerz zu, der die Pilgerfahrt der Wesen während der Kette ihres Daseins begleitet.

Weil sie mit den Augen ihrer hellsichtigen Weisheit betrachten, werden die Bodhisattwas, von Mitleid bewegt, zu Lehrern, Führern, Ärzten der durch das Feuer des Hasses und der Begehrlichkeit unwissenden, verwirrten, aufgeregten Menschen.

Hör auf, nach hinten zu schauen, mein Sohn, trachte danach, Diener dieser Bodhisattwas zu sein, ihnen zu folgen, indem du dich selbst vergisst und nichts mehr sein willst als das Werkzeug ihrer Barmherzigkeit, um Glück in dieser Welt zu verbreiten, die das Leiden überflutet.«

Garab hörte aufmerksam zu. Dies Ideal des Bodhisattwa wird von allen Sekten des Mahayana-Buddhismus gepriesen; es gibt keinen Tibeter, der es nicht kennt, und alle, so fern sie auch davon sein mögen, verehren es fromm. Garab bildete davon keine Ausnahme. Er hatte darüber manchmal von Lamas auf dem Lande predigen hören, aber keiner von ihnen, dachte er, sprach so gut wie Dordji Migyur.

Um fähig zu werden, in diesem und den folgenden Leben die Not der Unglücklichen zu lindern, den von Not gepeinigten Glück zu bringen, lebte der frühere stolze Räuber Garab in seiner Höhle des Amne Matchen das harte und edle Leben der Einsiedler.

So geschah es, dass durch dieses geheimnisvolle Spiel von Ursachen und vielfachen Wirkungen, von dem Dordji Migyur sprach, ein lächerlicher Vorfall eine Reihe von Folgen auslöste, die Garab dem Hafen des Heils entrissen, in dem er sich so fest verankert wähnte.

Zwei Hirten, Laienschüler von Migyur, kamen mit einer Lebensmittelgabe für ihren Meister zum Amne Matchen. Aus Gewohnheit wollten sie, ehe sie vor ihn traten, ihr Gepäck und das Zaumzeug ihrer Pferde in der Höhle niederlegen, die ihnen während ihrer Besuche als Unterkunft diente. In dieser Höhle wohnte Garab. Die beiden Männer kannten ihn, der eine von ihnen war in seiner Bande gewesen.

Zunächst glaubten die Hirten, Garab verberge sich, und ließen es sich angelegen sein, ihn zu beruhigen. Fast vier Jahre waren seit dem Strafzug der Muselmanen vergangen, ihr General war mit anderem beschäftigt, und jeder wusste, dass er jetzt nicht mehr den auf den Kopf des früheren Bandenführers gesetzten Preis zahlen würde. Garab könnte ohne Furcht zu seinen alten Gefährten zurückkehren, alle würden ihn freudig empfangen, und sie beide wollten mit freiwilligen Gaben, aus denen sich seine Freunde eine Ehre machen würden, eine kleine Herde sammeln, damit er wieder sein Glück begründen könne. Alle wussten, dass ihr Unglück davon gekommen war, dass sie seine Befehle nicht befolgt hatten, und würden die für ihn traurigen Folgen aus ihrem Ungehorsam wiedergutzumachen suchen.

Garab dankte ihnen, er war von ihrer Fürsorge gerührt. Dann erklärte er ihnen, dass er keineswegs aus Furcht in dieser Höhle lebe. Er hätte auf tibetischem Gebiet bleiben können, wo er nichts zu fürchten hatte. Er sei zum Amne Matchen gekommen, um hier unter der Führung des sehr weisen Asketen Dordji Migyur ein heiliges Leben zu führen. Er trachte danach, auf den Spuren der großen Erbarmer, der Bodhisattwas zu wandeln, immer bereit, sich für das Wohlergehen aller Wesen zu opfern. Und von diesem Thema ausgehend setzte Garab, vollkommen ernst und sich beim Hören selbst begeisternd, seine Freunde in Erstaunen, als er ihnen ausführlichst eine der ergreifendsten Lehrreden des Einsiedlers wiederholte.

Die beiden Hirten trauten ihren Ohren nicht. War dies hier wohl noch der harte Kämpfer, der sie einige Jahre früher freudig zum Plündern geführt hatte? Aber die frommen Legenden waren voll von derartigen Bekehrungen. Sie erinnerten sich der von Angulimala – Bandenführer wie Garab –, der an seinem Hals eine Kette aus tausend Nägeln kleiner Finger trug, die er tausend Opfern entrissen hatte. Und nachdem dieser Angulimala dem Buddha begegnet war und ihn gehört hatte, war er ein Heiliger geworden, einer von jenen, die den höchsten Grad an Weisheit erlangt hatten: ein Arhat.

Kopfschüttelnd verneigten sich die beiden Hirten voller Ehrfurcht und erbaten mit gefalteten Händen und gesenkter Stirn den Segen ihres früheren Bandenführers, des berühmten Räubers der Karawanenstraßen.

Im Kloster von Samten ling verging Detchema nach und nach in Untätigkeit. Das religiöse Leben war sinnlos für sie. Sie hätte sich unterrichten können, hätte sie in ihrer Zelle einige der zahlreichen Werke über die buddhistischen Lehren gelesen, die die Bibliothek von Samten ling enthielt, oder sie hätte wohl die Bedeutung der im Kloster geübten Riten erlernen können, indem sie die Oberin fragte, eine gebildete Frau aus guter Familie, die das Nonnengewand genommen hatte, nachdem sie Witwe geworden war. Aber nichts von diesen Dingen interessierte sie. Ihr ganzes Leben war in einem Traum enthalten. Sie war in ihm aufgegangen während ihrer Jugend, in der Begegnung mit Garab hatte sie ihn verwirklicht, und des Anführers Tod hatte ihn beendet, sie empfand keinen Grund mehr, ihr Leben weiterzuführen. Schweigsam, gleichgültig, abwesend nahm sie duldend die Eintönigkeit der Stunden hin, in denen sie sich nicht zu beschäftigen wusste. Ebenso gleichgültig war sie ihrem traurigen dunklen Klostergewand und ihrem geschorenen Kopf, der ihren Verzicht auf ihre Schönheit versinnbildlichte, gegenüber. Sie sah darin einzig die Sühne für ihre Undankbarkeit gegenüber ihren Großeltern, die sie geliebt hatten, und für ihren Egoismus, der sie zur Flucht von ihnen getrieben hatte, um den Geliebten ihres Traumes zu suchen. Sie betrachtete es auch als eine Strafe dafür, dass sie Garab *schlecht* geliebt hatte, dass sie in ihm das Vergnügen geliebt hatte, das es ihm bereitete, und dass sie zu seinem Untergang beigetragen hatte.

Während Garab in seiner Höhle über vorbildhafte Helden der übersinnlichen Barmherzigkeit nachsann, sich durch die Begeisterung erhoben fühlte und ein angespanntes Leben lebte, in dem er sich darauf vorbereitete, ihren Spuren zu folgen, vergingen Detchema die Tage düster und zwecklos, erfüllt mit einfältigen, von der Gemeinschaft der Nonnenschar angewiesenen Arbeiten.

Zu diesen Arbeiten gehörte für Detchema öfter, ältere Nonnen in die Dörfer zu begleiten, in die sie zum Almosensammeln gingen. So waren schon mehr als zwei Jahre seit ihrer Ankunft in Samten ling vergangen, als ihr aufgetragen wurde, sich mit zwei anderen Nonnen zu einer reichen und frommen Witwe zu begeben, die der Gemeinschaft ein Tee-Geschenk versprochen hatte.

Der Bauernhof, zu dem sie gehen mussten, lag in der Nähe des Flusses, dessen Überquerung für Garab und sie auf so tragische Weise geendet hatte.

Wie üblich und im Glauben, Verdienste zu erlangen, die ihr in ihrem künftigen Leben beträchtlichere Güter verschaffen würden als die, die sie gegenwärtig besaß, lud die Witwe die Nonnen ein, zwei Tage bei ihr zu verbringen.

Die Nähe des Ortes, wo ihr Liebesleben so jäh endete, erweckte Detchemas erstarrte Tatkraft. Ein Wunsch tauchte in ihr auf: die verhängnisvolle Furt, die Wälder, durch die sie auf der Suche nach Garab geirrt war, und den Ort wiederzusehen, wo der Hut des Häuptlings an einem Felsen hängen geblieben war, wie um einen einwandfreien Beweis für seinen Tod zu erbringen.

Ohne ihren Gefährtinnen etwas zu sagen – aus Furcht, sie könnten versuchen, sie daran zu hindern –, verließ Detchema vor Tagesbeginn den Bauernhof und wandte sich zum Fluss. Bauern, die ihr später begegneten, zeigten ihr den Weg zur Furt, und sie kam um die Mitte des Morgens dort an.

Es war Frühling, die Sonne strahlte, aber der Schnee auf den Bergen schmolz noch nicht. Der schäumende und schmutzige Fluss, den Detchema in ihrer Erinnerung hatte, floss sanft, klar und flach dahin, und das Donnergrollen seiner tosenden Wasser war zu einem friedlichen Murmeln geworden.

Detchema ging unter den Bäumen den Weg zurück, der sie an den Platz gebracht hatte, wo sie sich die Haare abgeschnitten und sich dem grämlichen Dasein gelobt hatte, das sie unter dem klösterlichen Gewand führte.

Sie sah den Ort wieder, wo sie sich vor dem Hut verneigt hatte und wo sie sich jetzt wieder verneigte.

Als sie sich noch mit gefalteten Händen erhob, wandte sie ihren Blick zu dem Fels zurück, auf dem sie von fern wie einen mit den Flügeln schlagenden Vogel dies bläuliche »Ding« entdeckt hatte, das mit einer schimmernden Schnur umwunden war und das sich ihr in der Nähe als der mit einer blaugoldenen Borte verzierte Hut gezeigt hatte, den ihr Geliebter trug.

War es Einbildung? Irgendetwas schwankte noch zwischen den Zacken des gleichen Steines: ein formloser, gräulicher, schmuckloser Lappen. Gefesselt ging Detchema zum Bachufer, zog ihre Schuhe aus, ging in den Fluss, wobei sie ihre Füße auf die am höchsten aus dem Wasser ragenden Steine setzte, erreichte den Felsen, streckte den Arm aus, berührte den Fetzen, der dort hängen geblieben war und ergriff ihn: Es war ein Stück Filzhut, an ihm ein Bortenstück mit Goldfäden. Ein Stück von Garabs Hut, das hier an den rauen Spitzen des Felsens noch erhalten war.

Der Stoß, den Detchema in ihrem Herzen fühlte, ließ sie fast von dem Stein fallen, auf den sie sich gesetzt hatte. Über alle früheren Überlegungen hinaus drängte sich dem Geist der jungen Frau eine Gewissheit auf: Dieser hier hängen gebliebene Hutfetzen war ein untrügliches Zeichen: Garab lebte.

Wo lebte er? Detchema konnte es sich nicht vorstellen; sie wusste nur, dass sie ihn finden würde. Sie war dem Helden ihrer Träume begegnet, als sie alles verlassen hatte, um auf die Suche nach ihm zu gehen; sie würde ihn wiederfinden, wenn sie wieder alles verlassen würde, um ihm wiederzubegegnen.

Nur wenige Schritte trennten Detchema vom Ufer; und dennoch: Als sie dahin gelangt war, hatte sie sich schon entschlossen: Sie würde nicht zu dem Bauernhof zurückkehren, wo sie ihre Gefährtinnen gelassen hatte; sie würde nicht in das Kloster zurückkehren. Den Hutfetzen, den sie von dem Fels gerissen hatte, unter ihrem Gewand an ihre Brust pressend, ging Detchema am Fluss bis zur Furt zurück. Dort zog sie ihre Schuhe wieder aus, krempelte ihr Gewand bis über die Knie hoch und stieg ins Wasser. Die junge Frau war groß, ihre Kleider wurden kaum nass, als sie durch den Fluss ging.

Als sie ans gegenüberliegende Ufer kam, dachte Detchema nicht daran, dass sie sich in ein unbedachtes Abenteuer stürze, eine Unterkunft aufgab, in der ihr Dasein gesichert war, sie außer ihrem Gewand nichts hatte und ihr auch kein sicherer Beweis bestätigte, dass Garab am Leben sei. Solche Überlegungen stellen Tibeter nicht an.

Die Abtrünnige hatte seit dem Morgen nichts gegessen, aber sie gedachte zu betteln und wusste, dass die Dorfbewohner einer wallfahrenden Nonne das Almosen nicht verweigern würden. Sie hatte sich gleich entschlossen, sich als eine solche auszugeben. Tausende von Pilgern beiderlei Geschlechts, die die heiligen Stätten besuchen und den Segen von Lamas erbitten, die für ihre außerordentliche Tugend und Weisheit berühmt sind, durchwandern dauernd Tibet; schloss sie sich diesen an, war Detchema gewiss, keinerlei besondere Aufmerksamkeit auf sich zu ziehen und sich am Leben erhalten zu können.[62]

Man reist zu Fuß nicht schnell, vor allem nicht, wenn man sich in den Dörfern aufhält, um von Tür zu Tür zu betteln und die Leute sprechen zu lassen. Detchema hatte sich keinen Reiseplan vorgenommen. Ihre Wanderungen zielten nach keinem bestimmten Ort. Wie damals, als sie aus ihrem Elternhaus geflohen war, irrte sie auch jetzt, dem Zufall überlassen, auf der Suche nach dem »Mann ihres Traumes« umher, den sie seit ihrer damaligen Begegnung besessen hatte und den sie wiederfinden und wiederbesitzen wollte.

Nach sechs Monaten Umherwandern in der Gegend um den Fluss, der ihre Achtsamkeit weiter fesselte, hatte Detchema Nachrichten erhalten, die ihre Hoffnung nur stärken konnten. Keiner der von ihr Befragten erinnerte sich, dass während der Überschwemmung, die wegen der von ihr verursachten beträchtlichen Schäden in aller Erinnerung war, ein Mann ertrunken wäre. Irgendeine Hinrichtung war von den Militärposten dieser Gegend nicht vollstreckt worden. Indessen hatte Detchema über den Ort, an dem Garab sich aufhielt, keinerlei Hinweise erhalten. Sie dachte, dass die Hirten aus den Stämmen, unter denen Garab gelebt hatte, erfahren haben könnten, was aus ihrem früheren Anführer geworden wäre. Ja, wer weiß, ob er nicht, wenn sich über seine Heldentaten Vergessen gebreitet hätte, zu ihnen zurückgekommen war?

Detchema machte sich wieder auf den Weg, und Monate vergingen, bis sie zum Land der Nyotogs kam.

Außer den Männern, die an dem Überfall auf die mongolische Karawane vor fast fünf Jahren teilgenommen hatten, hatte keiner der Hirten Detchema je gesehen.

Sie wussten, dass Garab nach Lhasa und dann zum Khang Tise eine außergewöhnlich hübsche Geliebte mitgenommen hatte, in die er närrisch verliebt war, aber keiner würde auch nur im entferntesten daran gedacht haben, nur die leiseste Beziehung zwischen jenem wunderschönen Mädchen und dieser ärmlichen, abgezehrten Nonne zu vermuten, die auf ihren frommen Pilgerfahrten in den Dörfern bettelte.

Doch Detchema wagte keine unmittelbaren Fragen nach Garab. Vielleicht hatte die seit dem muselmanischen Strafzug verflossene Zeit die ihn bedrohende Gefahr wirklich weichen lassen, sie neigte dazu, es zu glauben, war aber nicht ganz davon überzeugt, und so zwang sie sich, auch weiterhin mit Vorsicht vorzugehen, was ihre Nachforschungen sehr in die Länge zog.

Da endlich hörte sie eines Tages, Garab sei von zwei Hirten gesehen worden, die zu einem Stamm gehörten, dessen Weidegründe im Osten, in Richtung zum Amne Matchen lagen. Nach ihren Berichten war Garab ein heiliger Einsiedler geworden.

Detchema machte sich wieder auf den Weg.

Auf keinen Fall konnte eine Frau, die in ihrer Ernährung von Almosen abhing, die sie erhielt, durch die ungeheuren verlassenen Gebiete wandern, die sie überqueren musste, um unmittelbar zum Amne Matchen zu kommen, ein Weg, der nur für Karawanen möglich war. Detchema musste zahlreiche und lange Umwege machen, um in bewohnte Gegenden zu kommen. So vergingen noch mehrere Monate.

In der Einsiedelei am Amne Matchen hörten Dordji Migyur und zu seinen Füßen Garab mit großer Aufmerksamkeit der Erzählung eines *dokpa* (Hirten) zu, der von den Häuptlingen eines Stammes geschickt war, der bei den Quellen des Gelben Flusses lagerte.

Der Bote erzählte beunruhigende Dinge, deretwegen die Hirten die Ratschläge und den Schutz des weisen Einsiedlers erbaten. Fremde zögen in ihrer Gegend umher, zwei Männer von sehr verschiedenem Aussehen. Der eine von ihnen habe fahlbraune Haare von der Farbe der *tumas* (eine essbare Wurzel) und blaue Augen wie die der großen Zelthunde. Der Kopf des anderen schiene mit Goldfäden bedeckt zu sein. Beide seien hochgewachsen, und der Mann mit dem Goldhaar sei viel jünger als sein Gefährte.

Diese verdächtigen Reisenden hatten fünf mongolische Diener, zwei Chinesen, Pferde, Maultiere, Zelte und Gepäck bei sich. Der Mann mit dem Goldhaar sprach fließend tibetisch, sein Gefährte mit den Hundeaugen bediente sich im Allgemeinen des einen der beiden Chinesen als Dolmetscher, aber dieser meinte, der Fremde drücke sich schlecht in Chinesisch aus.

Die *dokpas* hatten von den mongolischen Dienern, von denen zwei auch tibetisch sprachen, gehört, die beiden Fremden reisten erst seit kurzem zusammen. Der Mann mit den Hundeaugen war dem Mann mit dem Goldhaar im Nordwesten von Tsaidam begegnet; dieser war allein, da sein

Gefährte, der mit ihm gereist war, vor einigen Tagen gestorben war. Er schien sehr bekümmert. Er besaß ein kleines Zelt, sein Pferd, das des Verstorbenen und ein Maultier, das einige Packen Lebensmittel trug. Die beiden Fremden sprachen miteinander in einer Sprache, die keiner der Diener verstand. Der Mann mit dem Goldhaar war mit seinen zwei Pferden und seinem Maultier auf die Karawane des anderen Fremden gestoßen.

Woher kamen jene Leute? Weder die Mongolen noch die Chinesen wussten es. Die Diener waren von dem Mann mit den *tumas*-farbenen Haaren im Norden bei Südu[63] angeworben worden; über den Mann mit dem Goldhaar wusste niemand etwas.

Die beiden Reisenden lebten nicht in guter Freundschaft. Es geschah oft, dass sie miteinander in einem Ton und mit Gesten sprachen, die klar zeigten, dass sie sich zankten.

Der Mann mit den Hundeaugen befahl seinen Mongolen, große Löcher in die Erde zu graben, was ihnen sehr missfiel. Er beklopfte die Felsen mit einem Hammer und steckte Stücke davon ein. Er sammelte auch Sand vom Boden der Flüsse und schüttelte ihn unter Wasser in einer Art Korb, wie man es beim Getreidereinigen macht.

Die Hirten waren sehr erregt. Die Fremden beunruhigten die Geister durch ihr Klopfen an den Felsen, in denen sie wohnten, und ihr Löchergraben[64] trocknete den Saft der Erde aus. Dann würden die Geister den Regen zurückhalten, würden Krankheiten schicken, das Gras würde auf den ausgetrockneten Weiden nicht mehr wachsen, und die Herden würden verhungern.

Sie flehten Dordji Migyur an, er möge ihnen sagen, was sie tun sollten, und sie vor dem ihnen drohenden Ungemach beschützen.

Nachdem er diese Dinge lange auseinandergesetzt hatte, verneigte sich der Bote vor ihm, wie er es schon bei seiner Ankunft gemacht hatte, und wartete schweigend.

»Diese Männer suchen Gold«, erklärte Dordji Migyur. »Ich habe nicht weit von hier Chinesen, die aus Kansu gekommen waren, auf diese Art Sand waschen sehen, um kleine Goldstückchen zu sammeln. Graben diese Fremden Löcher, so wollen sie Besseres finden. Sie suchen die großen Blöcke reinen Goldes, die die Götter unter dem Amne Matchen verborgen haben und die für Gesar bestimmt sind, der sich bei seiner Wiederkunft ihrer bemächtigen muss, um alle die auszutilgen, die kein Herz haben.«[65]

»Sie dürfen sie nicht finden«, rief Garab hitzig.

»Nein, sie dürfen nicht!«, bekräftigte der Bote.

»Das für Gesar bestimmte Gold ist tief unter dem Amne Matchen vergraben«, versicherte der Einsiedler. »Es zu erlangen ist schwierig, und die Götter wachen darüber.«

»Ihr werdet die Männer daran hindern, sich seiner zu bemächtigen, Herr Einsiedler *(jowo gomchen)*. Hindert sie auch daran, weiterhin hier Löcher zu graben, die die Erde austrocknen und die von den Geistern bewohnten Felsen abzubrechen. Hindert sie daran, uns und unseren Herden zu schaden«, flehte der Hirte und wiederholte seine Verbeugungen.

»Ich werde darüber wachen«, versprach der Einsiedler. »Ich werde die Götter und die Geister anrufen; sie werden den bösen Taten dieser Fremden ein Ende zu bereiten wissen. Sagt das euren Freunden, sie sollen sich nicht beunruhigen.«

Der Hirte verließ die Einsiedelei. Am folgenden Tag schloss sich Dordji Migyur in seine Hütte ein, um bestimmte geheime Riten auszuführen, und Garab zog sich in die Höhle zurück, die ihm als Wohnung diente.

Wie alle Tibeter kannte Garab wenigstens teilweise die sagenhafte Geschichte von Gesar Ling, dem Magier-König, dem Zerschmetterer von Dämonen, dem Überwinder der Übel. Wie alle Tibeter glaubte auch er an die Wiederkunft des Heros, der ohne zu sterben unsere Welt verlassen hatte, um auf geheimnisvolle Art zu den Göttern zu gehen.

Allein in seiner Höhle erinnerte er sich gewisser Heldentaten des Gesar, verglich sie, setzte sie denen der Bodhisattwas in den buddhistischen Erzählungen gleich und hielt die einen wie die anderen für einwandfrei echt. In seinem Sinn vermischten und verwirrten sich Taten und Beweggründe dieser übermenschlichen Wesen. Er unterschied nicht mehr klar zwischen einer kriegerischen Haltung und einer übersinnlichen Güte, und als früherer Räuberhauptmann neigte er zur Gewalt. Er kam dahin, dass er sich vorstellte, wie er selbst eine heftige und raue Barmherzigkeit ohne Schonung der Schuldigen übte, deren Opfer er befreien wollte.

Wie immer aber die Verwirrung in seinem Geist sein mochte, eines war ihm klar: Er, Garab, hatte nichts mehr gemein mit seinem früheren Leben. Er würde zum Helfer eines Heiligen oder einer der Hauptleute des Gesar, er hatte sein altes »Ich« aufgegeben und hatte Stellung bezogen in der heldenhaften Heerschar der »Beschützer der Wesen«.[66]

Und Detchema? ... Manchmal erschien ihr Bild zwischen den unempfindlichen Weisen und feurigen Rächern, die Garabs Visionen bevölkerten. Sie drang langsam in die Mitte dieser erhabenen Wesen ein oder erschien plötzlich, drängte die anderen Gestalten in einen dämmerigen Hintergrund, blieb allein im Licht, mit einem zart ironischen Lächeln zugleich bettelnd und versprechend. Dann stürzte Garab aus Höhen herab, zu denen er sich erhoben hatte, hinab in eine Hölle, deren mit glühenden Nadeln bewaffnete Dämonen die Erinnerungen an frühere sinnliche Erregungen waren, die seine Sinnlichkeit marterten.

In Tibet wie in Indien werden die mystischen Meister, die »Gurus«, für fähig gehalten, in den Geist jener einzudringen, deren geistige Führung sie übernommen haben. Garab war überzeugt, dass Dordji Migyur in ihm las, und wartete schweigend, dass er ihm zu Hilfe käme. Tatsächlich, nach und nach trat Detchema mehr in den Hintergrund, ihre Erscheinungen wurden seltener, seine Erinnerung verblasste. Seinen ruhmreichen Träumen hingegeben, bemerkte Garab kaum dies allmähliche Verschwinden des schrecklichen Phantoms seiner Geliebten. Friede war in ihm, ein sieghafter Friede, der den früheren Häuptling mit stolzer Genugtuung erfüllte.

Dann geschah es, dass der Einsiedler, da sie eines Tages am Eingang der Einsiedelei saßen, seinen durchdringenden Blick auf ihm ruhen ließ.

»Kam es dir jemals vor«, fragte er, »dass du versuchtest etwas aufzuhalten, das im Fallen, Zerbrechen oder Untergehen war, und dass es, da du schon das Gelingen zu sehen glaubtest, dir doch entwich?«

»Ja, einmal … ein Hund«, antwortete Garab. »Er war vom Fluss mitgerissen worden, schwamm schlecht, schien erschöpft. Es war in meiner Jugend. Ich kam vom Wald zurück mit einem Bündel trockener Äste, das mit einer Schnur zusammengebunden war. Ich nahm meinen Gürtel, knüpfte ihn an die Schnur und warf mein Bündel ins Wasser, indem ich es mit meinem Gürtel festhielt. Ich hoffte, dass der vom Fluss mitgeschwemmte Hund sich an die Äste klammern würde und dass ich ihn dann sanft ans Ufer ziehen könnte. Das arme Tier zog sich halb aus dem Wasser auf das Reisigbündel. Ich glaubte den Hund schon gerettet, da ließ er plötzlich los, und der Fluss schwemmte ihn weg.«

Der Einsiedler hatte geschwiegen, und Garab hatte nicht gewagt, ihn um Erklärung zu bitten. Später sollte er verstehen.

Während der Einsiedler streng in seiner Hütte blieb und die Ausübung schwieriger Riten vornahm, während Garab sich in seiner Höhle an der Vorstellung künftiger Heldentaten als Beschützer der Wesen ergötzte, näherte sich die Karawane der Fremden allmählich dem Amne Matchen. Eines Abends kamen sie an den Fuß des Gebirges und schlugen dort ihre Zelte auf.

Am nächsten Tag ließ der Anführer der Karawane, der Mann mit den Hundeaugen, seine Leute ausruhen und kündigte ihnen an, dass er am folgenden Tag auf die Jagd ginge. Er vertraute einigen von ihnen Gewehre an und beauftragte sie, Ziegen mit gekrümmten Hörnern aufzuspüren und zu schießen, deren präparierte Köpfe er aufbewahren wollte. Die anderen Männer sollten ihm als Treiber dienen.

Dieser Befehl wurde schlecht aufgenommen. Die Mongolen hatten von den Hirten der benachbarten Lager gehört, dass ein heiliger Einsiedler auf den Abhängen des Amne Matchen lebe. Nun werden die Stätten, an denen der Betrachtung hingegebene Asketen wohnen, als geheiligt angesehen. Keine Gewalttat darf geschehen, Mensch und Tier finden dort sichere Zuflucht.

Bei einer Einsiedelei jagen hieß nicht nur das Verbrechen des Mordens begehen, sondern es begehen an einem durch die Gegenwart eines Heiligen geweihten Ort, und hieß diesen beleidigen. Die Mongolen dachten nicht daran, sich die Strafe zuzuziehen, die eine solche Sünde in ihrem jetzigen und dem folgenden Leben auf sie herabziehen würde. Sie beratschlagten lange und beschlossen, ihre Gründe dem Fremden mit dem Goldhaar, der tibetisch verstand, darzulegen.

Am gleichen Tag entdeckte Garab, als er in einem Wildbach Wasser holte, die Zelte, die am Abend vorher aufgestellt worden waren. Sofort benachrichtigte er den Einsiedler, und dieser befahl ihm aus seiner verschlossenen Hütte heraus:

»Geh hin und schau, was die Leute machen, und erkundige dich nach ihren Plänen. Berichte mir dann, was du gehört hast.«

Garab kam gerade zum Lager, als die Mongolen sich anschickten, zu dem Fremden mit dem Goldhaar zu gehen. Die Neugier, die sein unerwartetes Erscheinen hervorrief, hielt sie bei ihm zurück: »Wer war er? – Woher kam er?«

»Ich bin kein Reisender«, antwortete Garab. »Ich lebe auf dem Berg bei meinem Meister, dem Einsiedler Dordji Migyur. Vielleicht habt ihr von ihm sprechen hören?«

Gewiss, alle kannten den Namen des Einsiedlers; die Hirten, bei denen sie auf ihrer Reise gelagert hatten, hatten ihnen viel von der Heiligkeit von Dordji Migyur erzählt und von den Wundern, die er vollbrachte. Sie wussten, dass dieser heilige Mann auf irgendeiner Seite des Gebirges wohnte, ahnten aber nicht, dass sie in der Nähe seiner Einsiedelei lagerten. Sofort kam ihnen die Frage, die jeder Anhänger des lamaistischen Glaubens sich gestellt hätte, auf die Lippen: würden sie Dordji Migyur sehen können? – würden sie seinen Segen empfangen können?

»Seit einigen Wochen lebt mein Meister in der Zurückgezogenheit«, antwortete Garab, »selbst ich sehe ihn nicht und spreche nur durch seine Tür mit ihm. Sollte es euch indessen nicht erlaubt werden, bei ihm einzutreten, so könnt ihr draußen euren Kniefall tun, und er wird euch seinen Segen geben. Aber sagt, Freunde, was macht ihr hier? – Woher kommt ihr, wo geht ihr hin? Man hat meinem Meister erzählt, ihr begleitet zwei Fremde.«

Die Mongolen wiederholten Garab alles, was sie den Hirten über die beiden Fremden erzählt hatten. Sie wussten darüber nicht mehr, und Garab kannte schon all diese Einzelheiten aus dem Bericht, den der Bote der Hirten vor ihm und Dordji Migyur gegeben hatte.

Eine neue Tatsache kam jedenfalls nicht heraus, und Garab wurde auch über die geplante Jagd genau unterrichtet.

»Ihr dürft darin nicht nachgeben«, rief er. »Der Herr Dordji Migyur ist ein Anhänger der Bodhisattwas. Er isst nichts Tierisches und trägt nie Pelzkleider. Wenn die wilden Tiere im Winter ihre Nahrung nur schwer finden, gibt er ihnen an seiner Tür Futter. Sogar die Bären kommen, und obwohl seine Lebensmittelvorräte nicht sehr groß sind, findet er immer irgendein Futter für sie. Es scheint, dass ihn die

Geister mit dem versorgen, was ihm fehlt, um seine Mildtätigkeit ausüben zu können.

Ihr versteht, dass sich jeder seinem Fluch aussetzen würde, der eines der Tiere töten wollte, die gewohnt sind, furchtlos auf dem Berg herumzustreifen.«

Wir werden uns hüten, das zu tun!, riefen die Mongolen aus, deren Entschluss Garabs Worte bekräftigten.

Sie berichteten ihm, sie seien, als er gekommen wäre, gerade dabei gewesen, zu dem Fremden mit dem Goldhaar zu gehen, um ihn zu bitten, er möge dem Karawanenführer das Jagen auf dem Berg ausreden.

»Ich werde mit euch gehen«, sagte Garab sofort, indem er mit Vergnügen diese Gelegenheit ergriff, einen dieser Fremden aus der Nähe zu sehen, zumal Dordji Migyur Bescheid haben wollte.

Der Reisende mit dem Goldhaar saß vor seiner kleinen Hütte im Gras und rauchte eine Zigarette, wobei er gerade vor sich hinsah, ohne dass sich sein Blick auf etwas Besonderes zu richten schien. Er schien etwas überrascht, die Diener gemeinsam herankommen zu sehen, aber den beiden Mongolen, die tibetisch verstanden, zulachend, fragte er sie, was sie mit ihren Kameraden zu ihm führe.

Ermutigt durch diesen guten Empfang erklärten die Männer ihren Fall. Obwohl ein sehr heiliger Einsiedler ganz in ihrer Nähe lebe, wollte ihr Herr am nächsten Tag jagen. Er wollte, dass einige von ihnen Wildziegen töteten und andere ihm als Treiber dienten. »Und wir, wir wollen das nicht«, schlossen die Mongolen rau.

Bei jeder anderen Gelegenheit hätten sie sich zweifellos weniger entschlossen gezeigt, aber es ging um ihr Heil, um ihr Schicksal in ihren künftigen Leben. Garab hatte sie mit dem Fluch eines heiligen Wundertäters bedroht; wie hätten diese einfachen Geister einer solchen Gefahr trotzen sollen?

»Sprecht für uns mit unserem Herrn«, baten sie zum Schluss.

»Ich will es versuchen«, antwortete der Fremde kaltblütig, »aber es wird nichts helfen. Hat er sich etwas in den Kopf gesetzt, so werden ihn alle Teufel der Hölle nicht davon abbringen.

Ah! ... wer ist der da? Ich habe ihn nie gesehen«, fragte er, als er Garab bemerkte, der sich etwas abseits außer seinem Blickfeld gehalten hatte.

»Das ist ein Schüler des großen Einsiedlers Dordji Migyur, dessen Einsiedelei in der Nähe unseres Lagers liegt. Ein Heiliger von unvergleichlicher Barmherzigkeit, der während des Winters auf wunderbare Weise die wilden Tiere füttert; selbst die Bären fressen ihm aus der Hand.«

Die guten Leute begannen bereits Garabs Erzählung auszuschmücken.

Der Fremde schien interessiert.

»Oh! Oh!«, sagte er, »ich möchte mich mit dir unterhalten, Schüler des Einsiedlers. Geh nicht weg. Ich werde euren Einspruch eurem Herrn übermitteln«, fügte er zu den Mongolen gewandt hinzu.

Das Zelt des Fremden mit den Hundeaugen war in ziemlich großer Entfernung von dem seines Gefährten aufgeschlagen, was die Männer, die seine Antwort erwarteten, nicht hinderte, wütende Ausbrüche zu hören und daraus zu entnehmen, dass ihr Herr ihrem Abgesandten einen bösen Empfang bereitete. Einige Augenblicke später kam dieser pfeifend zurück.

»Ich habe euch gewarnt, Kameraden«, sagte er. »Er will nichts hören. Morgen geht es auf die Jagd.«

»Nein!«, riefen die Männer, »wir werden nicht jagen. Er kann allein jagen, wenn er es wagt.«

»Vielleicht sollte man ihn daran hindern?«, wagte einer der Mongolen zu fragen.

»Ei! Ei!«, machte der Fremde belustigt. »Tut, wie es euch gutdünkt, Kameraden«, erwiderte er. »Diese Geschichte geht mich nichts an. Ich werde nicht jagen; ich möchte dem Eremiten keinen Verdruss bereiten.« Und sich an Garab wendend:

»Könnte ich deinen Meister besuchen?«, fragte er.

»Er hat sich eingeschlossen«, antwortete Garab, »aber ich werde ihm Euren Wunsch übermitteln und Euch seine Antwort bringen.«

»Setz dich doch, während wir warten und lass uns einen Augenblick plaudern. Willst du?«

»Gern«, antwortete Garab.

»Ich lasse euch Tee bringen«, sagte einer der Mongolen; weder in Tibet noch in der Mongolei kann sich jemand vorstellen, man könne sich ohne zu trinken unterhalten.

»Wer ist dieser Einsiedler, dein Meister?«, begann der Fremde.

Dann legte Garab lange mit manchen Einzelheiten, Wiederholungen und einer großen gedanklichen Verworrenheit verschiedene Lehren dar, rühmte die Lehrsätze der Weisen, sprach von Bodhisattwas, von Gesar von Ling, dem erwarteten Erlöser, und von Maitreya, dem künftigen Buddha, der das Reich des allgemeinen Glücks herbeiführen würde, und schloss damit, dass er erklärte, er wolle würdig werden, denen zu helfen, die allen Wesen Frieden und Glück bringen würden.

Der Mann mit dem Goldhaar hörte, hie und da lächelnd, mit wohlwollender Aufmerksamkeit zu.

»Du gehst also im Gebirge nicht auf die Jagd nach Ziegen?«, fragte der Fremde, womit er auf die augenblickliche Frage zurückkam.

»Oh! Ich!«, sagte Garab leichthin, »ich habe anderes Wild gejagt.«

Der Reisende verstand nicht recht.

»Du bist Soldat gewesen?«, sagte er.

»Oi-Oi«, ließ sich Garab vernehmen, ohne zu antworten.

Sein Gesprächspartner schnitt kurz alle Anwandlungen zu vertraulichen Mitteilungen ab.

»Höre!«, sagte er.

Er hielt eine ebenso schöne Rede wie jener. Garab unterschied darin Teile, die den starken Worten Gesars, des Erlösers, und den Lehrsätzen von erhabener Hingabe und grenzenlosem Erbarmen, wie sie die Bodhisattwas geben, ähnlich waren. Trotzdem fand er darin, ohne sich ganz klar zu werden, tiefe Unterschiede. Die Tatkraft Gesars wurde in den Bereichen der Götter und Dämonen ebenso sehr wie in den unseren ausgeübt; Buddhas und Bodhisattwas hatten das Unendliche als Wirkungsfeld. Aber dieser Fremde überschritt nicht die engen Grenzen unserer Welt, als ob kein Wesen oder Ding von außen her sie erreichen, keiner von uns diese Grenzen überwinden könnte. Ja, eigentlich begriff Garab tatsächlich nichts von dem, was dieser nette Fremde erzählte, obwohl er sich im besten Lhasa-Tibetisch ausdrückte.

»Ich möchte deinen Meister sehen«, wiederholte der Fremde, als Garab sich von ihm verabschiedete.

Am nächsten Tag rief der Mann mit den Hundeaugen seine Diener zusammen und gab ihnen seine Anweisungen für die Jagd. Sie antworteten nichts, aber während des ganzen Tages bekam ihr Herr sie nicht zu sehen. Sie waren zur Einsiedelei hinaufgestiegen, wo ihnen Dordji Migyur die Tür geöffnet hatte, und waren dort geblieben, hörten dem Einsiedler zu und ließen die Perlen des Rosenkranzes durch ihre Finger gleiten.

Die beiden Chinesen hatten die Mahlzeiten des Fremden zubereitet, aber als dieser am Abend aus Wut mehr als gewöhnlich trank und drohte, diejenigen umzubringen, die sich ihm weiterhin widersetzten, kniffen die Chinesen aus Furcht ihrerseits aus.

Als die Mongolen wieder zu ihrem Zelt abgestiegen waren, übermittelten sie dem Mann mit dem Goldhaar die Antwort des Einsiedlers. Er erwartete ihn am nächsten Tag.

Das Gewehr in der Hand hatte der Karawanenführer seinen heimkommenden Dienern aufgelauert. Er ging in ihr Zelt, wiederholte seine Anweisungen und fügte hinzu, er *würde*, falls sie am folgenden Tag nicht zur Jagd gingen, *ein Exempel statuieren.*

Die Mongolen erwiderten nichts, luden aber in der Nacht eine beträchtliche Menge Lebensmittel auf Maultiere, nahmen die ihnen zur Jagd auf Ziegen anvertrauten Gewehre und Maultiere mit und lagerten etwas entfernt in einem Seitental des Gebirges.

Da der Mann mit dem Goldhaar am frühen Morgen der Einladung, die ihm die Mongolen überbracht hatten, folgte, wandte er sich einer kleinen steilen Anhöhe zu und gelangte, als er einen engen Pfad emporgeklettert war, zu Migyurs Hütte. Darin blieb er einige Stunden mit dem Einsiedler allein. Garab erfuhr nie etwas von dieser Unterhaltung, da er nicht dazu gebeten worden war. Der Einsiedler hatte ihm lediglich aufgetragen, eine Suppe zuzubereiten, die der Reisende essen sollte, ehe er wieder zurückging.

Als sie zu Ende gegessen hatten, wandte sich der Fremde an Garab: »Ich habe des Jowo Dordji Migyur Segen empfangen«, sagte er zu ihm. »Ich werde morgen bei Morgengrauen das Lager verlassen. Du, der du zum Wohle der Wesen zu arbeiten wünschst, willst du mit mir gehen und mir den Gefährten ersetzen, den ich verloren habe? Dein Meister ist damit einverstanden, ja ich glaube, er wünscht es. Er hat mit mir über dich gesprochen; ich weiß, wer du bist. Willst du mich begleiten?«

Garab sah überrascht bald auf den Einsiedler, bald auf den Fremden.

»Wohin werden wir gehen?«, fragte er diesen. »In euer Land?«

»Ich werde nie in mein Land zurückkehren, mein Platz ist hier«, erklärte der Reisende.

»Die Götter werden euch führen«, fügte der Einsiedler hinzu.

»Wenn Ihr es mir befehlt, Meister, werde ich gehen«, sagte Garab zu Dordji Migyur gewandt.

»Es könnte gut für dich sein wegzugehen«, antwortete versonnen der Einsiedler. »Gut für dich, gut für andere ... Reise also morgen.«

Garab verneigte sich vor seinem Meister zum Zeichen ehrfurchtsvoller Unterwerfung und bemerkte, dass der Fremde, als er sich zum Abschied tief verneigte, die Hand des Einsiedlers an seine Lippen führte.

Die Fremdartigkeit und Plötzlichkeit des Entschlusses ließen Garab betäubt zurück. Ein übernatürliches, geheimnisvolles Element schien ihm am Werk gewesen zu sein, angezogen von den Gelübden, die er in seiner Höhle gemacht hatte.

»Seid Ihr ein Herold von Gesar, dem Erlöser, oder ein Gesandter von Gyalwa Tchampa, dem Buddha der Unendlichen Güte?«, fragte er, vor Erregung zitternd, den Mann mit dem Goldhaar, als dieser, aus der Einsiedelei herausgetreten, den Pfad hinabzusteigen begann.

»Vielleicht aller beider«, antwortete dieser lachend. Er ging weg.

Wie alle Schüler in geistiger Versenkung lebender Einsiedler blieb Garab nie bei seinem Meister, ohne von diesem dazu ausdrücklich aufgefordert worden zu sein. Da er ihn nun, ohne etwas über das Wohin zu wissen, mit einem Unbekannten verlassen sollte, hätte er die letzte Nacht seines Aufenthaltes auf dem Amne Matchen gerne zu seinen Füßen verbracht. Noch einmal verlangte ihn vor seiner Abreise einige dieser mächtigen Reden zu hören, die seinem verwirrten Geist den Frieden gebracht hatten, oder auch nur still in der Einsiedelei zu sitzen, eingehüllt in diese Atmosphäre von unendlichem Wohlwollen und unsagbarer Ruhe, die Migyur um sich verbreitete. Aber der Meister hatte ihm nicht aufgetragen, zurückzukommen, als er den Fremden hinausbegleitet hatte, und so ging Garab, gehorsam seinem wortlosen Befehl folgend, in seine Höhle zurück.

Dort war er schon einige Zeit ganz in Gedanken versunken, ging in seinem Geist noch einmal die einzelnen Wandlungen seines Wesens durch, erstaunte darüber und fragte sich, zu welch neuem Geschehen er sich nun wohl auf den Weg mache, als der dicke Vorhang zum Yakfell, der seine einfache Wohnung verschloss, sich hob und eine Frau auf der Schwelle verhielt.

»Ich bin es, Garab«, sagte sie einfach.

»Detchema«, rief Garab, beide Arme von sich streckend, als gelte es eine schauderhafte Erscheinung zu vertreiben. »Detchema! ... Du bist doch tot!«

»Nein«, antwortete seine Geliebte lachend. »Ich bin so lebendig wie du. Auch ich habe dich für tot gehalten. Ich habe mitten im Fluss deinen Hut an einem Fels hängen sehen, und du schienst mir sicher ertrunken zu sein. So habe ich mir die Haare abgeschnitten und bin Nonne geworden. Dann haben mich die Götter eines Tages wieder an den Ort geführt, wo wir voneinander gerissen wurden. Sie gaben mir ein Zeichen. Nach so vielen Monaten hing ein Stück deines Huts immer noch an dem Felsen; weder Wind noch Regen hatten es herunterzureißen vermocht, und ich habe verstanden, dass du von den Boten des Chindje (Herr der Toten) nicht mitgenommen worden warst. Dann habe ich mich wie ehedem auf die Suche nach dir gemacht, und wie ehedem habe ich dich wiedergefunden. Dich nicht zu finden wäre ganz unmöglich gewesen. Jetzt werden wir zusammen von hier weggehen, werden uns nie mehr verlassen.«

Detchema sprach ruhig, ohne jede schauspielerische Erregung. Sie hatte zu ihrem Traum zurückgefunden, der ihr Leben war, und lebte ihn ganz natürlich und völlig unbewusst ohne einen Gedanken an alles andere weiter. Die Reisenden, die einen Augenblick lang durch ein Unwetter verwirrt worden waren, nahmen ihren Weg wieder auf; die Vorstellung von einer möglicherweise anderen Entscheidung berührte die junge Frau nicht, die unfähig war, etwas Derartiges auch nur zu denken.

Beinahe ein Jahr war vergangen, seit Detchema ihre Gefährtinnen verlassen und sich auf die Suche nach ihrem Geliebten gemacht hatte. Ihre Haare waren wieder gewachsen, und trotz ihrer Magerkeit und ihrer zerlumpten Kleidung erschien sie Garab überragend schön, von einer einzigartigen, übermenschlichen Schönheit, die sie ihm noch anziehender machte denn je. Während er noch mit dieser Anziehung rang, erhoben sich in dem früheren Räuberhauptmann die Gedanken, die er während der langen Stunden der Einsamkeit in seiner Höhle gehegt hatte, die Erinnerungen an seine Gespräche mit Ram, der das Geheimnis des ewigen Lebens suchte, an Unterweisungen des Einsiedlers über das erhabene Werk der Bodhisattwas, die sich opfern, um den in ihrem Leid untergegangenen Wesen Linderung zu schaffen. Hatte er nicht davon geträumt, einem von jenen zu folgen, die die beleidigte Gerechtigkeit rächen; oder die immer und überall mit vollen Händen, mit übervollem Herzen für alle Glück verbreiten? Selbst ein Lehrer, ein Führer werden? Schüchtern hatte er diesen stolzen Traum geträumt. Und am nächsten Tag sollte er weggehen … um ihn vielleicht zu verwirklichen.

Garab bemühte sich, seiner Geliebten auseinanderzusetzen, dass der Garab, den sie wiedergefunden hatte, nicht mehr der gleiche war wie jener, den der Strom, der sie mit sich genommen hatte, von ihr getrennt hatte. Er versuchte ihr einige der Gespräche zu wiederholen, die er gehört hatte. Aber seine Gewandtheit reichte kaum hin, die junge Frau von Dingen zu überzeugen, die es für ihn nur an der Oberfläche seines wirklichen Seins gab, und Detchema, die blieb, was sie immer gewesen war, die einfach Liebende, verstand nichts von seinen Reden. »Ich bin gekommen, um dich von hier wegzubringen«, wiederholte sie dickköpfig. »Du gehörst mir, wie ich dir gehöre. Komm!«

In einer Ecke der Höhle an die Felswand gelehnt, begann sie herzzerbrechend zu weinen.

»Ich lebe nur für dich, Garab«, brachte sie vor. »Warum liebst du mich nicht mehr? – Was soll ohne dich aus mir werden?«

Verfängliche Wünsche kamen in Garab auf, stachelten ihn an, suchten unter dem Anschein höherer und heiliger Gründe zu siegen.

Er hatte gelobt, das Leid der Wesen zu lindern; begann er etwa damit, dass er darüber mit der Frau redete, die ihn liebte, wollte er sich etwa so auf diesen Dienst an der Barmherzigkeit vorbereiten? Bot sich ihm nicht die Gelegenheit, die Stärke seiner Hingabe zu beweisen, wenn er seine eigenen Wünsche opferte, um einen dumpfen Schmerz zu mildern?

Sich einer solchen Entsagung für fähig zu halten, bedeutete eine stolze Befriedigung. Dennoch sträubte sich der Stolz in Garab, den er durch seine Träume von einer heldenhaften Zukunft gehegt hatte, da er von Neuem unklare, aber sicher ruhmreiche Aussichten am Ende des Weges aufscheinen sah, den er am nächsten Tag in der Morgenfrühe mit dem Mann mit dem sonnengoldenen Haar antreten sollte, der wie Gesar, der Überwinder der Dämonen, und wie die erhabenen Bodhisattwas sprach. Und Garab redete, redete, häufte endlos Wort auf Wort, Phrase auf Phrase, die die Verworrenheit seiner Vorstellungen und die Unruhe seiner Sinnlichkeit spiegelten, während Detchema, nachdem sie ihre Tränen getrocknet hatte, hartnäckig und unversöhnlich gebieterisch wiederholte:

»Ich habe dich gesucht und will dich mitnehmen. Komm!«

Dieses Gespräch dauerte schon einige Zeit an, als der chinesische Dolmetscher des Karawanenführers den Kopf durch den Vorhang hereinsteckte und überstürzt sagte:

»Die geflohenen mongolischen Diener sind nicht zurückgekommen. Der Herr ist außer sich. Er steigt zum Einsiedler hinauf. Er sagt, dieser habe die Mongolen zum Widerstand aufgehetzt, und er werde ihn zur Vernunft bringen. Er hat den ganzen Tag Alkohol getrunken. Er hat ein Gewehr mitgenommen … Ich habe Angst! Kommt, geht mit mir zur Einsiedelei.«

Bevor Garab auch nur ein Wort antworten konnte, warf ein Stoß den Chinesen mitten in die Höhle, der Vorhang wurde auseinandergerissen, und der Fremde trat herein.

Er gab dem Chinesen einen kurzen Befehl, der an allen Gliedern zitternd etwas antwortete. Der Fremde wiederholte den Befehl, indem er auf Garab wies.

»Ich soll mit Euch reden«, stammelte der Chinese. »Er weiß nicht, dass es weiter oben noch eine Hütte gibt. Er hält Euch für den Einsiedler.«

Der arme Dolmetscher versuchte dem Reisenden noch einmal seinen Irrtum zu erklären. Ob er sich schlecht ausdrückte, ob der Fremde zu viel getrunken hatte, er verstand ihn jedenfalls nicht, schien sich einzubilden, sein Dolmetscher zeige Widerwillen und machte Miene, sich auf ihn zu stürzen. Rascher als sein Herr glitt der Chinese nach draußen und erschien nicht wieder.

Der Fremde rief ihn, schrie, tobte völlig sinnlos am Eingang der Höhle. Der erschrockene Chinese war geflohen.

Die Wut des Säufers steigerte sich, er kam mit wüsten Gesten wieder herein und entdeckte jetzt Detchema, die sich hinter einem Gepäckstapel verbarg – einem Lebensmittelvorrat, der Dordji Migyur gehörte.

Der Anblick einer Frau änderte seine Pläne. Er grinste; ein spöttisches Licht tanzte in seinen hellen Augen. Während er ihr einige tibetische Worte, die er kannte, zurief, begann er den zu verspotten, den er für den Einsiedler hielt, von dem man ihm erzählt hatte, und den er nun in Gesellschaft einer Frau fand.

»Ah! *gomchen, djowo gomchen … Chimo, chimo*[67] … Ho!«
Er schwankte ein wenig.
»Haha! … *chimo*«, fuhr er fort, reckte sich empor, legte einen Arm um Detchema und zog sie an sich; seine Lippen streiften die junge Frau.
Ein heftiger Faustschlag schleuderte den Lüstling gegen den Felsen. Er wankte betäubt; augenblicklich entriss ihm der bebende Räuber sein Gewehr, man hörte einen Schuss: Garab feuerte die Waffe ab, ihre Mündung direkt auf der Brust des Reisenden.

Die Bestürzung, die auf diese wütende Raserei folgte, ließ Garab erstarren, während er, das Gewehr in der Hand, auf sein vor ihm ausgestrecktes Opfer sah.
»Du siehst nun wohl, dass du mich immer noch liebst. Du hast für *mich* gemordet.«
Detchema sprach ruhig; in ihrer schmeichelnden Stimme schwang ein unbestimmter Ton von Triumph, vielleicht von etwas Ironie.
Garab fuhr auf. Er erwachte jäh; das Trugbild des Traumes, aus dem er sich frei machte, brach zusammen, eine grausame Helle verbreitete sich in ihm. In ihrem kalten, erbarmungslosen Licht erschien ihm der Irrtum, in dem er sich gefallen hatte, den er in seiner Zurückgezogenheit mit ergebenen Verneigungen und erhabenen Gelübden so lange gepflegt und gehegt hatte, indem er sich mit den künstlichen Erwartungen betrog, die er sich einbildete. Das Wohlergehen anderer Wesen interessierte ihn nicht. Er wollte nur sein eigenes. Das Glück Detchemas – war es wirklich *das*, was er erstrebte, wenn er um ihretwillen auf seine stolzen Träume von geistiger Größe verzichtete? – Der fadenscheinige Irrtum über seine Beweggründe, die er sich einige Augenblicke vorher vorgemacht hatte, stand nun vor seinen Augen. Seine Opfergedanken waren nur eine Verkleidung für den Schrei seiner Sinnlichkeit.

Er hatte *für sie* gemordet.

Dann wurde Garab, angesichts seiner bestürzten Geliebten, von einem Lachen, dem unstillbaren Lachen des Wahnsinns, geschüttelt.

Nachwort

Mörderischer Aberglaube – Wo ist der Mann mit dem Goldhaar geblieben?

Jäh beendete mein Gastgeber seine Erzählung und schwieg. Ich stellte ihn mir vor, wie er mit 32 Jahren gewesen sein musste, schön, stark, mit der von Leidenschaft gequälten Sinnlichkeit und dem plötzlich über die Eitelkeit seiner heldenhaften Berufung zum Erlöser der Wesen aufgeklärten Geist, der angesichts seiner erschreckten Geliebten mit diesem bitteren Lachen seine hochmütige Anmaßung verspottet.

Was war aus ihm geworden? – Er hatte nicht darüber gesprochen. Sein gegenwärtiger Wohlstand und einige bei den Bauern der Gegend aufgeschnappten Worte brachten mich zu der Überzeugung, dass er wieder mit »Tapferen« seiner Art Beziehungen angeknüpft und seine Überfälle den großen Straßen entlang mit Erfolg wieder aufgenommen hatte. Und sie, Detchema?

»Und dann«, fragte ich leise. »Eure Geliebte? …«

»Ist gestorben«, antwortete er kurz.

Die Neugier gab mir Mut zu fragen.

»Gestorben! Wie … Viel später? …«

»Einige Wochen später. Wir reisten … Ein schmaler Pfad … Sie ist abgerutscht.«

»Zorngelächter. – Abgrund«, hatte der Weissagespruch in Lhasa gelautet.

Er schien das Ganze wieder zu sehen: einer dieser Saumpfade, der den Abgründen der hohen Gebirgsketten entlangläuft, der unverhoffte Stoß eines zögernden, vielleicht leichten Drucks … der Sturz. Die Beschwörung dieser tragischen

Vergangenheit verwirrte den Geist des Bauern-Räubers; er murmelte dumpf:

»Eine Dämonentochter, sicher. Sie hat mich den Buddhas entrissen, denen ich dienen wollte. Ich ging hinter ihr. Ich habe feierlich die Worte der Teufelsaustreibung gesprochen … Sie ist nicht mit einem Schlag gefallen. Man hätte meinen können, sie sei geflogen. Ich erinnerte mich ihrer kleinen, wie Schmetterlinge schwirrenden Hände im Wasser, als der Strom sie damals wegtrug.

Als sie sich an einen Strauch klammerte, sah sie mich wortlos an. Ihr Gesicht war ungewöhnlich geworden; nie ist eine Frau der menschlichen Rasse so schön gewesen. Ich konnte das Licht nicht mehr ertragen, das ihre großen, auf mich gerichteten Augen strahlten … sie verbrannte mich …

Ich habe die Geste zur Vertreibung böser Geister gemacht. Ich kannte sie, diese Geste. Sie besteht darin, Steine zu werfen, indem man magische Formeln hersagt.

Sie hat losgelassen und ist ganz in den Abgrund hinuntergerollt, ohne einen Schrei auszustoßen. Habe ich gesagt, sie sei gestorben? – Sie kann nicht sterben. Ich fühle sie um mich herschweifen. Bei sinkender Nacht sehe ich sie manchmal flüchtig, wie sie über die Weiden irrt, als schiene sie mir aufzulauern, aber sie entwischt immer, wenn ich sie packen will, um sie wieder zu besitzen und um sie …«

Mein Gastgeber erhob sich jäh in einer heftigen Bewegung von Wut und entfernte sich mit großen Schritten nach den dunkel werdenden Almen.

»Er ist wahnsinnig!«, sagte Yongden zu mir.

Wahnsinnig, er war es längst nicht ganz. Wie ich vom Beginn seiner Erzählung an gefühlt hatte, hatte die Erscheinung der in die Nacht hinaus fliehenden Liebenden die Stärke der Qual, der er unterworfen war, gesteigert, indem sie seine ganze große tragische Vergangenheit als Liebender und Abenteurer in ihm wachrief, der mit seltsamen Wesen und Dingen in nahe Berührung gekommen war.

Als am nächsten Morgen die Art Rausch, der er verfallen war, verschwunden war, als ich ihn freundschaftlich begrüßte, warf er mir einen so bösen, drohenden Blick zu, dass Yongden, der bei mir war, erschrak.

»Wir werden noch heute das Lager aufheben«, sagte er zu mir, als ich in mein Zelt zurückgegangen war. »Dieser alte Räuber ärgert sich, dass er uns vertrauliche Dinge erzählt hat. Er möchte gern auslöschen, was er uns gesagt hat, und da er weiß, dass dies nicht möglich ist, kann man das Mittel nicht voraussehen, mit dem er sich unserer Verschwiegenheit zu vergewissern sucht.«

Ich glaube, mein Sohn übertrieb die Vorsicht. Wie dem auch sei, wir nahmen Abschied von unserem Gastgeber, indem wir ihm erklärten, wir hätten weit zu reisen. Er suchte uns nicht zurückzuhalten.

Als ich daranging, Lebensmittel zu verpacken, die mir ein Mann brachte, kam mir eine der Einzelheiten der erzählten Geschichte in den Sinn.

»Heißt Ihr Anag?«, fragte ich diesen Mann, den ich oft bei dem Bauern gesehen hatte.

»Ja«, antwortete er erstaunt. »Mein Name ist Anag.«

Die Kraft des in So sa ling geschlossenen Gelöbnisses hatte gewirkt: Garab und Anag waren wieder vereint.

Ich habe oft an diese seltsame Geschichte gedacht. Dieser Straßenräuber hatte seine Geliebte ermordet, von einem Aberglauben getrieben; und der Schmerz, den ihm sein geistiger Verlust verursachte, ist weniger alltäglich. Aber um wie viel interessanter als ihm erschienen mir die grauenhaften Zauberer, die er geschildert hatte, und dieser Fremde mit dem »Goldhaar«, der »nicht in sein Land zurückkehren wollte, weil sein Platz in Tibet war«. Die Erzählung Garabs zeigte ihn als jungen Mann. Vielleicht lebt er noch in den Ländern des Schnees … Wo? … Und weshalb? …

Riwotse Nga, August 1937

Anmerkungen

1 Siehe A. David-Néel, *Im Land der Raubritter.*
2 Mein Adoptivsohn und Mitarbeiter, der mich auf meinen Reisen begleitete.
3 Eine der ältesten tibetischen Sekten, die man im Besitz einer mündlichen esoterischen Lehre glaubt, die von Meister zu Schüler überliefert wird. Die geistigen Ahnen der Sekte sind die Hindus Tilopa und der berühmte Professor der Universität Nalanda: der Pandit Narota, dann der Übersetzer Marpa und sein Schüler, der Dichter-Asket Milaraspa. Die beiden letzteren waren Tibeter. (10. und 11. Jahrhundert n.Chr.)
4 Nach tibetischer Sitte.
5 Die Tibeter gebrauchen kleine Sporen.
6 A. David-Néel, *Im Lande der Raubritter.*
7 Alle Tibeter sind gewöhnt, zu Pferd zu sitzen.
8 Detchema, in tibetischer Schreibweise: bdé, Glück, Freude; byéd ma, Bereiterin.
9 Garab, in tibetischer Schreibweise: dgah, Vergnügen, Freude, rab: vollständig, völlig, vollkommen.
10 Die Tibeter trocknen Fleisch an der Sonne und verwenden es als Reiseproviant, der sehr beliebt ist.
11 Volkstümlich herzliche Einladung gegenüber einem Gast.
12 Wörtlich »nördliche Hochebene«, Name der großen, grasbewachsenen Einöden des nördlichen Tibet, aber im weiteren Sinne jede weite Landschaft, die unbewohnt oder nur von Hirten bewohnt ist.

13 Tuma, eine essbare Wurzel, deren Geschmack dem der Kastanie ähnlich ist.

14 Ein in Tibet allgemein verbreiteter Glaube.

15 Es besteht in Tibet noch eine Art sehr milder Sklaverei.

16 Der im Südwesten Tibets gelegene Berg, den die Hindus Kailash nennen und auf den sie den Sitz der Götter Shiva und seiner Gemahlin Parvati verlegen. Er ist für Tibeter und Hindus ein Wallfahrtsort.
Zahlreiche Einsiedler leben an seinen Abhängen.

17 Das Mantra *Om mani padme hum!*

18 Die *rudrachs* sind Früchte eines dem Shiva geweihten Baumes. Die shivaistischen Asketen tragen Ketten aus diesen aufgefädelten Früchten. In volkstümlichen Legenden und Bildern wird der Gott Shiva mit sehr weißer Haut, einer rudrach-Kette und mit einem Tigerfell gegürtet dargestellt.

19 Es ist in Tibet üblich, dass wohlhabende Leute in ihrem Haus einen *amtchod* oder Priester unterhalten, der täglich die heiligen Bücher liest oder gewisse Zeremonien ausführt.

20 Aber sein Herr hat nicht das Recht, ihn zu verkaufen. Der Sklave und seine Nachkommen bleiben der Familie, der sie angehören, zugeordnet.

21 Polygamie ist in Tibet erlaubt und gesetzmäßig.

22 Onkel, *aku:* ein in Tibet sehr gebräuchlicher familiärer höflicher Ausdruck, der nicht notwendig eine wirkliche Verwandtschaft bezeichnet.

23 Tibetischer Name für die auf den Karten Tachienlu genannte Stadt im äußersten Westen von Szetchuan.

24 Lha: Gott, sa: Erde.

25 Der erste Monat des tibetischen Kalenders beginnt an einem nach dem Alter des Mondes wechselnden Datum während unseres Monats Februar.

26 Dieselbe Sitte besteht in Jigatze. Die Verfasserin wurde während ihres Aufenthaltes in dieser Stadt mit einem

derartigen Heulkonzert beglückt. In Lhasa entging sie dem, da sie dann als bettelnde Pilgerin reiste. Siehe *Reise einer Pariserin nach Lhasa.*

27 Wörtlich: »Lotos-Füße«, die, deren Füße dem Lotos gleichen. Ein Ehrentitel.

28 Das Gleiche geschieht beim Pantschen- oder Taschi-Lama. Der letzte Pantschen-Lama, den die Verfasserin selbst gekannt hat, ist im November 1937 gestorben.

29 Der Dalai-Lama, der dreizehnte, der zu dieser Zeit herrschte, ist am 17. Dezember 1933 gestorben.

30 Der Allwissende, Thamtched Khyenpa, ein Titel, den die Tibeter dem Dalai-Lama sehr oft verleihen.

31 Grenzland im äußersten Westen der chinesischen Provinz Szetchuan, bewohnt von ursprünglich tibetischen Stämmen. Gya: chinesisch, rong: Tal, gyarongpas: Leute (tibetisch) wohnhaft in den chinesischen Tälern.

32 Es ist der berühmte Kailash der Hindus, ein sehr hoher Berg im Südwesten Tibets, auf dessen Gipfel ihren Legenden nach die Wohnstätte des »Großen Gottes« (Mahadeva) liegt. Hindus und Tibeter unternehmen dorthin Wallfahrten. Seit Jahrhunderten werden die Hänge des Berges von Einsiedlern bewohnt.

33 Jowo, tibetisch, Herr. Dieser Tempel, der berühmteste Tibets, birgt eine sehr alte Statue, die Gautama darstellen soll, als er noch ein junger Prinz war, bevor er ein Buddha wurde.

34 Die Lamaisten kennen keine ewigen Qualen.

35 In Tibet zahlt der künftige Gatte oder dessen Eltern den Eltern der Braut eine Geldsumme oder deren Gegenwert an Vieh oder Land. Dies wird als die Entschädigung der Auslagen betrachtet, die die Eltern des jungen Mädchens für ihre Erziehung gehabt hatten. Die Ehre, ein Mädchen aus vornehmer oder sich eines großen Ansehens erfreuenden Familie zu erhalten, wird oft sehr teuer bezahlt. Das Gleiche kann der Fall sein, wenn es sich bei dem jun-

gen Mädchen um eine ungewöhnliche Schönheit handelt. Die Vorstellung, Eltern könnten daran denken, dem Ehemann zu selben Zeit Geld zu geben, wenn sie ihre Tochter hergeben, scheint den Tibetern grotesk, ja selbst schandbar. In ihrer wirklichkeitsnahen Sprache sagten mir die Tibeter hierzu: »Sind denn die Töchter eurer Länder derart hässlich, dass sie sich ihrem Gemahl bezahlen lassen, als handle es sich für ihn darum, eine widerwärtige Pflicht zu erfüllen?«

36 Die Anfragen hinsichtlich der Ehe müssen durch Vermittlung von Eltern oder Freunden gemacht werden.

37 Ngagspa: der erfahren ist in der Kunst, die geheimen magischen Formeln anzuwenden; ein Magier.

38 Das Gleiche hörte ich hinsichtlich einer Pflanzenart, die im Land der Lopas bei Tsari, einem berühmten Wallfahrtsort im Südosten Tibets, wächst.

39 Die verschiedenen Fegefeuer, in denen man geboren wird und stirbt, um in anderen Welten wiedergeboren zu werden. Der Buddhismus kennt keine ewigen Strafen.

40 Eine sehr verehrungsvolle klassische Hingabeformel, die man großen Einsiedlern gegenüber spricht.

41 Die nationale Hindukleidung, ein mehr oder weniger weit und lang um die Hüften gerolltes und in Form einer Art Hose zwischen die Beine gezogenes Stoffstück.

42 Der Hindu-Name des Khang Tise.

43 Das ist eine hinduistische Glaubensvorstellung. Die Ahnenwelt ist die Pitri loka.

44 Ein Asket höheren Ranges, der auf jede Verbindung mit dieser Welt, auf jeden Ruhm nach dem Tod und auf eine Wiedergeburt in der Welt der Götter verzichtet hat. Die *sannyasins* sind Vedanta-Pantheisten, die sich mit dem alleinen Wesen zu vereinen suchen.

45 Dies sind die dem Hindu-Ritual des *craddha* oder Verbrennungsritus zugehörenden Worte. Besonderes fürchtet man, der Tote reiße das Leben seiner Nächsten an

sich, das er sich anzueignen versucht ist, um das seine in einem Daseinszustand, in dem er als Phantom mit unserer Welt in Verbindung bleibt, zu verewigen.

46 Die tibetischen Namen der auf den Karten Oring und Noring bezeichneten Seen.

47 Der tibetische Name für den auf den Karten Jakyendo genannten, vorgeschobenen chinesischen Posten.

48 Ort, an dem das nichtswürdige Oberhaupt des Landes Ga regiert.

49 Die Böns sind Anhänger der Religion, die in Tibet vor Einführung des Buddhismus gegen das siebte Jahrhundert n. Chr. herrschte.

50 Nach dem tibetischen Volksglauben werden alle Krankheiten von bösen Geistern, übelwollenden Dämonen oder Genien verursacht.

51 Die Tibeter glauben, dass der *namches* (das Bewusstsein), d. h. das Individuum selbst, sich manchmal vor dem Augenblick des augenscheinlichen Todes vom Körper trennt. Seit dieser *namches* den Körper verlassen hat, ist der Mensch in Wirklichkeit *tot*, obwohl sein Körper während einer mehr oder minder langen Zeit noch fortbestehen und alle die dem Lebenden gewohnten körperlichen und geistigen Handlungen weiterhin tun kann. Wenn der *offenkundige* Tod eintritt, deuten gewisse Zeichen an, dass der Verstorbene vom *namches* abgelöst war. Volkstümlich hört man die Dorflamas von einem Toten, dessen Bestattung sie leiten, sagen, er sei »schon seit zwei oder drei Jahren tot«. Es geschieht auch, dass Ärzte sich für unbefugt erklären, weil sie ihre Bemühungen für überflüssig halten, weil der Kranke, der sie befragt, seit einigen Monaten oder einigen Jahren *schon tot* ist. Die tibetischen Esoteriker verkünden Lehren, deren Entstellung diese volkstümlichen Glaubensmeinungen entsprechen.

52 Hütten, in denen sich die Mönche einschlossen, um zu meditieren.

53 Die als Einsiedeleien eingerichteten Höhlen sind in Tibet üblich. Die Verfasserin hat eine solche mehrere Jahre lang an einem Steilhang in 3900 Metern Höhe bewohnt.

54 Mauern dieser Art werden aus Trockensteinen errichtet.

55 Das sehr weite Kleid, das die Tibeter tragen, wird von einem Gürtel zusammengehalten und bildet so über der Brust einen großen Sack, in dem die Tibeter alles tragen, was sie sofort zur Hand haben wollen.

56 Die chinesischen Taoisten haben lange nach dem unsterblich machenden Trank geforscht, sind aber nicht die einzigen im Osten. Die Tibeter haben den *btchud len gyi* oder *btchud kyi len* (ausgesprochen: *tchu ki len)* und den *nang mtschöd (nang tschö)*, die Hindus den *rasayana* gefunden. Aber all diese Tränke sind nur der volkstümliche und entstellte Ausdruck für Vorgänge, die zu den geheimen Wissenschaften gehören. So ist *tschu ki len* nicht eine Flüssigkeit, sondern ein mystisches Verfahren, durch das man die universelle »Lebenskraft« oder den »Nährsaft« erfasst und sich angleicht. Es gibt darüber eine Sammlung seltsamer Lehren, die auf sehr alte Überlieferungen zurückzugehen scheinen. Wenn es die Umstände zulassen, werde ich eines Tages daraus einen Auszug veröffentlichen.

57 Die Gürtel der Tibeter werden mehrmals um den Körper geschlungen und sind mehrere Meter lang. Die besseren bestehen aus einer etwa 40 bis 50 Zentimeter breiten Borte aus einem sehr engen und festen Gewebe, manchmal aus Seide.

58 Eine Art Pemmikan, ein sehr kräftiges, in Tibet übliches Nahrungsmittel.

59 Siehe im *Vorwort*, wie die Verfasserin von Gerüchten über diese Praktik, die im Land der Gyarongpas umlaufen, Kenntnis erhielt.

60 Vgl. *Das übermenschliche Leben des Gesar von Ling*, Übersetzung des volkstümlichen Heldengedichts der Tibeter von A. David-Néel und Lama Yongden.

61 Im Buddhismus sind die Bodhisattwas auf dem Weg der geistigen Vollendung sehr fortgeschrittene Individuen, beseelt von einer glühenden Barmherzigkeit. In der erhabenen Ordnung kommen die Bodhisattwas unmittelbar nach den Buddhas und stehen vor dem Erreichen der Buddhaschaft.

62 So hat die Verfasserin eine ihrer Reisen quer durch die verbotenen Gebiete Tibets und ihren Aufenthalt in Lhasa bestritten. *Reise einer Pariserin nach Lhasa.*

63 Lokale Bezeichnung für Suchow, eine chinesische Stadt im Norden der Provinz Kansu.

64 Die Vorstellung, dass man die Lebenssäfte der Erde austrocknet, indem man sie tief anbohrt und die *ter* (Schätze) daraus hebt, die darin verborgen sind, ist in Tibet geläufig. Vor etwa zwanzig Jahren schickte die Regierung des Dalai-Lama einige junge Leute nach England, die dort die modernen Wissenschaften und ihre praktische Anwendung erlernen sollten. Zwei von ihnen wurden Ingenieure: der eine für Bergbau, der andere für Straßen und Brücken. Nach ihrer Rückkehr nach Tibet stellte der erstere einige Schürfungen wegen der Ausbeutung des Untergrundes an, aber die Gegenströmung war so stark, dass die Regierung ihm befahl, die Untersuchungen einzustellen. Da der Mann seinen Beruf nicht ausüben konnte, ist er Mönch geworden. Dem Straßenbauer ging es nicht besser. Die Tibeter erklärten, ihre Maultierpfade genügten ihnen. Von den in jener Zeit zurückgekehrten Studenten haben nur ein Elektriker und einer seiner Kameraden, der die Waffenfabrik und die Münze leitete, Erfolg gehabt.

65 Vgl. A. David-Néel und Lama Yongden *Das übermenschliche Leben des Gesar von Ling*. Die Tibeter erwarten immer noch die Wiederkehr dieses Helden auf diese Welt, in der er das Reich der Gerechtigkeit errichten muss. Vor kurzem habe ich von gebildeten Tibetern

gehört, dass die nach Prophezeiungen und bestimmten beglaubigten zeitgenössischen Ereignissen angestellten Berechnungen erweisen, dass die Wiederkehr von Gesar nach neununddreißig Jahren erfolgen wird. Zahlreiche Mongolen erwarten ihrerseits die Wiederkehr von Dschingis Khan. Obwohl es erwiesen scheint, dass der Ort, wo dieser berühmte Eroberer begraben wurde, nie entdeckt worden ist, gibt es in Etsin Orta, im Lande der Ordos, doch einen Tempel, wo man eine Art Silbersarg zeigt, in dem seine sterblichen Überreste enthalten sein sollen. Die Mongolen wallfahren dorthin im Monat April.

66 Tibetischer Begriff.

67 Einsiedler, Herr Einsiedler, Frau. Chimo ist ein im Osten der Chang thangs gebrauchtes Dialektwort. Die Tibeter sagen für Frau *skyedmen* (auszusprechen *kiemen).*